下

閩海王鄭芝龍

一代傳奇殞落

劉峻谷——著

目次

下 —— 一代傳奇殞落

35 武進士鄭鴻逵

當年到荷蘭特遣艦隊當通事，雖然是因情勢所逼，卻是因禍得福。讓我習得如何操作荷蘭火槍、火砲，見識艦隊作戰方式，成爲我終身受用的武藝，不但在受撫成爲大明朝水師遊擊後，得以調兵遣將剿滅海賊，更在金門料羅灣之役，反過來以荷蘭戰術大敗荷蘭、劉香聯軍，乘勝追擊，徹底擊垮劉香，肅靖閩海群盜，坐上閩海王寶座。

對內則有二媽主導，逐年建立山五商、海五商，五家負責採買、運貨、經銷的店鋪，和數十家分布唐山內地的分號；以及五支對東洋、西洋運送貨物的船隊，由水師戰船護衛駛往日本、朝鮮、廣南、馬尼拉、麻六甲和巴達維亞各地港口交易。貿易興盛，日入萬金，人稱我「富可敵國」，這我可不敢當。其實我只是平定海上盜賊，確保行船安全，讓浙閩粵沿海百姓可以下海貿易，討口飯吃而已，不敢居功。鄭氏家族幸蒙聖母保守，愈來愈興旺，人才輩出。福松考上秀才，鄭鴻逵高中舉人，派官赴任，展開他的仕宦生涯。

但是這天，快信來報，鄭鴻逵出事了。

鄭鴻逵考中武舉人之後，先是派任天津巡撫鄭宗周部將，後來轉隸山東都督孫應龍部將。

孫應龍派遣鄭鴻逵在登萊追剿盜匪時戰敗，這年的十一月中旬，被以有虧職守逮繫天津下獄。

我急得派林習山和鄭明去北京，以鉅資賄賂京官奔走營救，先保住鄭鴻逵一條命。後來查了一個月，查明是都督孫應龍戰略錯誤，戰敗不是鄭鴻逵的錯，暫時先具保釋放。

鄭鴻逵獲釋後，我命金城商號掌櫃在北京購買一處宅院供他居住和休養。鄭鴻逵來信說，李自成、張獻忠匪亂嚴重，大清*興兵多次侵擾遼寧各營寨，企圖攻破山海關，有揮兵南下之勢，政局混亂，他想要回閩休養並觀望局勢，同時準備武進士考試。

十二月，清晨霜降晶瑩如雪，天色陰霾、寒風刺骨之際，鄭鴻逵從天津乘船回安平。我看他一臉疲憊和風霜，先勸慰他休息，有事改天再說。他卻攔著我，不讓我走。

「大哥，從天津出獄後我已休養二十餘日，足矣。」鄭鴻逵說：「這幾年我在京畿看了很多，在獄中也想了很多，正想跟大哥敘說。」

「好吧，就來聽聽你的遊歷。」我說：「近年從金城商報，我也略知朝廷情勢，的確不太好，想必你有更深入的觀察。」

「未必是深入觀察，卻是親眼目睹耳聞。」鄭鴻逵說：「我自崇禎三年（一六三〇）到北

＊ 一六三六年後金改國號清。

方迄今八年，朝廷江河日下，不知該從何處說起。」
「你且慢慢說，就當談天吧！」
「我記得崇禎四年（一六三一），我甫就任遊擊駐防青島，當時陝西、甘肅、山東因農作欠收，饑民流竄四處作亂，御史大夫參奏地方官員及駐地將領貪汙、吃糧，崇禎皇帝不信任帶兵將領，重用宦官四出監軍，派宦官李奇茂監視陝西茶馬、宦官呂直監視登島兵糧和海禁，宦官握有先斬後奏的權力，在軍中和地方作威作福，亦令諸將調兵遣將時如芒刺在背，群臣力諫，監軍打擊將領士氣，崇禎帝曰：『諸臣若實心任事，朕亦何需此輩！』之後監軍和將領之間猜忌日甚，埋下明廷敗戰如山的結果。」
「爲什麼？」
「就我所見，崇禎四年冬天，後金皇太極率兵包圍遼寧的大凌河城，遼東參將孔有德，他是人稱『山東三礦徒』之一，奉命率八百騎馳援大凌河城。孔有德於次年一月抵達登州，因爲天寒地凍，糧食補給不濟，士兵竟搶劫民宅，孔有德於是發動吳橋兵變，包圍並攻進登州，活捉巡撫孫元化、守備宋光蘭等官員，要擁立孫元化稱王。孫元化效忠明廷，不願稱王，孔有德放他走。孫元化逃回天津，竟被崇禎帝下令處死。」
「眞慘，孫元化效忠朝廷，反被懷疑通敵處死。」我感嘆：「以後誰敢效忠朝廷？」
「孔有德接著與『山東三礦徒』之一的耿仲明兄弟聯手，攻破黃縣、反叛明朝、進襲萊州，後來孔有德、耿仲明雖然失敗，但也投入後金陣營，與後金兵合攻旅順，攻下旅順，總兵官黃龍戰死。」鄭鴻逵忿忿然說：「明朝忠臣被殺，叛將投降後金，都是宦官在背後作梗使然。

「到了崇禎七年（一六三四），大連廣鹿島副將、人稱『山東三礦徒』之一的尚可喜也在孔有德、耿仲明的影響下叛明投後金，明朝東北邊幾乎淪入後金手裡，後金兵即將軍臨長城。」鄭鴻逵嘆氣說：「西北邊李自成、張獻忠結合作亂，到了九月，朝廷派兵征剿無法平息，崇禎帝下詔罪己，減膳撤樂，以示與將士同甘共苦。」

「東北和西北戰禍連年，關內的河南、河北連年大旱，莊稼無收。」我說：「當然吃不下大魚大肉，也無心欣賞劇曲樂音，只是這樣做有用嗎？」

「崇禎帝是位好皇帝，但是他的眼耳都被報喜不報憂的宦官監軍蒙蔽，在紫禁城裡不知道外面的局勢。」鄭鴻逵說：「就我所知，接著山西大饑荒，以致人吃人；寧夏饑荒導致兵變；唯一的好消息是巡撫陝西都御史孫傳庭，擒獲亂民首領高迎祥送進北京城誅殺。但是北邊剛殺了一個高迎祥，另一個張獻忠卻打進南邊的襄陽城。」

「我看除了江南還算平安，江北各地烽火連天。」我說：「嶺南也流寇蜂起，到處立山寨據地爲王。」

鄭鴻逵打開一張地圖指著山東、遼東和朝鮮：「崇禎九年（一六三六）十二月，後金改國號『清』，接著進攻朝鮮，次年二月朝鮮不敵降清，我大明朝不再是朝鮮的宗主國了，大清聲勢大振，大有兵臨山東各港之勢。」

「不會的，就我所知女眞人不擅駕船。」我向鴻逵再次講起在覺華島救了努爾哈赤的往事。

「就是因爲女眞不擅駕船使帆，才讓長城以南的關內和山東得以免於戰火。」鴻逵的手往下、往西指：「山東、河北、河南偏偏此時又蝗蟲大發，爆發蝗災，饑民四處流竄。」

「如此說來，大明朝局勢如風中之燭。」我說：「我們也該早日爲自己打算。」

「非也，大哥。」鄭鴻逵向天拱手道：「我敘說所見所聞，乃因我鄭家受朝廷栽培，封官授職，在此朝廷風雨飄搖之際，應當在適當時機盡己之力，報效朝廷。」

「啊！四弟是這麼想的？」我驚訝道：「這效忠朝廷反被處死的巡撫孫元化，豈不白死了。」

「孫撫院是因宦官讒言枉死。」鄭鴻逵正氣凜然道：「有朝一日，我若有能力定當淸君側，絕宦官，正視聽。」

「淸君側？」我默然無語，再次想起少年勇士鰲拜、鑲黃旗信勇公費英東。

❖　❖　❖

崇禎十二年（一六三九）端月，政局沒有好轉，崇禎帝「以時事多艱，卻廷臣賀」，過了一個慘澹的新年。

沒多久，竟發生大清兵乘船突襲山東濟南府，擄走德王朱由樞。雖然只是一小撮兵力，且馬上撤離，但令朝廷震驚的是「清人會駕船航海」，津京要地從此不能高枕無憂。

夏天，河北、河南、山東和山西又有蝗災，災民不斷向南遷徙，成千成百難民向金閩發商號招墾處報名，願意去臺灣當墾工。

崇禎十三年（一六四〇），歷經兩年休養，鄭鴻逵考中武進士，他終於一掃兩年來的陰鬱神情，露出久違的笑容。

但是在紫禁城裡的崇禎皇帝卻笑不出來，因爲大旱和蝗災擴大到北京、天津，到處哄傳人吃人的慘事，急得崇禎皇帝祭天祈雨，下詔減刑釋放輕罪囚犯，祈求上天恕罪；又免除和撤回各鎮（軍隊）宦官監軍，免徵京畿三府稅賦，可見饑荒之嚴重。

但是爲時已晚，成千上萬饑民投靠李自成，令原本奄奄一息的李自成兵力起死回生，從湖南打到河南，連陷宜陽、永寧府，擒殺萬安王采鑿，勢力大盛。

❖　❖　❖

三個月後，鄭鴻逵以武進士的身分奉詔進京，聽候分發派令。

我研判鄭鴻逵是新出爐的武進士，京中無靠山，極可能被派去山海關迎戰鋒銳正盛的大清皇太極。「派一個水將去打陸戰，不啻是砲灰？」我閉眼踱步，在五虎堂內轉了一圈又一圈，吩咐家人找來林習山。

「去北京找熊文燦和徐應秋。」我告訴林習山。此時，我全身汗涔涔，剛自練武場回五虎堂。我只要在安平，每天一定和福松一起練射箭和刀法。

林習山倒了一杯水端給我，我端杯子在手上說：「你帶一封信及兩份重禮去北京見四爺，要四爺代我各送一份重禮給熊文燦和徐應秋。」

林習山五天後率二十名水師衛士，帶著兩份厚禮搭船北上，逆風難駛船，要不是有公務在身，林習山絕不會在秋天拉船往北走。十天後到天津，再走陸路進北京。

兩個月後的十一月初一，先是我的「南澳副總兵官」晉升加銜「三省總戎大將軍」，三省指的是閩、桂、粵，讓我在必要時有指揮調度三省兵力進剿占據閩、粵、桂、嶺南、九連山的猺民和寨匪的權限。

其實這是個虛職，我的官職仍是副總兵官。不過還是喜事一樁，爲此我犒賞所轄閩南水師官兵、金閩發商號所有夥計辦桌加菜，在安平城宴請將士官兵。

十一月初五日，竟接到老友林亨萬的噩耗。

他於初三日押送貨船從熱蘭遮城堡出發欲到廈門，在澎湖遇到暴風雨沉船，全船中僅十四名船員、九名黑奴獲救，其他兩百八十二人連同林亨萬皆遇難，船上載運的南洋香料、八千四百七十七斤象牙、蔗糖等價值一百萬荷蘭盾的貨物也都盡沉海底。霎時間，澆息了我加銜三省總戎大將軍的歡欣心情。

想起我和林亨萬首次在馬尼拉城相遇，又在熱蘭遮城相逢的情景，他不吝對我這晚生後輩的提攜之情，教我做生意的祕訣，他是個守信用、重義氣且熱心助人的大商人，遇海難遽然離世，令我不捨，但這就是以海為生，浪跡天涯，貿易往來商賈的人生寫照。

❖　❖　❖

是年十二月，除夕前五天，鄭鴻逵寄來家書，獲授都指揮使，派任直隸副總兵官。

鄭鴻逵在信中說，十二月初九日午後，北京金城商號後院宅邸一名家僕走進書房：「四爺，兵部派人來，急著見您，在大廳候著呢。」

鄭鴻逵到了大廳，竟是兵科給事中徐應秋，馬上躬身作揖：「下官鄭鴻逵參見給事中。」

「請起。」徐應秋正色道：「聖旨到，接旨。」

鄭鴻逵下跪：「吾皇萬歲，萬萬歲。」

徐應秋宣旨：

查丙午科武舉人鄭鴻逵，早習軍事，素懷忠勇，襄助兄鄭芝龍平紅夷、海寇劉香功，移蔭錦衣衛千戶。再舉庚午進士，故事動衛射策甲（科）加二級。令進都指揮使，授副總兵官，著派直隸副總兵官，襄助巡撫張庭拱，建功立業。

爾宜益抒中誠，竭力報效，毋負朕恩！欽此

崇禎十三年十二月初九日

鄭鴻逵接旨：「謝皇上隆恩，萬歲、萬歲、萬萬歲。」

「賀喜賢弟，舉武進士，授都指揮使，派副總兵官。」徐應秋說：「派任直隸副總兵官，乃熊尚書爲賢弟極力爭取，毋負尚書愛才美意。」

「鴻逵謹記在心，不敢或忘。」鄭鴻逵將聖旨交給家人，請徐應秋上座問道：「敢問徐老，皇上原屬意卑職派何處？」

「皇上原意派你守山海關迎戰皇太極。」徐應秋喝了一口茶：「因爲山海關南翼城及老龍頭是岩岸地形，爲防大清兵自海上突襲，需有海、陸作戰經驗者擔當。熊老則力陳直隸京畿重地，鄭鴻逵久歷海戰，此次考中武進士，應予陸戰訓練，俾他日兼俱海陸戰場經驗，才能堪膺重任，說動皇上改派直隸。

「實則熊老考量，皇太極的後金部隊鋒頭正銳，李自成雖陷河南，但攻勢已阻，情勢稍緩，特留你在直隸拱衛中樞，未來再付予重任。」徐應秋說得婉轉，言下之意，直隸較安全，故派了鄭鴻逵。

「學生沒齒難忘熊老栽培。」鄭鴻逵摸了鼻子一下，撩起袍子單膝下跪：「特請給事中轉達熊老，鴻逵定將報答熊老厚愛。」

「起來，起來。」徐應秋拉起鄭鴻逵：「熊老、我與令兄皆故舊，情深意濃，我一定轉達熊老賢弟的感激之意。」

我在田尾洋剿滅劉香時，徐應秋是福建兵備道，在〈靖海大捷疏〉中，敘述我事前整軍自費造艦的辛苦、為芝虎的死抱屈，並讚我「英風貫日，豪氣淩雲，陳列風雲變幻，胸蟠甲兵縱橫」云云，對我十分友善。

徐應秋也因襄贊剿滅劉香的軍務有功，升兵部清軍驛傳參政，負責蒐集大清兵馬動態，前年再升兵科給事中。

徐應秋拱手對鴻逵說：「皇上吩咐，早日赴任，賢弟多保重。」

36 詔命水師急調覺華島

方過端午，雖已出梅，仍時晴時雨，廣東九連山潮溼多霧，我端起千里鏡望向蒙著一層霧的山區，心想「流竄山中的猺民何在？」

我到九連山追勦猺匪已經一個月餘，因爲猺匪盤據九連山區，廣東兵力追勦多年，不但沒有消滅猺匪，猺匪反而愈來愈多，因此再度調派我從福建南下合兵圍勦。

出兵前臨時將我升了一級，從「南澳副總兵官」升爲「潮漳署總兵官」。因爲潮州在廣東，漳州在福建，代表我的防汛轄區橫跨閩粵兩省。這是臨時任務加的官銜，以利調兵遣將，讓我便宜行事，實際上的官職仍是南澳副總兵官。

「啟稟將軍。」甫升任千總兼中軍守衛黃廷匆匆走進中軍營飛虹廳，呈上一封信：「撫臺大人兩百里加急快信。」

「噢？」我拆信詳閱，閱畢心想：「這該如何是好？」繼之下令：「召集諸遊擊、守備會議。」

福建巡撫蕭奕輔的兩百里加急快信，是端午節崇禎皇帝批示的奏摺。

原件是遼西總督范志完四月底上奏指稱，今年二月，清兵圍錦州奪松山城，督軍大臣洪承疇兵敗降清，巡撫邱民仰、總兵官王廷臣和副總兵官江翥饒均戰死，大清兵臨山海關，爲了牽制清兵，范志完建議「閩兵慣習水戰，且艨艟堅實，閩將鄭芝龍素懷忠勇，若令其統水師，與覺華島之兵互相聯絡，彼中逼近虜（清）巢，一施牽制，自足分其內顧之念，何敢恣肆西窺？若能屯田以足兵食，猶如虜背芒刺，進退操之在我」。

「覺華島！」我跟覺華島可眞有緣。

這覺華島在山海關以北、遼寧葫蘆島港近海的渤海灣內，從覺華島出兵登陸葫蘆島港，向西可切斷清兵南下往山海關必經之路，往北可進逼清兵大本營盛京（瀋陽）。陳兵在此，可謂放把刀在大清眼前。

這又讓我想起當年任職鼓浪商號，與陳暉、楊耿前去大連找人蔘，遇險搭救大清開國皇帝努爾哈赤的往事。

事後，我請教兵部尚書熊文燦，才明瞭此事的原委和經過。

端午節那天，崇禎帝中午吃了粽子，召集兵部尚書熊文燦、侍郎孫傳庭、輔臣禮部左侍郎兼東閣大學士陳演，在武英殿廷議遼西總督范志完此一奏議。

君臣攤開地圖一看，孫傳庭連聲大讚：「此爲奇兵也！」

陳演亦附和：「在覺華島布兵屯田，旋進旋出（遼寧），想要發揮圍魏救趙之效或聲東擊西之功，操之在我，乃眞天降奇兵也。」

「雖是奇兵，但東南海防亦需鄭芝龍。」兵部尚書熊文燦搖頭直陳：「若海防精兵盡皆北調，萬一有警，誰爲擔當？」

雙方在崇禎帝面前唇槍舌劍，相持不下。崇禎帝最後採折衷之議，拿起朱筆在奏摺批示：

> 這議設島帥水師，誠屬先發制奴（清）之著。但東南海防需人，船兵未便多調。著鄭芝龍速挑堪用水兵三千，選能將二員統領，一切砲器船隻，務整備足用。廣督閩撫仍多措行糧食米，督令星赴覺華島，奪擊麗船，防護海口，共圖剿滅。其復島屯兵事宜，還審時相機，從長酌議，另本奏奪。
>
> 崇禎十五年（一六四二）五月初二日

五月初七日兵部下旨給兩廣總督沈猶龍、福建巡撫蕭奕輔，催促我遵旨啟行，「星夜趕赴覺華島」。

❖ ❖ ❖

我說完崇禎帝的旨意，問道：「各位弟兄有何看法？」諸將沒有回應。

我捻著下巴的短短鬍子再問諸將：「各位儘可直言，百無禁忌。」我看著遊擊陳鵬、林習山、林宏，守備施福、楊耿、鄭芝豹、鄭聯，盡皆默然。我知道大家心裡的想法，尤其是皇上說的「選能將二員統領」，這二員能將要派誰去？話多者極可能雀屏中選，是以衆人皆噤聲無語。

我今年四十二歲，長子福松去年十八歲娶妻，我爲他媒定門當戶對的禮部侍郎董颺先之女董友，董友美麗大方，今年春天剛生下一個白胖的男孩鄭經。率兵征勦九連山猺民之前，我每天抱著鄭經逗弄，樂不可支，要我勞師動衆遠征渤海灣，遠離閩南老巢，連我都猶豫，更不用說衆遊擊、守備等大小將領。

我料想無人想去北方打仗，苦笑問：「各位別只想著壞處，先說說看去了可有好處？」

「遼西范總督走了一步好棋，也是險棋。」武秀才出身的陳鵬指著地圖說：「想必范總督認定大清是馬上民族，不慣駛風駕船，海上非我敵手，因此派我等占據覺華島，從覺華島伺機進襲大清兵窠巢，牽制彼清兵，戰略正確，是一招好棋。」

「那險棋呢？」我問。

「要護衛山海關，不論截頭迎敵或從中攔擊清兵，水師必須登陸作戰，不能只在船上發砲做做樣子。」陳鵬略一沉吟，皺眉說：「我等水師上陸後是否爲大清騎兵的對手，甚堪疑慮，此一險也；崇禎十年，高麗降清，高麗亦有水師，大清是否驅高麗水師迎戰我等，殊不可料。」

他略停一停說：「而且各位莫忘，崇禎十二年正月，大清兵乘船突襲山東濟南府，擄走德王朱由樻，即可說明大清兵可能有水師或有水師接應，此二險也。」

「說得有理。」我問：「可有好處？」

「好處是，將軍率師北伐，近在京畿，若解京師之危，甚至打到大清老巢，大丈夫建立勳業，此其時也。」陳鵬說：「屆時拜相封侯，世襲罔替亦未可知。」

「四爺（鄭鴻逵）現在直隸巡撫張庭拱處，到時候亦可襄助老爺指揮水師。」林習山比著地圖說：「擊退清軍後，兄弟一同封侯拜相。」

「壞處呢？」我站起來踱步說：「除了兵敗被殺，由閩率水師遠征，是否有其他的壞處？」

「這皇帝老子不安好心眼，派我等率水師北上，卻沒糧沒餉，要大哥花自家銀子爲朝廷打仗。海五商船隊都在外洋運貨，沒有多餘人馬爲崇禎老子打金人（清）。」鄭芝豹站起來說：「我不想去，也不贊成大哥去。」

「是啊！打贏清軍，對我等可有好處？」遊擊林宏嚷著：「可與大清國做生意嗎？還是守備加一級，每月俸銀多一兩？」他說的是滅劉香後，陳鵬因功晉級加薪的往事，引起哄然大笑，令陳鵬紅了臉。

「一官爺自給餉兵員超過十五萬人，商船、戰船千艘，但是兵員都在派在船上，販運東西兩洋。」施福站起來指著海圖：「由副總兵官所轄、領官餉的水師僅一萬人，分守福州、泉州、廈門、南澳，每處港口僅兩千五百人，兵力單薄，近年能維持閩海無事，全賴一官爺自養的兵丁維持。

「我領的是將軍的餉，不是皇帝老子的餉，我聽將軍的命令。」施福接著說：「我認爲，應先顧好自家山海五商的生意，再圖建功立業，封侯拜相。」

我點頭微笑，看著遊擊林習山。

「國家動盪，關內江西張獻忠、陝西李自成聚民叛亂。張獻忠去年攻下襄陽，襄王朱翊銘戰死；李自成打進河南，福王朱常洵陣亡，前兵部尚書呂維祺戰死，眼看就要進河北圍北京；關外清軍圍錦州破松山，吳三桂、王樸等八總兵統領的十三萬精兵一夜崩潰，關外主力喪盡。」林習山意有所指地說：「內憂外患，戰火連天，朝廷自顧不暇，此番奉詔勤王，是否合算，請大哥三思。」

林習山說的是崇禎十三年，大清皇帝皇太極爲打通南下長城孔道，欲先奪錦州。錦州和南面的松山城是大明朝遼西前哨。明廷命洪承疇總督薊遼軍務、總兵官祖大壽扼守錦州，防禦清軍南下進窺長城。這洪承疇是福建南安縣人。

皇太極先派兵蠶食錦州周邊明軍營寨，在城周掘壕立營，四面包圍錦州，長期圍困。崇禎十四年三月，錦州東關守將吳巴什降清，清軍攻占外城，祖大壽向明廷告急。崇禎皇帝派吳三桂、王僕等八位總兵官，率兵十三萬，由洪承疇率兵馳援錦州。

七月底，洪承疇率軍進駐松山城至錦州東南郊的乳峰山，且戰且守，消耗清軍戰力。八月中旬，皇太極統援軍馳抵松山，率兵直插大明援軍側後，斷明軍歸路和糧道。

明軍因此軍心動搖，怕後撤無路，王樸、吳三桂等六位總兵官乘夜率所部後撤，遭清軍伏擊，傷亡慘重，洪承疇僅收萬餘人退守松山城。皇太極乘勝圍城，分兵狙擊山海關明軍增援兵馬。

皇太極圍錦州城六個月，至今年（崇禎十五年）二月，松山副將夏成德降清，接應清兵入城，洪承疇被俘，後來投降。

「錦州一役，」楊耿接著說：「我大明軍關外精英部隊喪失殆盡。」

「直心認爲朝廷氣數已盡？」我問：「李自成取而代之或大清國該興？」楊耿字直心。

「不敢。」楊耿說得保守：「或許一官爺此去，以奇兵直搗皇太極巢穴，眞箇圍魏救趙，讓大明起死回生也說不定，我只是憂心，是否該得罪清人。」

「嗯！直心說中我的心事，清人也是人，異族如紅毛、佛朗機人，有藍眼、碧眼、紅髮、金髮，雖非我族類，但都能講誠守信，互助共處，嗯……有理，凡事應預留後路。」我拍拍楊耿的肩膀：「當年直心與我去大連尋人蔘找商機，遇風暴，無意中救了大清開國皇帝努爾哈赤。」

「努爾哈赤當時允諾，我等若救其脫險，當有重賞。」楊耿說：「事後果然封一官爺爲固山額眞（旗主），我和陳暉都獲重賞。是以，淸人也是人，也講道義，有誠信。」

「沒錯，大丈夫固應有封侯拜相之志，但在此國家風雨飄搖之際，亦應謹愼爲之，先保家業爲重，再圖封侯之事。」我放下茶杯：「我意已決，不去，但不知該如何措詞？」

「馬無草不行，兵無餉不行。」鄭芝豹提議：「請大哥稟陳閩撫蕭奕輔和兩廣總督沈猶龍，朝廷若無餉卻要求調兵出師，勢將重蹈六年前，出兵三千費餉十一萬八千兩銀覆轍。」

崇禎九年，朝廷曾調閩南水兵三千北上增援遼西，當時安家費，衣甲、犒賞、僱船、武器和八個月糧食，共花了十一萬八千八百餘兩，結果淸軍後撤，原船班師回閩。

「五爺所言甚是。」陳鵬提議：「加以要求募兵、造艦、製砲，需要數月或半年，看皇帝老子怎麼辦？採拖字訣，以拖待變，保存實力，靜觀局勢變化。」

「好，我們就以拖待變，保存實力，靜觀局勢變化。」我頷首許之。

❖ ❖ ❖

我馬上以接獲邸報爲由，速回泉州安平料理兵船事宜，只留遊擊林宏幸守備鄭聯留在九連山，聽候廣東總兵官宋紀調派合兵征剿猺民。

我派遣鄭芝豹、陳鵬，分頭攜珍寶、金飾、瑪瑙和燕窩、人蔘等補品，以及金閩發商號贊助閩粵軍餉，價値兩萬兩銀的瓜子金，面陳福建巡撫蕭奕輔、兩廣總督沈猶龍，剖析閩省軍備現況，若水兵船隻北調，閩粵海防空虛，將由撫臺和總督兩位大人負責，敦請兩人上奏曰：「閩省水師兵額有限，沒有餘人可派往北方，船亦在外洋巡弋，若堅持派兵，請撥餉造新船募新兵。」奏請皇上打消調水師北上之議。

另派林習山帶侍衛隊施郎等二十人，攜帶貴重禮物，搭乘智勇商號的商船到天津，由甫升任管船的黃梧負責行船。到天津登岸直驅北京，交給鄭鴻逵進獻兵部尚書熊文燦，敦請熊文燦在御前建言，慎重考慮調閩南水師北上之議。

沈猶龍聽進我的諫言，專程自廣州搭船到福州，會同蕭奕輔商量後聯袂上奏。沈猶龍奏稱，他原令鄭芝龍至廣東九連山剿猺民，接聖旨後鄭芝龍星夜回閩料理派兵調船事，並與廣東布政司商議粵閩分派軍糧比例，或閩六粵四，或閩粵各半；據實奏稱：「據鄭芝龍呈稱，船隻砲械欲即取之寨遊現物，安有堅固，其勢必當從新再造……船多器多，非數月不能就。」再提出軍餉來源：「撫臣蕭奕輔、按臣李嗣京具稱，調兵三千，計月行二糧，船隻器械各項，動費不貲，難以設處，或題留京餉。」請求將原來要上繳的京稅留下來移做兵費。

蕭奕輔亦奏稱：「閩無餘兵，一撥三千，伍虛必亂；閩無羸船，遠駕萬里，工速不堅，兵需閩兵，船必艨艟（戰艦），試其所習，資其適用，且募且造，方爲萬全。」請求細工打造方能船堅砲利，且要一邊造船一邊募兵，訓練水師「方爲萬全」。又重提崇禎九年調兵三千費銀十一萬八千八百兩往事，直言「此次調水師北上，船隻器械倍於以往，其費又應兩倍於往時……司庫錢糧，項項皆依正支，點金何術？」

「感謝兩位大人說的都是實情，奏摺內容分析得有節有理。」我躬身拜謝：「道出末將等人的苦處，容我代表麾下官兵再向兩位大人忱致謝意。」

❖　❖　❖

奏摺上呈到崇禎皇帝御前。

兵部尚書熊文燦事後描述當時情景。

中秋節前一天，崇禎皇帝在武英殿批奏摺，看到「點金何術」，氣得將奏摺擲下桌，喝道：「都道沒船、沒人、沒錢，等到募好兵、造好船，金人都跨過長城矣，遠水如何救近火？」

熊文燦下跪撿起奏摺，順勢建議：「卑職曾任閩廣督撫，深知閩廣近年雖波恬無事，但南有佛朗機、西班牙人，東有荷蘭紅毛、日本倭寇，東南之海防重任全賴鄭芝龍，有鄭芝龍在，猶不失虎豹之勢，壓憚各方不致蠢動。一旦盡率精銳以北，萬一有警，誰爲擔當？廣督沈猶龍、閩撫蕭奕輔之慮亦非全無道理，皇上明察。」

「罷矣！」崇禎皇帝拂袖而起，不想再聽。

此時，內侍太監急忙走進武英殿跪呈軍報：「李賊（自成）灌開封，兵民溺死十餘萬人！」

「啊——」崇禎驚呼。

崇禎皇帝看完軍報，急召文武大臣至文華殿會商。

崇禎臨朝嘆氣：「朕非亡國之君，然奏報事事皆亡國之象。祖宗櫛風沐雨之天下，一朝失之，何面目見於地下？朕願督師親決一戰，身死沙場，無所恨，但死不瞑目耳！」說完目光呆滯，凝視前方，兩行淚流下臉頰，群臣默然。

吏部右侍郎兼東閣大學士李建泰，歷任國子祭酒，學識人品頗有聲望，出班頓首：「臣家山西曲沃，料賊近期將出兵河南抵達山西，臣願出私財餉軍募兵，不煩官帑，請提師以西，討滅李賊。」

崇禎皇帝詢之再三，李建泰意志堅定。崇禎皇帝大喜：「卿若行，朕倣古推轂禮（遣將之禮）。」當廷加封李建泰兵部尚書銜，賜尚方寶劍便宜行事。

數日後，行遣將禮，轟傳京城。

林習山率施郎、黃梧等人站在正陽門外一家酒樓上遠眺，看見鄭鴻逵與文武大臣列隊城門外送行。

崇禎皇帝從正陽門走出，衛士東西列隊，旌旗飛揚、甲仗金光閃閃，五閣六部、文武大臣侍立。

崇禎帝賜宴李建泰，內大臣爲李建泰披紅帶，簪紅花，此時鼓樂大奏，請出尚方寶劍賜李建泰。

酒過七巡，李建泰頓首向帝辭行，帝手書「代朕親征」交給李建泰，目送出征。

李建泰乘轎走了數里路，轎子的扛木折斷，他散盡家財招募的數千隨征軍士心中暗道不祥，途中暗自逃亡，最後只剩五百人，缺糧缺水。

李建泰率五百人勉強走到定興縣，知縣竟關閉城門，不讓李建泰部隊進城。

李建泰率衆再走到保定，方入城，李自成卽攻入保定城，李建泰欲提刀自刎，被李自成部將阻止逮捕下獄。大學士「代帝親征」卽刻冰消瓦解。

❖　❖　❖

半個月後，熊文燦通知林習山，崇禎皇帝打消調閩兵北上之議。林習山方率施郎乘黃梧的船回閩。

林習山回到安平向我覆命，我設宴爲林習山等人洗塵，施郎、黃梧作陪。

席間林習山談及此事：「自北京回閩，四爺交代我一定要告訴將軍，大學士李建泰代帝親征一事。」

「國子祭酒是什麼官？」我問。

「是學官，主管國子監。」林習山回答。

「學官？管國子監太學生的學官？」我撫著短短的鬍鬚，搖頭說：「皇上讓一生只在書本堆中打滾的老學究率兵代帝親征？此眞……唉！」我腦中閃過一個念頭，話卽打住，轉問道：「四爺要你說此事，可有別話交代？」

「四爺說，大學士李建泰乃一文人，在朝廷風雨飄搖之際，不惜身、命、財，散盡家財，餉軍募兵，挺身而出，代帝親征，抗擊亂匪，雖兵敗被囚，仍令人佩服。」林習山說：「反觀，我等武將手握萬千訓練有素之兵士戰將，更應見賢思齊，在適當時機出兵勤王，匡扶王室，中興大明。」

「喔！」我再追問：「四爺是想勤王中興？」

「是的。」林習山強調：「四爺說皇上雖打消調閩兵北上之議，但盼將軍能主動發兵勤王。」，「還有，四爺改派山東登州副總兵官。」

「嗯，我知道了。」我心中暗忖：「北京危急之秋，鴻逵調到山東也好。」

「將軍有何指示？」林習山見我沉思良久，追問道。

「乾杯，祝我大明國運昌隆！」我心下明瞭，不再多言，舉杯：「祝我山海五商事業興隆，通四海！」

「通四海！」衆舉杯，一飲而盡。

後來，我一直回味老學究代帝親征這一幕。

我自忖，難道京中真無能人，竟將老學究推上火線，抑或朝中文臣、武將皆有貳心，保存實力，隔岸觀火？

還有，鄭鴻逵「出兵勤王、中興大明」的想法，是對是錯？我在心中細細琢磨，反覆斟酌。

37 崇禎懸梁大清入關

承蒙崇禎皇帝取消調閩兵北征之事，放下懸在心中的大石，但我心裡始終掛念唐山內地情勢。我雖然能從商報掌握各地政商情資，但這輩子漂泊海外的時間多，內地卻鮮少接觸，加上當了將官，必須防守汛地，不能擅離職守，我對蘇杭、南京、武昌、蕪湖等地十分生疏，僅是地理上的名詞。

崇禎十五年冬，我找了個去南京龍江關的龍江船廠監看造船名義，順道去南京一遊，明裡監造戰船，和爲福松明年入學國子監聘江南大儒錢謙益爲師，暗地裡去拜訪福建在南京的大官，建立人脈兼探聽國情時局。

這趟南京之行，攜長子福松，由堂姪鄭彩任護衛，率施郎、黃廷、周全斌等二十名親隨同行，挑選黃梧擔任五虎號管船。施郎已由少年轉大人，武藝進步，黃梧指揮駕船亦益發熟練。

我在酒樓宴請閩南晉江縣同鄉、南京兵部給事中黃熙胤、錢謙益，召「秦淮八豔」柳如是、陳圓圓、卞玉京、顧橫波、寇白門、馬湘蘭、董小宛、李香君陪侍匍酒，作詩唱曲。

能請動八豔之一匍酒、唱曲已是難得，更遑論八豔到齊，立即轟傳南京秦淮河畔。晌午卽有人等在酒樓前，只爲一次目睹八豔芳容。
宴會廳裡，容貌清新，氣質高雅的柳如是與少年卽白頭、迄今六十歲髮蒼蒼的錢謙益吟詩作詞，竟旗鼓相當，不分軒輊。兩人接著鬥詩接詞，互有勝負，十分有趣，我在一旁心想：「原來這就是文人雅士的冶遊風情！」
待柳錢二人接詞告一段落，冶豔絕美、眼角帶春風的陳圓圓起身唱歌，有如黃鶯出谷，婉轉迴旋，一時廳內皆靜，全被歌聲吸引。連隔壁包廂一名穿著氣派華服的老人和一名精壯漢子，都被吸引走到門口聆聽她的歌聲。
陳圓圓歌聲剛落，琵琶聲暫歇，一時俱靜。
陳圓圓又回眸對站在門口的漢子一笑，他失神鼓掌，讚嘆：「好！太好聽了！」一時眾人都轉頭看向門口，那漢子方才回神訝異自己怎會站在門口，處境尷尬。
「是國丈、長伯，快請進！快請進！」黃熙胤一看迎了上去，邀那一老一少兩名男子入內：「來，來，這位是今天的主人翁，福建副總兵官鄭芝龍，這位是田國丈，以及南京衛總兵官吳三桂大人。」
「卑職久仰大名。」我先向吳三桂拱手躬身敬禮，再轉向田國丈：「卑職叩見田國丈。」
「鄭將軍請起，我不是國丈，眞正的國丈是周皇后尊翁周奎。」他自我介紹：「我乃田貴妃之父，田戚畹。」

「貴妃尊翁，亦是國丈。」我躬身作揖：「恭請國丈上座。」

田戚畹一擺袍子，不再客氣，隨即入座。

「請吳大人上座。」我邀吳三桂入席。

「不敢，不敢。」吳三桂揖讓謙稱：「吳某已卸任，正欲回北京，今日友人在此設席為我餞別，不是總兵官。」他對我說話，眼睛卻盯著陳圓圓。

陳圓圓被吳三桂看得不好意思，大方嫣然一笑，令吳三桂更加神魂顛倒。

「大人奉調回京，陛下必有重用，卑職賀喜大人。」我舉杯與吳三桂對飲，吳三桂一面喝酒，眼神片刻不離陳圓圓。

田國丈也是盯著陳圓圓。

我登時會意，心想，吳三桂的父親吳襄是北京兵部中軍都督，手握調派全國總兵官之權，吳三桂前年兵敗錦州城，未遭革職、問罪，反而派任南京衛總兵官，自有父蔭，此次回北京必再高升。

這田貴妃乃崇禎皇帝寵妃之一，田國丈亦需結交。有道是廣結善緣，以為他日資糧，此其時也。

我手招陳圓圓到跟前：「請圓圓姑娘陪吳大人、田國丈囿酒。」並在陳圓圓耳畔低語，陳圓圓嬌笑，福了一福，逕自坐到吳三桂和田國丈中間，唱曲、鬥對聯，逗得田、吳兩人眉開眼笑，不亦樂乎。

宴席結束，我差周全斌護送陳圓圓至吳三桂投宿的客棧。

次日晨，我因宿醉未醒，吳三桂遣人送來一封信，謝我促成他與陳圓圓的一夜之緣，原本欲親自來道謝並道別，得知我宿醉未醒，因時辰不早，爲免耽擱回北京時程，特送信拜別。

「吳大人吩咐小的轉告將軍。」周全斌說：「謝鄭將軍濃恩美意，若將軍赴京，一定要告訴他，當爲東道主。」

「好的。」我問：「陳圓圓呢？」

「今早甫送她回府，竟又被田國丈接走了。」周全斌說。

「不意外，田國丈也中意陳圓圓。」我說：「只是昨夜不好掠人之美。」

看著陳圓圓、馬湘蘭、柳如是、李香君一干美女，我當然也心動，但卻更想念小松，小松不若柳如是的冷豔、陳圓圓的美豔或顧橫波的野豔，小松少女的美，出塵絕俗；成爲人母的美，溫柔婉約；茹苦含辛，育幼子、顧老父，堅毅的美，令我傾心難忘，那才是眞正的美。

「卑職聽說，田國丈此行下江南另有用意。」周全斌欲告辭又留步。

「靠女兒飛黃騰達的國丈能有什麼任務？」我倒是好奇了。

「據李香君的媚香樓傳出消息，」周全斌說：「田國丈此次是奉周皇后之父周奎，周國丈之命來江南物色美女進獻皇上。」

「什麼？」我大驚，繼而嘆道：「各地民不聊生，烽煙四起，東北大清在關外虎視眈眈，皇上還有心情……唉，大明……唉……崇禎帝……」轉而一想，心中升起疑惑，「不過，此事很奇怪。」

「沒錯，說也奇怪。」周全斌說：「此事會傳開，全因秦淮八豔的鴇母們議論著，兩名國丈下江南找美女進獻給皇上，難道不怕皇上眞動了心，江南美女有朝一日取代了他們的女兒，周后和田貴妃的地位？」

「沒錯。」我說：「其中必有緣故。」

「啟稟將軍，三柳先生到。」施郎入稟。

三柳先生是錢謙益介紹的一位能摸骨預占前途的能人異士，南京官宦人家都說他眼盲心不盲，神奇精準，想讓他摸骨預卜前途者，絡繹於途。三柳先生一天只看三十人，無緣者還掛不到號碼，請他出門摸骨，更是難上加難。

「快請，備茶。」我說。

三柳先生年約五十歲，持手杖，步履安穩，由一位少年扶持引導走進客廳。

「先生請坐。」我吩咐隨從：「奉茶。」

三柳先生手摸茶碗，捧起茶碗、揭蓋，聞嗅茶香，輕呷一口，稍停，再喝一口，緩緩放下茶碗：「許久沒有喝到這上好的碧螺春，感謝總鎮大人賜茶。」

「好說，好說，先生眞是內行人。」我說：「在下非總鎮，官拜副總兵官。」

「是總鎮老爺或副總鎮老爺，待我摸骨便知。」三柳先生再喝一口茶，放下茶杯，拱手道：「老爺，請了！」

「羽長、福松留下。」我下令：「其他人離開。」我遣走閒雜人等，只有鄭彩（字羽長）和福松留下。

他先摸我的頭，從後腦勺往上摸到頭頂，往下摸到印堂，口中發出「嗯嗯」的聲音，摸到印堂，停手，再往下摸到眉骨。

「恭喜老爺。」三柳先生說：「不數年卽榮升總鎮，將來還會封侯稱公，位在相國之上。」他稍稍停頓一下，又說：「再請摸頸骨、手骨。」

他從我的後腦勺再下摸，摸索數節頸椎，之後再從大拇指摸起，雙手含手掌及指節都細細摸過。

「總鎮將兵數十萬，貨物滿棧，錢糧盈倉，只可惜……」三柳先生欲言又止。

「嗯？」我說：「請先生直言無妨。」

「戒之在得。」三柳先生：「因爲數十萬兵將恐入水飄零，若問何以至此？天機如此，在下學淺識薄無由得知，唯戒之在得或許可避此禍。」

「戒之在得，戒之在得，我會謹記在心。」我說：「舍姪在此，請先生看相。」

「請問，姪少爺貴庚？」

「今年三十又七。」鄭彩道。

三柳先生摸完鄭彩的頭骨，訝然道：「您也是手握十數萬重兵，官拜總鎮，封侯拜相之命。」接著摸頸椎和雙手手骨，點點頭道：「功成身退，與佛有緣，恭喜將軍。」

「小兒明年將入學國子監，也請先生看相，將來功名如何。」

「請問，少爺貴庚？」

「今年十九歲。」福松回答。

三柳先生摸完福松的頭骨，不住搖頭又點頭，口中發出「嘖嘖」聲，摸到眉骨之後沒有停手馬上摸頸椎，手停在頸椎久久不動，搖頭嘆道：「我摸骨逾三十年，從沒有摸過此種奇特骨相……嗯……嗯，該怎麼說呢？」

「三柳先生，既然摸骨看相，就請直言無妨。」我催促道。

「恕我直言，少爺非甲科中人。」三柳先生又摸著福松的頸椎說。

「非甲科中人？」我詫異問：「是指無法考上舉人、進士？」

「非耶！」三柳先生揮手、搖頭：「少爺骨相非凡，蓋世雄才，位在功名之上。」

「位在功名之上。」鄭彩問：「進士及第，或是高中狀元？」

「狀元之上。」三柳先生摸索著走到座位坐下，伸手摸茶碗，雙手微微顫抖掀開碗蓋，喝口茶再道：「亦是手握重兵，封侯拜相之格。能文允武，文韜武略，故超乎功名之上。」

「那就好，那就好，既能封侯拜相，就有功名。」我大喜道：「這有什麼不能說的呢？」

「比封侯拜相還高位。」三柳先生站起來拱手賀道：「恭喜兩位總鎮，三位將軍，老夫今晚一連摸了三位將軍的骨相，眞是三生有幸。」

「好，好，重重有賞。」我大喜，轉身吩咐鄭彩：「將三柳先生所言所囑細細記下，誌之不忘。」

鄭彩隨卽拿筆在紙上記下三柳先生對我、他和福松的預言。待鄭彩寫完，再覆誦無誤，鄭彩才擱下筆。

「我這……還有一進言，只能與老爺說。」三柳先生低聲說。

「好，羽長帶福松先出去。」我扶著三柳先生的手臂：「請坐下，細說。」

「請大人先恕罪。」三柳先生忽而下跪磕頭：「小人方才敢說。」

「何事？先生爲何下跪？」我訝然問道。

「啟稟大人，我將說之事，事關天機，洩露天機，我不能再摸骨看相，必得退出江湖，下半輩子恐無以爲生。」三柳先生緩緩說道：「然而此事，事關少爺性命，小的又不得不說，求大人慈悲打賞。」

「這……」原來是要賞金，我遲疑些許，再道：「兩百兩？」

「八百兩，才夠我購田宅，放田收租，歸隱山林，不再摸骨看相。」三柳先生又磕頭說：「懇請大人斟酌。」

「好，但要仔細說與我聽。」我姑且相信，若他日不準，我要找他也不難。

「是，小人遵命，請大人備紙筆。」三柳先生說著，摸著椅背站起來，摸摸索索就坐。

「好了，紙筆備妥，說吧！」

「令公子，實非甲科中人，上天星宿投胎人間，自是非凡，將來位比公伯，但有一事請總鎮老爺牢記。」三柳先生說了八個字要我記下。

「我記下了。」我心中細參這八個字，問曰：「此是何意？」

「在下無法參透，此乃天機，只能據此轉知大人。」三柳先生說畢告辭。

我寫了紙條，命周全斌帶三柳先生去木蘭商號領賞銀八百兩。

我停筆想了許久，福松在平戶島出生，扶桑在東方，「是了，福松不可回日本。」我寫下來，心想將來要交代董友，緊要關頭要叮囑福松，不可東渡回日本。

崇禎十六年（一六四三）中秋，月圓過後，秋風勁疾，天涼如水。

接到在山東登州的四弟鄭鴻逵來信，鴻逵的家書，是交由天津的金寶商號一起交寄天津往廈門的商船，捎回安平。

鄭鴻逵寫道，入秋迄今，軍報一報緊似一報，李自成攻下襄陽，自稱天武大元帥，改襄陽爲襄京，近聞李自成欲與張獻忠聯手，意圖包圍北京，「皇上整日悚然，驚懼之色日甚一日，或許不日遣我南下迎戰李自成」。朝廷無喜事可道，「僅有一條，略可稱喜，北方大清國皇帝皇太極重病，清兵攻勢已緩，北方之危，暫已舒緩」。

同時間，我看了南京、天津、蘇州、杭州各地商報，各省城仍能維持秩序，山五商的交易尚稱平穩，唯江南湧入來自北方的難民日益增多，城裡城外人聲鼎沸，四處謠傳大明氣數已盡，人心惶惶不安。

一個月後，天津金寶商報來報稱，大清皇帝皇太極駕崩，由第九子，年僅五歲的福臨繼位，改元「順治」，但是大清朝政實際上由努爾哈赤幼子、也就是皇太極的幼弟多爾袞掌政，極力主張整兵南下，兵臨山海關。

❖　❖　❖

崇禎十七年（一六四四）端月。

我在兵部尚書熊文燦、兩廣總督沈猶龍、福建巡撫蕭奕輔等官員保薦下，經崇禎皇帝御筆批示，由南澳副總兵官升任福建總兵官。

二月初二日，龍抬頭，我到福州接聖旨，並舉行晉官儀式。蕭奕輔在福州巡撫衙門官廳宣讀聖旨。

「謝皇上恩澤加被，恭祝吾皇萬歲！萬萬歲！」我跪地接旨。

接著驅車前往福州府城外的大校場，場上設置將官臺，料峭寒風中，我陪同蕭奕輔校閱陸、海將官軍士。

福建駐守武夷山仙霞嶺、興化、延平、福州、泉州、漳州和汀州的各地副總兵官、參將、副將、遊擊等將領，分列在將官臺左右；五百馬兵、兩千步兵和五十門大砲排在左側；巡海道五十水師戰將、兩千兵丁排列右側，軍士人人鎧甲鮮明，精神奕奕，風飄旗舞。旗海中，蕭奕輔與我走上將官臺。

「奉吾皇聖旨，晉升南澳副總兵官鄭芝龍爲福建總兵官，總綰閩省兵符。」蕭奕輔宣布：「凡我閩省陸、海將士，即日起均聽從總兵官鄭芝龍調遣，違者，軍令從事。」

「遵旨！」我率四千五百將士下跪接旨，齊聲喊道：「吾皇萬歲！萬萬歲！」吼聲如雷，威震山河。

晉升禮成，我本欲在省府福州的總兵官署大宴將士，唯考量各地烽火，朝廷多事之秋，不宜大肆慶祝，因此私自出資，犒賞閩省將士每人半兩銀加菜金。

另外擇日，在安平城祭祖、謝天，在天主堂做禮拜感謝天主、聖母保守和賜福，大宴家人和金閩發商號船隊雇員、股東，一連熱鬧了好幾天。

爲了便於指揮馬步軍、水師，我奏請皇上和巡撫，准予在安平城另設總兵官分署，將原來的五虎遊擊衙門擴充改制，便於我駐福州、安平兩地便宜行事。

荷蘭派駐臺灣熱蘭遮城、以議長職代理總督的陸美爾（Maximiliaan le Maire），也派人送道賀信，並稱「去年由福爾摩沙運到巴達維亞的貨物，總價值逾七十一萬荷蘭盾，巴達維亞總督十分高興，希望能與將軍繼續貿易」。我看完信十分歡喜，仕途更上層樓，海上貿易亦順利運行，年入八千萬兩銀，並且持續成長。

回首我自崇禎元年接受招撫，授五虎遊擊迄今凡十六載。

這十六年的歲月，我從官員口中所謂的海賊獲封遊擊將軍的小官，歷經九連山剿猺匪、金門料羅灣打垮荷蘭艦隊、海上滅李魁奇和劉香，招降楊六和楊七，千辛萬苦，終於總綰閩省兵符，總督所有將士、軍備和巡海道轄下的所有港口海防，俱在我的掌握中。

我晉升總兵官，兌現三柳先生的預言。

放眼浙閩粵三省沿海，水師無人能敵；陸地上閩省兵權在握，亦是一方之雄，威震七閩，光宗耀祖，我不負自我的期許，不愧吾父盼望，對得起鄭家列祖列宗。

❖　❖　❖

雖然吾家有喜事，但國事飄搖。

三月底，我接到北京金城商號的緊急商報「北京淪陷第一報」。商報寫道：

三月中旬，紫禁城。

「啟奏皇上，李賊（自成）已過盧溝橋。」太監王德化慌忙跑進乾清宮，下跪奏道：「李賊……率賊兵……正跟彰義門守軍激戰……」三月寒風凜凜，王德化額頭淌下豆大汗珠。

「什麼！」崇禎訝然：「已過盧溝橋！」厲聲叫道：「誰當勤王？」

「鋒火迫在眉睫，勤王遠水救不了近火。」御史李邦華：「請皇上南遷，先避兵禍另圖再舉。」

「我不走。」崇禎圓睛怒視：「朝臣平日所言若何？今國家至此地步，無一忠臣義士如李建泰爲朕分憂，卻謀及南遷。」拍擊扶手龍頭：「夫國君死社稷，乃古今之正，朕意已決，毋復多言。」

「皇上不走，或可請太子南遷，撫軍江南。」李邦華再勸。

江南給事中光時亨出班大聲說：「奉太子南行，將效唐肅宗故事乎？」唐玄宗時安祿山叛亂，唐玄宗偕楊貴妃避禍四川，太子自立爲唐肅宗，形同篡位，玄宗不得已退位，被尊爲太上皇。

此話一出，衆臣沉默。

「轟！轟！轟！」地面震動，崇禎與衆大臣相顧失色。

「砰！」巨響，光時亨「啊！」驚叫一聲，蹲到殿柱下方。

「隆！隆！」空中傳來悶哼聲不絕如縷。

「皇上！皇上！」王德化又跑進來，趴在地上喘著氣：「彰義門……城外三大營，皆不用命……將士四潰，防城巨砲，悉爲賊有，現在調轉砲口……發砲……攻城……」

一陣馬蹄聲，急馳殿外，襄城伯李國楨汗流滿面衝進殿內跪倒：「皇上，守軍不用命，此城難守。」

「衆大臣協力守城！」崇禎看著眼前的大臣喝令，隨卽轉身逕奔寢宮。

「怎麼守？諸武將何在？我等甲械全無，焉能守城？」有人顧不得皇上還沒離開大殿，高聲抗命。

北京城轟隆聲不絕，四處黑煙蔽天，李自成縱兵洗劫京城，以爲犒賞，城內一片混亂，處處傳出哀嚎聲、尖叫聲。

黃昏時分，天空藍黑陰翳，西邊一抹殘紅橘，崇禎與太監王承恩登煤山遠眺，紫禁城外烽火燭天，火光閃現。

「唉！」崇禎嘆氣連連，徘徊踱步，喃喃自語：「苦我民爾，苦我民爾。」急下山回宮，提筆勒令成國公朱純臣保護太子，令妃嬪各謀生路。

一名宮女跑進來向王承恩低語，王承恩跪奏：「皇上！皇太后懸梁自縊。」

「啊！」崇禎嘶吼聲如裂帛，搥胸頓足。

「陛下，皇后已懸三尺白綾。」一名宮女顧不得體制，匍匐崇禎跟前。

「啊！」崇禎又一聲巨吼後突然清醒，不笑不哭，臉色發白，兩眼透著寒意，轉身抽出長劍，急步入他最疼愛的次女長平公主寢宮。

長平公主屈身一拜：「父皇。」

「賊若破城，汝不可受辱。」崇禎撫著長平公主臉頰，忽然厲聲道：「汝不應生在帝王家。」閉眼揮劍，公主受驚嚇往旁邊閃躲，左手臂被砍下，長平公主看著斷臂落地，血如噴泉，登時昏倒。

血噴到崇禎臉上、衣襟，他陡然一驚：「吾未殺賊，先殺骨肉！」

踉蹌後退，搶出寢宮，奔到煤山壽皇亭，太監王承恩一路跟著奔跑哭號：「陛下保重！陛下保重！」

崇禎脫下龍袍，以指抹劍，血出如湧在衣襟書：「朕自登基十七年，雖朕薄德匪躬，上干天咎，致賊直逼京師；然皆諸臣之誤朕！朕死，無面目見祖宗，自去冠冕，以髮覆面，任賊分裂朕屍。」停了一下，念了一遍，再寫：「勿傷百姓一人」。

崇禎解下龍袍緞帶，拋上壽皇亭旁邊的老槐樹橫空枝幹，舉目四望遍布烽火的北京城，黑煙直沖雲霄，分不清哪塊是烏雲，哪塊是黑煙凝聚的黑雲。他想起登基的那一天，十七年倏忽而過，如電如掣，如夢幻泡影。

他再看一眼滾滾煙塵，留戀人世間最後一瞥，閉眼將脖子放在緞帶上，踢掉凳子，喉頭一緊，雙手本能往緞帶抓，隨令雙手放鬆下垂。最後一眼看到王承恩跪在地下磕頭，他的腳懸空踢了兩下，寂然不動。

王承恩淚流滿面，抬頭見崇禎寂然不動，他解下緞帶，搬過凳子在崇禎旁的另一根槐樹枝幹懸梁。

❖　❖　❖

半個月後，金城商號掌櫃李長光捎來「北京淪陷第二報」，寫道：

太監王德化帶頭，率三百名大臣、太監開得勝門，迎李自成進宮。

李自成與軍師牛金星、宋獻策騎馬進宮，高踞馬上，看著明朝穿紫著朱的大臣，垂頭列隊，彎身拱手，誠惶誠恐的模樣，轉頭對牛金星高聲說：「這班最會磕頭的大臣不是最看不起沒卵蛋的太監，怎麼這會兒卻讓太監領頭開門獻城？」

「因爲他們的卵蛋也沒了。」宋獻策大聲回答。

聽得所有人哈哈大笑。

「跪下！」牛金星一吼，得勝門內三百名明朝遺臣和太監，匍匐跪地。

「你們，開門迎接本王，亦是功勞一件，著令仍供舊職。」李自成喝令：「所有大臣都到乾清宮。」說完雙腳一夾，策馬直奔乾清宮。

太監臉上非笑非哭冷冷看著衆大臣，大臣們起身，拍拍灰塵，摸摸脖子，垂頭列隊走進乾清宮金鑾殿。

李自成坐在金鑾殿，衆大臣一一報出姓名和官職。

「周奎，你女兒是崇禎皇后周氏？」牛金星身後站著王德化。

周奎磕頭如搗蒜。

「你是國丈？」王德化附在牛金星耳後一陣低語，牛金星高叫：「據說國丈最有錢，崇禎要你出錢助餉，你說沒有錢，皇后出私銀五千兩給你助餉，你只出三千兩，自肥兩千兩，可有此事？」

周奎點頭又接著搖手：「沒……沒……」

牛金星大喝：「帶周奎回府抄家，沒有錢，砍頭。」軍士拖周奎出殿外。

「稟大王，臣乃吏部尚書陳演。」陳演匍匐說：「大王一路遠來，備極辛勞，臣願捐銀四萬兩助餉，以飽軍士。」

「很好，交了錢，仍令你當吏部尚書。」李自成問：「還有誰願捐資助餉？」

金鑾殿燈火通明，不是會議朝政大事，而是衆大臣一個個自報願捐助家資多少。捐資多寡，得看太監王德化的臉色，他點頭，才能獲釋回家拿錢，否則誑叫窮，當殿杖死。

「國丈周奎宅搜得銀十萬兩！」宋獻策看著軍士交出來的報表。

王德化搖搖頭，右手比三根指頭。周奎平日仗著國丈身分，欺凌太監，太監對他早恨之入骨。

「夾他一夾，再帶回去搜。」牛金星說罷，軍士拿出拶具，將周奎四指夾入，用力收束，拶得周奎痛徹心肺，大叫：「我忘了，還有……還有……」

「稟師爺，國丈家再搜得三十萬兩。」軍士回報。

王德化又搖頭，再比出三根指頭。

「再夾！」李自成親自下令。

周奎被上拶具，大呼小叫一陣子，由軍士拖出去。

「稟大王，國丈家又搜得三十萬兩銀。」

王德化頭搖了一半，看著周奎笑笑，點點頭。周奎雙腿一軟，癱倒在地。

「拶一拶就擰出七十萬兩。」李自成指著周奎大罵：「這都是你搜刮來的民脂民膏啊！拉下去，關起來。」

次日清晨，李自成坐在金鑾殿龍椅，有官民進表稱「大王比堯、舜而多武功；邁湯、武而慚德」，讚李自成的道德與堯舜一樣，且多了武功；武功成就與商湯、周武王一樣，而道德又高一層。

李自成聽了很是受用，點頭微笑，原來「竊國者侯」都是這套玩法，後世稱頌的明君都是砍人頭砍出來的。

牛金星大聲說道：「請大王登基，國號大順。」

李自成當殿換穿金黃絲綢龍袍，戴玉冠，穿戴整齊後面朝南，兩手平舉掌心向上，陳演出班領頭下跪，群臣磕頭高呼：「吾皇萬歲、萬歲、萬萬歲！」

禮成，朝賀畢，集群臣議事。

「吳襄！」宋獻策拿著本子叫名。

「臣在。」吳襄是寧遠總兵官，調派兵部掌中軍都督辦事。

「你兒子是吳三桂，現在把守山海關的吳三桂？」李自成問。
「是，犬子現掌山海關總兵。」吳襄恭敬地回答。
「令你修書一封，招吳三桂歸順我朝，你父子必得重用。」李自成說：「金人乃異族，現在關外虎視眈眈，大順需要如汝父子般的虎父虎子，同抗金人。」
吳襄下跪，磕頭，無語。
「若你不領旨照辦，你全家性命，全繫於你一人。」李自成冷道：「難道要朕下令，拘你吳家全族，你才要寫嗎？」
吳襄兩鬢青筋暴跳，汗水滴落石板：「臣卽修書招我兒歸順我朝，爲大順禦敵抗金。」
「寫，現在就寫。」李自成暴怒下令。
內監拿來磨好墨的硯臺，筆塞到吳襄手中，吳襄額頭冒汗，努力端正顫抖的手，一筆一畫開始揮筆寫家書，勸諭兒子吳三桂歸降大順，足足寫了一個時辰才寫完。
四月初二日，唐通帶吳襄家書率六騎兵趕到山海關，勒馬於「天下第一關」城門下等候，守兵通報吳三桂。唐通原是明朝襄陽總兵官，李自成圍攻襄陽困守一個月，以不殺無辜、不劫掠、不屠城爲條件，唐通開城門投降。唐通與吳三桂是同榜進士，互相稱呼對方爲同年。
李自成在北京等唐通十四天，不見唐通回京覆命，暗忖「吳三桂有異心，唐通可能已遭不測」，於是下令將吳襄家族綑綁，「列吳襄家眷於菜市，若唐通明日未至，盡誅吳襄家眷」。

李自成姪子、天元大將軍李過奉命率兵士抄查吳家，驅趕吳家男丁集中大廳，女眷集中另院看管。

李過逐一查看吳家女眷，見一女雖素服淡妝，低頭藏身眾女之後，但舉止婀娜，細白的皮膚油亮若蟬翼，鼻梁高挺，櫻口動人，「你……出來！」李過大喊。

她緩緩出列，抬頭直視李過，似笑非笑，明麗照人。

李過與她目光相遇，猶似木人偶像定住不動，眼光從她的臉往上看烏雲秀髮，往下看胸、腰，及地的裙子，又往上看，再往下看，流連徘徊，嘴角抽動上揚，閉起眼睛，微微甩頭，再看。

「將軍！」師爺等了半晌，拉李過袖子：「請將軍訊問家眷。」

「呃……呃……」李過回神，「問什麼……呃……你是吳襄的什麼人？」

「吳襄是小女子的公公，妾身陳圓圓是吳三桂之妾。」陳圓圓福了一福回答。

「吳三桂之妾……陳圓圓？」李過轉頭命令軍士：「將她……送回將軍府，待我詳加考問，其他人等嚴加看管，不得走脫一人。」

次日，午時，吳襄家族三十八口五花大綁，候立彰義門外。吳襄焦急地等著唐通，時時遠眺，只見四月春雨時停時雨，道路泥濘，沒有快馬，絕少行人。有一個青年，戴著帽子穿青衣，腿上都是泥水，狼狽地走過吳襄面前，向吳襄擠眉弄眼，吳襄一驚，是姪子吳勳。

吳勳去年到開封經商，遇李自成決河灌城，失去音訊。

金城商號掌櫃李長光，也在圍觀人群中探頭探腦。

「陛下，酉時已到！唐通未回。」宋獻策奏道：「吳襄家眷三十八口，俱在彰義門外候斬。

「再等一等，著我到彰義門看看吳襄。」李自成方下座又道：「令所有兵部官員齊集彰義門，讓他們看看，不歸順我朝的將官，家眷的下場如何。」

吳襄一見李自成走出馬車，悲號：「陛下饒命，吾兒定將歸順，再等一天，唐通定將回京。」眾家眷也跟著哭號，一時哭聲震天。

其他兵部官員人人低頭。

李自成抿著嘴，帶兵部大臣、官員逐一從吳襄看到最後一個吳襄的三歲孫女，他輕柔地摸摸女童的臉頰和頭髮，逗她一笑。

「看哪！他們現在都是活的。」李自成大聲對兵部官員和圍觀百姓說：「看著他們的臉，看著他們的眼。」

李過手一揮，一隊手持大刀的軍士站在吳家眷口後方並逐個報數，報到三十七。

「吳家三十八口都在這兒？」李自成問李過：「怎麼少一人？」。

「咱進城那天去抄家的三十八口皆在，昨晚再去查，姪兒……」李過慌了：「姪兒爲陛下暫時看管保護一個人。」

「誰要你看護？」李自成不悅。

「是……是……吳三桂的小妾陳圓圓。」李過下跪：「事關緊急，姪兒無暇奏報，擅自作主，逼問口供，陛下恕罪……恕罪。」

「何事如此緊急，要臨夜逼問口供？國有國法，不得徇私，縱放一人，成何體統。」李自成喝令：「帶她來見我。」

一刻鐘後，一輛馬車急奔彰義門，陳圓圓下車不慌不忙，環視皇帝、大臣、吳家眷口一圈，手伸給丫頭扶她下車，身形娉婷，柔弱無骨，走到李自成面前，水靈靈的眼睛看著李自成，盈盈一拜：「小女子陳圓圓參見陛下！」

李自成看著陳圓圓下車，頓時變成了蠟人，風飄衣冠，吹動鬍鬚，無所知覺，他眼中、心中只有陳圓圓。

「啟稟陛下，要將她綁到行列去嗎？」李過跪問。

「綁什麼綁，果然事關緊急，她若是吳三桂愛妾，他日或可用以招降吳三桂。」李自成踱步轉了一圈，厲聲問李過：「你昨夜問出什麼名堂？」

「沒有，沒……沒……問出什麼。」李過支吾著說：「姪兒無能，啥也問不出來就天亮了。」

「飯桶！我早知你無能。」李自成下令：「將她送回我寢宮，待我夜間細細盤問。」

陳圓圓又被推回馬車，急奔紫禁城。

又等了一個時辰。

「唐通未回！」宋獻策跪奏。

「行刑！」李自成轉身下令。

軍士重踹吳襄腳窩，吳襄跪下往前撲倒的剎那，大刀一閃，吳襄人頭落地；一排三十七顆人頭像摔落的瓜在地上打轉，血噴向泥濘地面，紅血漸漸變黑。天色漸漸變黑，馬蹄聲遠去。

金城商號掌櫃李長光說，他低頭遮眼不敢看，少頃方從指縫間盱一眼，連呼：「慘！慘！慘啊。」掉頭卽走。

後來，吳三桂接到吳勳通知舉家抄斬噩耗，義憤塡胸，出關向大清乞兵，自率山海關明軍與滿清攝政王多爾袞、豫親王多鐸、肅親王豪格、洪承疇統八旗兵，漢滿兵共十三萬圍北京城紮營，欲合攻大順皇帝李自成。

天津金寶商號的商報則稱，天津、山東大亂，省民多出海南下避禍。

❖　❖　❖

五月初，我還沒等到北京金城、天津金寶商號的「北京淪陷第三報」，竟等到鄭鴻逵回來了。

「局勢變化太快了！令人措手不及。」鄭鴻逵從山東登州回到安平，細述從開春至四月中下旬，京師破城，大清兵進入山海關這四個月的變化。

我仔細聽完，再拿金城的北京淪陷第一報、第二報給鄭鴻逵看。

「大清兵入關，請神容易、送神難啊！」我說：「好不容易兵不血刃進入天下第一關，要是我，我也不回那冰天雪地的關外去。」

「吳三桂一怒為紅顏，禍延大漢子孫。」鄭鴻逵感慨。

「未必見得。」我說：「吳三桂一怒不見得是為陳圓圓，可能是全家三十七口被斬氣瘋了，也可能背後另有盤算，但未必禍延子孫。」我起身踱步：「大明從萬曆帝（神宗）將近二十年不早朝，不問政事；天啟帝（熹宗）在皇宮當木匠，放任閹奴魏忠賢當政，放東廠爪牙虐死政敵，廷杖打死大臣以來，貪官橫行，賄賂不息，連賑災的糧和款都敢暗中轉賣，官逼民反，大明根基早爛，猶如大樹外表綠葉盎然，實則根已朽腐，一遇大風摧枯拉朽，不倒才怪。民心思漢？我倒不這麼認為。」我停了一會說：「我在意的是，滿清入關，對我鄭家可有好處或壞處？」

「異族侵凌，中土蒙塵，對我朝、對鄭家怎會有好處？」鄭鴻逵義憤填膺。

「不然，滿清是異族，你看過滿洲人，較之紅毛、佛朗機人，誰是異族？」

「皆為異族蠻人。」

「異族也要買糧食和吃飯，蠻人也要買生絲做衣服，異族蠻人除長相不同，何異你我？」

「這……」

「四弟休要爭執，閩南遠隔戰火，我們且靜觀其變。」我按著鄭鴻逵的肩膀說：「我已令北京金城商號和天津金寶商號暫時歇業，但人可不能閒著，必須四處打聽消息，繼續執行每十天一次的商報任務，方便我們掌握時局變化。」

正說時，巴巴望拿著一封信進來，我展信一看便說：「金城和金寶的第三報來了，有關吳三桂領滿清大軍入關的最新情勢。」

金城商號掌櫃李長光「北京淪陷第三報」於崇禎十七年四月二十二日書：

大順皇帝李自成在吳三桂和大清合兵十三萬圍困北京城後，遂決定撤回陝西。

李自成離開京師前，盡誅下獄明臣陳演、朱純臣、周奎等勳戚。二十八日帶走御庫珠寶黃金和陳圓圓先行，大掠京城民宅，金城商號亦遭劫，幸只損失一些貨物，店面遭縱火，還好有留守員工尹大器及時滅火，僅店面一屋遭毀，後院和貨棧房屋完好。

吳三桂率部與大清兵追趕大順皇帝李自成。

大清攝政王多爾袞統大清兵分九門入京城，下令滅火安民，追諡崇禎為「懷宗端皇帝」，周皇后為「烈皇后」，至煤山悼祭崇禎皇帝，懲處讓崇禎懸梁的老槐樹，稱為「罪槐」，命人以鐵鍊枷鎖縛之。

吳三桂追李自成至三十里鋪，衝殺一陣，奪車輜、珠寶、黃金無數，直到奪回愛妾陳圓圓乃止兵。

大清皇帝順治已入北京並即位，無退兵意，封吳三桂爲平西王。

❖　❖　❖

「大清無退兵意，要是我，我也不走，明廷覆矣。」我像賭贏一把錢似的大笑：「至少押對了吳三桂，我在清朝至少有平西王爺這條人脈，陳圓圓也脫險，萬幸。」

「不然，明朝皇室諸藩一定揭竿而起，號召各地漢人恢復明室。」鄭鴻逵摸一下鼻子，深吸一口氣站起來說：「長江天險可劃而守之，明朝不至盡滅。」

「四弟說得有理，明朝可能偏安江南，大清或大順可能分治江北，天下再呈鼎立之勢。」我手撫短鬚，沉吟一會：「我等該及早預備。你應往江南走一趟。」

38 弘光帝登基急徵嬪妃

鄭鴻逵出發去南京前，看過南京木蘭商號寄回安平的商報寫道：

江南諸臣三月二十五日聞李自成陷京師，崇禎帝吊死煤山，齊集在魏國公徐弘基的官邸，群臣議論，認為太子、二皇子失蹤，但「天下不可一日無主」，討論馬上立親王即皇帝大位，出兵討伐李自成。

鳳陽總督馬士英主張立福王朱由崧，因為福王是萬曆帝之孫，崇禎帝之堂兄。但南京兵部尚書史可法及多位大臣都反對立福王。

史可法高聲說：「依倫序當立福王，但福王行為舉止乖張，犯貪，不可立；荒淫無度，不可立；酗酒，不可立；不孝、虐下、不讀書、干預有司，不可立。有此七惡行不可立，潞王朱常淓是萬曆帝的姪子，賢明當立。」

兩派因此爭執不下，有的主張依皇親宗室的排序；有的支持依人品賢明愚痴為條件，大臣屢議未決。

「五月初，誠意伯劉孔昭、太監韓贊周、馬士英再度邀集史可法等人會議。史可法重申福王『七不可立』。誠意伯劉孔昭和韓贊周力主馬士英的意見，馬士英私自發動握有江南數鎮大軍的將軍黃得功、劉良佐、劉澤清、高傑迎福王到南京卽位。霸王硬上弓，史可法等人無奈之餘，只好迎福王就監國之位，大勢已定。」

木蘭商號女掌櫃龔妹娘最後寫道：「據南京翰林院的消息，福王五月二十日將卽大位。」

「所以，最後立了個又貪又色，目無尊長的酒中仙皇上？」鄭鴻逵放下商報無奈嘆息。我只能點點頭：「四弟到南京，相機行事，以有利於我鄭家的事優先辦。」

「是，大哥。」鄭鴻逵說完，隨卽以登州副總兵官的身分，帶遊擊、堂姪鄭彩從安平乘船前往南京勤王。

❖　❖　❖

五月二十日，福王朱由崧在南京卽位，年號弘光，諡崇禎「毅宗正皇帝」。

接著，弘光帝論功行賞，獎掖擁他卽皇帝位有功者，命馬士英爲丞相，阮大鋮、劉孔昭等人俱有封賞，派錢謙益爲禮部尚書；對用「七不可」反對他登基的兵部尚書史可法，明升暗降，先加封他太子太保、武英殿大學士，再派遣他到長江對岸揚州總督安徽、江蘇淮南、揚州軍務，遠離南京朝廷。

弘光帝面臨的第一道難題是李自成竄回陝西，可能打向江南，因此將長江以北地區分成四鎮，分別由劉澤清、黃得功、高傑、劉良佐把守，並將四人晉升爲侯伯。

南京的防衛則升任鄭鴻逵爲總兵官加鎮海大將軍銜，守南京東面的鎮江；鄭彩從遊擊連升三級爲總兵官守三叉河口，範圍包括南京采石磯和蕪湖。鄭鴻逵與鄭彩指揮水師，巡弋長江的南京、揚州、鎮江到太湖、江陰一帶，防李自成和大清兵南下。

「啟稟將軍，大量民船自揚州沿江而下，往南岸而來。」一名千總走進鄭鴻逵中軍營報告：「因民船數量龐大，沿江巡防艇查不勝查。」

「清查民舟可有異狀？」鄭鴻逵問。

「據巡艇回報，目前查到的都是揚州城老弱婦孺，或一家老小攜眷而出。」

「原因呢？」鄭鴻逵急問：「有戰事乎？」

「尚在查問中。」

「一家老小逃難，事出必有因。難道李賊（自成）、張賊（獻忠）或清兵南下揚州？」鄭鴻逵左手拳放在嘴唇上，想了一會下令：「傳令沿江各口岸水師戒備，所有靠岸船隻皆詳加檢查，若是老弱家眷卽放行，若有群聚壯丁、武器，留置調查。」並親自趕往鎮江長江碼頭巡視。

碼頭上早已熙來攘往，一家老小用扁擔挑著棉被、鍋子下船。有的籮筐一頭挑著米糧、一頭挑著小娃；一個書生背了一籮筐書，手上抱著包袱，跟著扛兩條棉被的書僮，兩人站在碼頭一臉茫然。

鄭鴻逵示意，一名千總走過去打了招呼：「這位公子，鄭將軍有事請教，這邊請。」

「這位公子，來自揚州？」

書生臉色慘白地點點頭。

「發生什麼事？」鄭鴻逵問：「何須如此逃難？」

「稟將軍，揚州城戰事又起，屍橫遍野。」書生哇地一聲哭了出來：「將軍黃得功、高傑……劉澤清雖被派駐淮南……或鳳翔，卻不去駐地，爭相進駐……揚……揚州。」

書生哽咽著說，黃得功率軍先進城，揚州府丞以非駐軍地不准黃得功領兵入城，黃得功竟然下令攻城，撞開城門後縱兵入城燒殺劫掠一番。

城甫安，不數日，高傑又至，兩軍在城外、城內對峙，高傑令兵射火箭火燒軍營、民宅不讓黃得功軍窩藏，波及百姓，燒死無數平民，百姓無處安身。

「揚州百姓驚慌失措，我與爹娘逃離揚州城到鄉間避禍。」書生紅著眼眶，愈說愈激動嚷著：「豈料又遇到劉澤清也來爭揚州，圍困揚州外圍，以徵兵食名義，挨家挨戶搶糧、搶錢，看到年輕姑娘、小媳婦也不放過，通通綁走。」

「這可是我保國衛民的大明官軍嗎？」書生痛罵：「跟土匪沒兩樣。大明國軍士不能保護百姓安全，倒不如薙髮投誠當個滿清百姓安心。」小書僮急得捂住書生的嘴。

書生說得是，大清國攝政王多爾袞領兵進北京，小皇帝福臨隨即入京，已於五月一日在乾清宮即位宣告建立大清國，年號順治，令平西王吳三桂率兵追擊李自成，多爾袞則到河北、山東頒布薙（音義同剃）髮令，即在大清降伏的地區，漢人男子要剃髮留大清的辮子頭，以示投降、臣服大清；不留辮子頭的代表不歸大清，即刻斬首，此即所謂「留頭不留髮，留髮不留頭」。

「有什麼不能說的？我偏要說！」書生甩開書僮的手：「我家在揚州城開糧行、輾米廠，經濟尚稱富裕，與爹娘先逃到鄉下經常往來的田莊避兵禍，卻遭劉澤清的部隊強徵糧食和打劫隨身的銀兩與黃金鍊子，誑稱是『勞軍』，強拉年輕男子入伍充兵員，爹娘叫我帶著僅剩的十兩銀快逃，我與書僮帶著簡單行李逃到江邊，擠上船渡江，只是渡江，兩人又花了六兩銀，是平常三十錢的兩百倍，身上只剩四兩，茫然不知去處。」說完揮淚離去。

鄭鴻逵又攔了銀鋪老闆，以及一對揹著嬰兒開染坊的小夫妻，所言與書生一樣。「清兵還沒來，自家人卻先打起來，都道揚州好，卻先把揚州糟蹋了，成了橫屍遍地，焦屍處處的鬼城。」銀鋪老闆卸下了肩上的包袱：「進城、焚城和圍城的都說是江南大明軍，要給錢才放行，將軍……您攔下我一家，也要……」他的手伸進包袱。

「您老誤會了，我等只是想知道揚州發生什麼事，好回覆皇上。」鄭鴻逵拱手讓道：「您老請了。」

目送銀鋪老闆一家人走遠，鄭鴻逵吩咐：「派探子到揚州查探，黃得功、高傑、劉澤清所部是否在爭奪揚州？限三日內回報，到南京兵部找我。」

三日時限未到，探子已到南京兵部回報鄭鴻逵，確有此事，還帶回黃得功、高傑、劉澤清所部士兵的戰袍和令牌爲證。

鄭鴻逵緊急入宮覲見，面奏弘光帝：「清兵旦夕南下，李自成、張獻忠飄忽不定，三位將軍未到防區，先自開戰，豈不是將江北拱手讓人？」

弘光帝卽傳馬士英、史可法等朝臣廷議。

馬士英奏曰：「陛下應命兵部尚書至揚州督軍，調解並令三位將軍帶軍至防區。」

史可法奏曰：「臣次日卽行，北渡揚州總督軍務。」史可法原卽被遣去揚州，正要擇日而行，爲此必須馬上出發。

史可法短小精悍，面黑、目光爍爍有神，以能與士兵吃苦和廉信著稱。

「准丞相所奏。」弘光帝：「兵部尚書卽日啟程赴揚州總督軍務。」

史可法下跪叩首：「臣拜別陛下。」

廷議畢，史可法對鄭鴻逵及早偵知揚州亂局，讚譽有加。

次日，史可法乘舟抵江北，飛馳揚州城，召見黃得功、劉澤清、高傑。黃得功、劉澤清聽令，率所部軍隊往防區而去，獨高傑不願離開。高傑聲稱：「願以所部軍爲史可法護衛。」

史可法令高傑屯兵揚州門戶瓜州，高傑才欣然領命而去，揚州之亂始平。

鄭鴻逵因此功晉封靖西伯。

鄭鴻逵將揚州之亂經過寫進木蘭商報，寄回安平。

「滿清入關，大敵當前，武將竟還在內鬥。」我看了唏噓不已：「南朝危險了！」

❖　❖　❖

是年十月（弘光帝雖即帝位，年號仍是崇禎十七年，一六四四），南京朝廷文臣、武將分官授職底定後，再來是安撫地方帶兵督臣和將官。

弘光帝遣中軍都督陳謙爲使，帶敕印（詔書與印章）並率軍士一百人，由參將郭曦帶隊護送來福建，封我爲南安伯。

南安縣隸福建泉州府，我住的海安鎮安平村和老家石井村俱在南安縣境，即以我的故鄉爲封號。郭曦原即我的舊部，此次隨鄭鴻逵到南京任職。

走了十來天，陳謙到了南安縣城。郭曦遣馬兵一大早馳報安平城：「特使到南安縣城。」

次日清早，我遣遊擊將軍施郎率五百騎兵迎特使陳謙、福建巡撫蕭奕輔出南安縣城，往安平城而來。我著戎裝親率兩千甲冑衛隊迎陳謙、蕭奕輔於十張犁。大隊人馬緩程走進安平城。陳謙走至南天寺的山丘頂，與我一同俯視安平城鄭家大宅，但見陳謙不斷微笑點頭。

待陳謙車隊行抵總兵官署安平分署，我下馬躬身拱手：「下官福建總兵官鄭芝龍參見中軍都督、撫臺大人。」

陳謙扶起我，走入總兵官署大廳，郭曦遞過一個錦盒，陳謙拿出詔書：「接旨。」

我、蕭奕輔及所有軍官士兵齊下跪：「吾皇萬歲！萬萬歲！」

奉

天承運皇帝詔曰

朕惟繼承大統之始，論功錫爵，爾鄭芝龍忠勇智信，於先朝剿撫海寇外夷，掃蕩窟匪猺匪，保我閩粵海域恬靜無波，著有聲譽。朕即位南京，每念芝龍功大賞薄，未愜於懷，茲特封爾為安南伯，錫以誥命，爾宜體懷朕之用心，報以忠貞，効力軍前，永懷寵命。

欽此

崇禎十七年十月十六日

「謝萬歲隆恩。」我跪地接旨。

蕭奕輔說：「賀喜！安南伯，此乃爲將軍錦上添花，實至名歸。」

「安南伯？」陳謙驚愕：「我方才宣詔說的是安南伯？」

蕭奕輔與我、陳鵬、林習山等諸將異口同聲：「是安南伯。」

「咦！不對。」陳謙請我展開詔書一看，寫的是安南伯沒錯，「郭曦，拿印來。」印章刻的是南安伯，陳謙大叫：「謬矣！謬矣！印章才對，是南安伯，非安南伯，詔書寫錯了，謬矣、謬矣。」

南安伯是以我故鄉南安縣爲封，安南古稱廣南（今越南），在廣東之南，是明朝藩屬，一字之差，謬之千里。

「無妨、無妨，安南比南安大數百倍，封到外藩爲王亦不差矣。」陳謙打趣：「請南安伯先留印章，敕文我帶回南京換過再來，再來作客。」

「哈！哈！哈！」我大笑，化解尷尬：「卑職擺宴敝宅，爲都督接風洗塵，特請撫臺大人作陪，請了！」

「將軍已封南安伯，勿再謙稱卑職，折煞我也！」陳謙拱手謙讓我先行。

席間，陳謙問：「敢問將軍貴庚？」

「今年四十四歲。」我答稱：「都督為何有此一問？」

「下官見大人精神飽滿，上唇留著短髭，英姿煥發，衛隊士兵盔甲鮮明，雄壯威武。」陳謙豎起拇指嘆曰：「我心中暗嘆『閩海王』果然名不虛傳。」

「不敢！不敢！」我謙稱：「都督讚譽，折煞我也。」

「南安伯年少有為，周旋佛朗機人、紅毛人、西班牙，大戰荷蘭甲板船，蕩平浙閩粵海域。」巡撫蕭奕輔拂鬚道：「智勇兼備，歷時近二十年才有今日成就，是為甚難，甚為難得啊！」

「我也聽說此事。」陳謙說：「今日有此機會，願聞其詳。」

席間，陳謙問了我許多佛朗機人、紅毛人、西班牙人，以及我去過馬尼拉與日本經商的事，我詳加解說，聽得陳謙頻頻豎起大拇指稱讚：「南安伯見多識廣，朝廷少見的人才。」

又見親兵隊長巴巴望率十餘名黑人士兵環立大廳護衛，覺得新鮮，問道：「南安伯會說幾種番言夷語？可否說來聽聽？」

「三種，佛朗機人的葡萄牙話、紅毛的荷蘭話和日本話，略通西班牙語。」我當場用荷語叫巴巴望走過來向陳謙敬酒。

陳謙盯著巴巴望看呆了，一會才回神：「安南伯眞奇男子也！我朝若得南安伯掌理市舶司，鐵定通洋裕國，恢復江北故土，指日可待也。」

「到底是安南伯，還是南安伯？」蕭奕輔抓到了陳謙的語病。

「啊！」陳謙拍著額頭笑稱：「連我都搞錯了，難怪詔書會寫反了，我罰酒。」說完舉杯一飲而盡。

我覺得陳謙爲人爽直豪邁，言語中肯，沒有進士出身官員的惺惺作態，不懂裝懂的腐儒行徑，相談甚歡，特留宿陳謙。

陳謙在我的宅邸住了二十天，期間我陪陳謙坐戰船出海巡弋，在金門、廈門繞一圈方回安平，讓陳謙體會乘船出洋的風大浪高，體驗陸戰與海戰的差別。

我和他談古論今，陳謙論朝政談時事，切中實弊；我以陳謙爲南京朝廷要員，能在朝廷上說得上話，刻意招待，爲他說西洋人橫渡萬里東來的冒險故事，火砲技術的進展，臺灣、日本、爪哇巴達維亞的情勢，每每欲罷不能，談到半夜三更方才就寢。

陳謙是萬曆四十四年進士，當過縣丞、知府，江西巡按、湖南監察御史，北京吏部給事中等要職，對萬曆、天啟、崇禎三朝政事知之甚詳，對朝政頹喪至此，不勝唏噓。

他說到弘光帝卽位數月卽下詔選妃，大建宮室，直嘆：「馬士英誤國！」還說了史可法以福王「七不可立」，應立潞王的經過。

「若先帝在朝時肯聽南安伯意見，早撤海禁，鼓勵出洋通商，早已通洋裕國，引進西洋精銳火砲充實北京城防衛，當不致被李闖、張獻忠等賊逞凶十餘載，摧毀大明根基，以致先帝殉國。」陳謙愈說愈激動：「吳三桂開門揖盜，斷送大明半壁江山。今上（指弘光帝）不思恢復，即位後先急著建皇宮、選嬪妃，上天為何降災於大明乎！」言畢痛哭失聲。

「眞有此事？」我急問道。

「我說給將軍聽了。」陳謙喝一口酒，搖頭晃腦，說出以下他這趟從南京出發到福建，路途中的所見所聞。

十月，秋高氣爽，陳謙等人從南京乘船出發，一天一夜至杭州灣，歇宿三日啟行。改走陸路，路上許多轎子壅塞於途，陳謙細觀，大多是年輕姑娘與母親或父兄伴旅，心中甚覺奇怪。到了一處歇息的亭子，陳謙吩咐郭曦找人問問。

「此地無戰禍，也無天災，且已深秋，早晚天涼如水，不是郊遊的好天氣。」陳謙問一名伴隨兩名姑娘的老者：「何來許多姑娘皆出城郊遊？」

老者約六十歲，衣著皆非華麗，但潔淨樸素，戴著一頂方角帽。老者見陳謙雖未穿官服，但說話的語氣和態度像個官員，且有一隊軍官、兵丁護衛，眼光閃爍，支吾其詞，不敢答話。

「老先生毋驚，我是南京朝廷中軍都督，將到福建公幹，路過此處，只因路上遇到許多姑娘乘船、搭轎或騎驢，見你伴隨兩位姑娘同行，才有此一問，別無他意。」

「小民參見都督。」老者道：「您老是南京朝廷命官，此事更不可說。」

「我等要去閩南公幹，並非本地府道官員，亦非朝廷派出查案。」陳謙說：「沒有什麼忌諱，請直言無妨。若是擾民之策，老夫回朝廷還可啟奏皇上改弦更張。」

「都督有此心，小民感激在心，只怕來不及了。」老者說：「此事是因，朝廷兩天前發詔，弘光帝要選妃，令各州、府、縣選取容顏秀美、知書達禮的二八姑娘（十六歲少女），一個月內進獻南京備選六宮嬪妃。我家兩位小姐，一名十七歲、一名十五歲，所以我家老爺令我帶著小姐到鄉下暫避，其他姑娘亦是如此。」老者說完話，急著催促轎夫啟程，扛著兩位小姐飛奔而去。

陳謙看著老者一行人遠去，佇立良久。

陳謙知道，上個月丞相馬士英奏請弘光帝，始登帝位，應有規格與帝位相當的皇宮，南京宮殿在明成祖遷都北京後，即未營造新宮。弘光帝從其奏，頒詔要州府知縣採石材和木材進貢南京，並徵集木工、石工傜役。沒想到出京沒幾天，宮中又有選妃詔書，令百姓視如兵禍戰亂，畏之如虎，相偕避難。

「這分明是只想偏安，不圖恢復。」他自忖，卻不能說，只能「唉！」重重嘆了一口氣，既而又想到「七不可立」，更是嘆氣連連。

陳謙一路曉行夜宿，路上有各州府、道縣驛站招待食宿，知府或縣丞提到營造皇宮的徭役徵集令和選妃詔令，莫不搖頭。有的知府睜隻眼閉隻眼，只要姑娘不在家就算了；有的為了交差，派兵丁到鄉間攔截避走的姑娘，看到姿色美麗的未婚女子，強行拉上轎，弄得娘哭爹喊，骨肉分離。

「哭什麼哭？這是看得起你家姑娘。」帶隊的把總踹倒了攀在轎桿的老爹，吆喝：「一旦被皇上看上了，一朝選在君王側，成了貴妃、皇后，你老就成了皇親國戚啦，榮華富貴一生。」

陳謙最後說：「目睹這般景象，想救又不能救，只得面帶愧色，掩面而過。」

我端著酒杯聆聽，沉思良久，想起歷朝歷代興亡史。

我認為，秦朝末年六國鼎沸，各國興兵互相攻伐爭奪天下，爭逐皇帝寶座，眞正的原因不是各國逐鹿中原，而是「秦失其鹿」，是秦國本身垮臺，六國才有爭奪天下的機會。所以，崇禎吊死煤山，不是李自成逼死崇禎，而是大明王朝累積百年的腐朽、沉痾，「明失其鹿」逼死崇禎。

我沒有向陳謙說出我的看法，我知道陳謙是讀書人，「天地君親師」滿腦的忠君思想，就算朝廷不對、不好，人民也須容忍，忍到不能忍，須以死諫之，因為天下無不是的父母，天下無不是的朝廷。

我如果說出來，陳謙非要與我爭辯不可。我懶得爭辯，只是時局如此，我只想到身爲鄭家大家長的我該怎麼辦？

39 弘光朝內鬨清兵渡長江

弘光元年，也是大清順治二年（一六四五），五月下旬，我接到南京木蘭商號五月十五日的商報，第一行斗大的字寫道「清兵渡江，南京失守，弘光滅矣」，這是由鄭鴻逵和木蘭商號發出的信，描述南京失守的過程，大致如下：

大清朝攝政王多爾袞封弟豫親王多鐸爲定國大將軍，率兵南征從北京一路南下，勢如破竹，長江以北各省多已薙髮、納款請降。

南明朝弘光帝爲防禦清兵南下，由老將寧南侯左良玉把守湖北武昌，湖北以東的長江下游北岸分爲四鎮，分別由劉澤清、高傑、黃得功、劉良佐把守安徽、江蘇各地。

四月中，一匹快馬直奔南京丞相馬士英府邸，馬尾巴甩得幾乎與馬背一樣高。

「啟稟丞相。」相府衛士氣喘吁吁奔進大堂，躬身呈上文書：「寧南侯二百里加急快馬軍報，急奏朝廷。」

師爺快步走下臺階，拿過文書，一看驚叫：「是檄文！」檄文是開戰宣言。

「寧南侯這老傢伙要跟誰開戰？」馬士英問道：「清兵正追著李自成往南竄，左良玉不是守在湖北嗎？」

馬士英邊問邊走下大堂來到師爺身旁，只見師爺瞪大眼，眼球一上一下迅速看著檄文，嘴角抽動。

「怎麼啦？難道張獻忠又從四川率賊沿長江東下嗎？」馬士英見師爺臉色大變：「何事如此驚慌？」

師爺放下檄文，張著嘴竟說不出話，空瞪著馬士英。

「他到底向何人宣戰？」馬士英奪過檄文說：「兵者，國之大事也，這老傢伙未奉聖旨，私自發檄文出兵，該當何罪！」

馬士英邊罵邊看檄文寫道：

「奸臣馬士英，根原赤身，種類藍面……會國家多難之日，侈言擁戴勸進之功……竊弄威權，煬蔽聰明，恃兵力以脅人，致夫子閉目拱手。」批評他曾犯罪下獄，囚徒出身，因緣際會，擁戴有功，把持權柄，脅迫下屬。

「賣官必先姻婭，試看七十老囚，三才敗類，居然節鉞監軍。」指責他賣官，連七十歲剛出獄的犯人也可以買到官職。

「漁色罔識君親，托言六宮備選，二八紅顏，變為桑間濮上，蘇、松、常、鎮，橫征之使肆行……江南無夜安枕，言馬家便爾殺人」，又指他蠱惑弘光帝沉迷女色，大建宮室選宮嬪美女，勞民傷財，離散骨肉。

「又況皇嗣幽囚，列祖怨恫，海內懷忠之臣，誰不欲食其肉……」，再指馬士英因太子慈烺。原來是弘光即帝位後，有人自稱王之明，實爲太子慈烺，逃到南京，馬士英奏請弘光逮王之明下獄驗明正身再議。

「誓與君側豺狼而拚命，剋日分兵爲三路，渡江金陵（南京）清君側」，馬士英讀到最後一句大驚失色，想到八十萬左良玉精兵從湖北武昌沿長江下南京向他開戰，摸摸脖子，急得在廳堂中繞圈：「這老傢伙，只因我砍了他的軍餉，即衝著我來。」厲聲高叫：「師爺，你可有良策？」

寧南侯左良玉年逾六十五，少年投軍，從小兵逐步升到都司，與張獻忠周旋十餘年，因戰功再從都司屢升爲總兵官並加平賊將軍銜，最後將張獻忠逼進四川，獲崇禎帝擢升封爲寧南伯。弘光帝即位後，再晉級封爲寧南侯，派他守湖北武昌，負責長江上游的防務。左良玉擁兵八十萬，向以治軍嚴謹、兵精將廣聞名。

「相爺請坐，先喝口茶鎮定，勿自亂陣腳。」師爺被聲音嚇醒回神，深吸一口氣：「左良玉八十萬兵也不是說到就到。」

馬士英喝口茶又吐掉，重重放下茶杯，震破了瓷盤，問道：「師爺可有良策？」

「請急調劉良佐、黃得功、劉孔昭、鄭彩等所部兵共禦采石磯。」師爺攤開地圖說：「如此陳兵采石磯，劉良佐由河南下湖北躡其後，前後包夾，相爺即可無慮。」

「但是，撤江北防兵，前方空虛，若清兵南下，必將一路無阻？」

師爺環視大堂衛士，附耳馬士英輕聲道：「相爺有擁護之功，皇上對您言聽計從，清兵至，猶可說動皇上與清兵談和，永保富貴；左逆至，諸大臣項上人頭不保矣，請相爺細思。」

馬士英默然。

史可法聞馬士英調動兵馬入衛南京，只爲了防左良玉，急上疏給弘光帝：「良玉原不敢與皇上爲難，只因憤士英擅權，豈可擅調各鎮離汛（駐地）？若北兵一至，宗社危矣！」這份奏摺被馬士英攔截，未上報弘光。

左良玉發出檄文後，率軍從武昌乘船抵長江南岸九江，卻因小事發怒，怒氣引疾，吐血不止，竟病死船上。

左營諸將密議，大軍已出發，箭在弦上，不得不發，爲了不影響士氣，掩下左良玉死訊，密不發喪，由左良玉兒子左夢庚帶兵，繼續往南京前進。

馬士英得報，彭澤已被左良玉軍攻下，往南京而來，早朝時極力主張調黃得功、劉良佐入衛南京。

「清皇帝順治飛檄各地令薙髮投誠，淮北多地已薙髮納款，清兵剋日南下，不能撤江北兵入衛京城。」中軍都督陳謙和多位大臣大聲疾呼：「一定要守住淮南、揚州。」

馬士英厲聲斥叱：「你們想以防守長江阻大清兵南下爲藉口，放縱左逆入犯京城，驚動皇上乎！」他跪奏弘光帝：「吾君臣寧死於清，不願死於左逆之手！皇上三思。」

弘光帝每日忙著接見各州進獻美女，忙著令美女「侍寢」挑選合意的嬪妃，對左良玉叛變，清兵南下茫然不知所措。

馬士英再跪奏脫口而出：「皇上，清兵南下猶可納款請和，左逆至，項上人頭不保矣，皇上明鑑。」

此話一出，群臣譁然，在朝廷上議論紛紛。弘光帝全無主張，最後准了馬士英所奏。

鄭鴻逵佇立朝廷上，左手握拳放在嘴唇，強忍想說出口的話，深深嘆一口氣，閉目養神。

黃得功、劉良佐接到馬士英命令，率軍南渡長江入衛南京。

左良玉之子左夢庚也率軍連破建德、東流、安慶，往南京而來。

此時，大清兵分兩路。

一路由攝政王多爾袞率滿清騎兵，緊跟著左夢庚大軍後方，一路暢行無阻從武昌南渡長江攻進九江城，左夢庚回師九江，不戰而降。攝政王多爾袞收編左夢庚八十萬大軍，合滿清騎兵號稱百萬雄師，進逼南京。

一路由豫親王多鐸率軍直逼揚州。

大清朝聲勢大盛，大明朝更加岌岌可危！

「稟告將軍，清兵已渡長江？」中軍營衛士引導探馬入營報稱：「攝政王多爾袞率百萬大清兵屯兵九江。」

「什麼？清兵已渡江？」鄭鴻逵接到探馬飛報，他正沿江密布巡邏船日夜會哨，嚴防清兵南渡，清兵既從武昌渡長江到南岸的九江，長江天塹頓失所倚，他又想起前幾天朝廷所見所聞，左良玉和馬士英鬧內鬨，以致江北守兵空虛，讓大清兵趁隙南下，如入無人之境，連嘆：「大勢已去，大勢已去。」

鄭鴻逵回到鎮江，一面命令戰船完成戰備，一面通知在國子監就學的鄭森、郭櫻束裝到鎮江暫住一所寺院準備回閩南，要木蘭商號掌櫃龔妹娘暫時歇業，率商號夥計往鄉下避難，等大勢底定再回城開業。

南京現有劉良佐、黃得功所部兵三十萬，齊集采石磯防禦大清攝政王多爾袞率領的百萬大軍。

江北明朝防兵盡撤，大清豫親王多鐸率軍通過黃得功的淮北防區，突襲揚州城，兵部尚書史可法以僅剩不到五萬的兵力抵禦豫親王多鐸的二十萬滿漢大軍，死守揚州城。

「啟稟總兵官，清兵包圍揚州城後，繞過揚州直撲瓜州，大批百姓從瓜州逃難，小舟、快艇滿江蟻集。」一名參將躬身道：「清兵現在對岸沿江設渡口，預料不日發舟南渡。」

「毋驚，不要慌了手腳，江北僅剩小船、快艇，若接敵時下令戰船發砲，或以船身犁沉小船。」鄭鴻逵下令：「下令鎭江沿岸各哨不可鬆懈，若得知清兵登陸點，發砲舉烽火為號。」

五月初九日，清晨曉霧瀰漫江上，霧中隱隱然有黑色船影，「是小舟橫渡嗎？」鄭鴻逵站在江邊瞭望臺，手持千里鏡望向對岸江北。

清兵攻破揚州城，史可法戰死，屍骨無存，豫親王多鐸縱清兵屠城十日洩憤，傳檄江北各城：「有死守城池者，屠城如揚州。」

探子拿了檄文上呈鄭鴻逵。鄭鴻逵一閉眼，血流成河的景象立現，他一陣揪心，不忍再想。「揚州十日」自此成了屠城的代名詞。

一陣風吹得江霧稍散，露出兩隻雙桅十槳快艇，船上坐著腰綁竹筒、身穿甲冑的士兵，鄭鴻逵持千里鏡由左往右掃視，密密麻麻全是清兵小舟。

「鳴金！發砲！清兵南渡。」鄭鴻逵下令：「戰船起椗，橫江攔擊。」

「噹！噹！噹！噹！」瞭望臺上響起低沉的大銅鑼聲：「噹！噹！噹！噹！」

「轟！轟！轟！」營寨守兵向江中發砲三響，禦敵兼向沿江汛口示警。

接著各汛口響起「鏘！鏘！鏘！」如雨點的小銅鑼聲，大鳥船、趕繒船、四百石戰座船紛紛拉起沉在水中的椗錨，揚起篷帆駛出碼頭接戰。

此時吹西南風，鄭鴻逵在中軍船指揮各艦逆風溯長江至江中，各船隔百丈，船頭朝東，橫攔江中。「開砲！」鄭鴻逵一聲令下，中軍船艦左舷八門千斤佛朗機火砲輪番吐火，濃煙烈焰噴出砲口。

各船聞砲聲，紛紛開砲轟擊江中清兵小舟。霎時長江砲聲隆隆，黑煙縷縷，清兵小舟不堪砲彈轟擊，紛紛翻舟覆水，清兵靠著竹筒在水中載浮載沉。

待兩軍接近，進入火砲射程的下方死角，鄭鴻逵正要下令弓箭手就位，忽見清兵小船大多空無一人，或立著竹竿綁成十字架穿著衣衫的假人。

「有詐！」鄭鴻逵再持千里鏡詳看，果眞有詐，「撤船回汛！」

「噹！噹！噹噹噹！」、「噹！噹！噹！噹噹噹！」撤船回汛鑼聲響起，各船收兵回防。

鄭鴻逵甫下船，一名探子飛馬馳至汛口跳下馬，一個踉蹌跌到他跟前。鄭鴻逵連忙扶住他，探子慌張地說：「稟……稟……總兵官，皇上昨夜佯裝召優人入宮演戲，皇上……與內監韓贊周坐飲觀戲，途中……中……攜一姬……與韓贊周率一衛隊，開聚寶門出奔……，百官無人……

知曉。」探子喘著氣說：「今晨早朝，丞相得知皇上出奔……以奉太后懿旨，召喚守陵的貴州兵五百人自衛，奉太后乘船下江奔浙江。」

「啊！皇上出走，皇上生死不明。」一名參將驚道：「將軍，守是不守？」

鄭鴻逵面色凝重，旋卽走進中軍帳。一群參將、千總守在帳門口聽令。

又一名探馬飛報：「稟總兵官，大隊清兵從老鸛河渡龍潭，正在糾兵集結。」原來，清兵趁破曉水霧瀰漫長江，以少許軍兵力乘船，帶空舟假人佯攻鎮江，採聲東擊西之計，大軍則從金陵與鎮江之間的老鸛河口渡江到南岸的龍潭。

「將軍，該如何是好？」眾參將急問鄭鴻逵。

此時，三叉河總兵官鄭彩乘船至鎮江，鄭彩下船直奔鄭鴻逵中軍帳，兩人掩門密商許久。

「皇上夜奔，生死不明，丞相奔浙，南京已失守，軍士各無戰志。」鄭鴻逵走出中軍帳對眾參將、千總說：「此時，如果我強要各位效忠皇上，乃強人所難，本官與鄭彩總兵官計議，著本軍各營、各船自行決定或戰或走，預計清兵明日午後將抵達鎮江，如果有兄弟欲隨本官和鄭彩總兵官回閩南者，歡迎同舟而行，若有家眷欲搬，請盡速移眷，明日中午啟椗揚帆南下閩粵。」

五月十日中午，鄭鴻逵率大鳥船、「花屁股」趕繒船、大槓船共十二艘，滿載兵丁、家眷、棉被、鍋碗瓢盆等生活器物，順流向東而下。

福松站在船尾官廳向西眺望，久久無語。

鄭鴻逵走出船尾官廳，站在船舷看著他防守三個月的鎮江汛口營寨，中軍帳、瞭望臺、架著一面大銅鑼的鳴金臺，一點一點地向後退去，最後只見瞭望臺上飄揚的紅黃旌旗，寫著「鄭」字的帥旗迎風飄揚。

「轟隆隆！」雷聲乍響，閃電如鍊，大雨瞬間傾盆而下。大清朝豫親王多鐸率大清兵抵南京城下，人喧馬嘶，喝令開城門投降，否則兩個時辰後攻城。

「滿清兵臨城下，我夫貴爲禮部尚書，當投水殉國。」柳如是勾著錢謙益的手臂說：「夫死殉國，妾死殉夫。」

錢謙益緩步走下長江，打個哆嗦，退回岸邊，搖著手：「好冷，我不要投水。」

柳如是縱身跳下長江，錢謙益趕忙衝進長江將她拉上岸，「娘子，草木一生，枯榮自有天定，何必定要去死才能盡忠乎？」

柳如是嗆水，不停咳嗽，渾身溼透，冷得打寒顫厲聲問：「你不是教學生盡忠，忠君愛國？」

「君已夜奔，棄百姓於不顧，何可忠之乎？」錢謙益說完蹲下，將柳如是背上身。

「你不怕萬世罵名？」柳如是紅著鼻頭和眼眶。

「你要南京步『揚州十日』之後嗎？」錢謙益背著柳如是步履蹣跚，搖頭說：「要忠君愛國，更要愛百姓。」

錢謙益安頓好柳如是，馬上趕到南京皇宮議事。

一群明臣在皇宮集議，多鐸派人勸降、遊說不要再做無謂的抵抗。

錢謙益與說客對談後陷入沉思，半晌才說：「請帶話給豫親王，一不傷害無辜百姓，塗炭生靈；二盡快恢復科舉取士，讓文脈延續。我願薙髮降清。」

說客離去後，錢謙益以禮部尚書身分說：「事已至此，唯有作小朝廷求活耳！」與諸大臣在滂沱大雨中開城門，跪地向多鐸請降，獻上玉犀、象箸、宮扇、琉金琺瑯爲禮品。

多鐸因此放過南京，未殺一人。

錢謙益後任禮部侍郎。從禮部尚書變侍郎，降了一級。

❖ ❖ ❖

以上是鄭鴻逵離開南京前，另令龔妹娘將清兵進入南京城的現況寫成一信，與他先前寫好的信，派船送回安平城，讓我得知江南軍情，預作準備與安排。

我看完這兩封信，呆坐半晌，想起數年前在南京召集秦淮八豔，宴請錢謙益、吳三桂等人的情景，以及錢謙益「棄百姓於不顧的夜奔之君，何可忠乎？」、「不傷害無辜百姓，不致塗炭生靈、不步揚州十日」後塵的話，不停在我腦海中沉浮，是耶？非耶？

後來時人作詩：「錢公出處好胸襟，山斗才名天下聞。國破從新朝北闕，官高依舊老東林。」嘲諷錢謙益降清，依舊做高官。

40 隆武帝福州即位

數日後，又接鄭鴻逵一封長信，題爲「奉唐王南下福州」，內容如下所云：

鄭鴻逵船隊出長江入東海，海上風向不定，遇狂風暴雨，鄭鴻逵率船隊避入錢塘灣，暫憩靠近杭州錢塘江出海口小城，避風雨兼採買新鮮蔬果菜肉。

一日午後，鄭鴻逵、鄭彩偕福松、郭櫻下船，在一家客棧面向街道的茶室喝茶小憩。一隊馬車徐徐從眼前經過，每兩匹馬拉著一輛車，馬鼻噴著白氣，奮力踏出每一步，車轍深陷泥淖，馬伕大聲喝叱鞭箠才能將車拉出泥淖向前走。

這車隊走得極慢，前面四輛車車側開窗，窗內人影閃動，想是大戶人家的家眷，後方十輛車覆蓋頂篷沒有開窗。馬車趕進客棧，塞滿了馬廄前小小空地，馬兒嘶鳴，人聲雜沓。

幾名穿青衣、戴皂帽管家僕役打扮的男子先進客棧，低聲向掌櫃說幾句話，掌櫃拍手呼喊店小二道：「快準備三間包廂供王爺和家眷用餐，要三桌上等菜。」又吩咐打掃的婆子：「打掃五間上等客房，六間一般房和三間通鋪，王爺今晚要住呢！」客棧雜役、婆子頓時忙成一團。

沒多久，這幾名靑衣人伴著一名身穿藍色繡虎頭絲綢長袍，頭戴一頂深藍絲絨小帽，面白唇紅，人中蓄短髭，下巴留著短鬚的中年男子，溫和優雅邁步，眼光向四周轉了一圈，隨著掌櫃走進一間包廂。

隨後包廂傳出掌櫃畢恭畢敬的聲音：「王爺請上座，王爺駕臨小店，蓬蓽生輝，先上小菜，飯菜隨後就來。」

掌櫃面朝包廂裡邊，屁股朝外退了出來。

一批婢女隨侍幾位穿著紅、黃、粉紫色綾羅綢緞，每走一步頭髮金鈿相擊，腰間玉珮相叩，馨香撲鼻，搖曳生姿的老少女眷走進包廂。

忙了一會，跑堂店小二才有空來茶室換水倒茶。

「小二，請問這是哪裡來的王爺？」鄭彩指指包廂說：「馬車隊的車轍深重，想必家當都帶在車上逃難來的吧？」

「這位客官……將軍。」小二眼尖看見鄭彩黑袍下露出軍人的綁腿，想必是軍爺，不論軍職大小，稱呼將軍準沒錯：「聽說是打自河南逃出的王爺，是何名號，小的不知道。」

「這位是鎭海將軍鄭鴻逵，我是南京衛總兵官鄭彩。」鄭彩緊握拳頭又放鬆說：「請小二哥打探，是哪位王爺，待王爺用餐後我等好請見。」

「是，小的這就去向王爺管家說去。」店小二看了鄭彩盆大的拳頭靑筋暴跳，吐吐舌頭，用力擦淨桌面，躬身退出茶室。

店小二去了沒多久，一位穿青袍的中年男子走進茶室。

「二位將軍，我乃唐王府管家。」他拱手說：「敢問兩位將軍尊姓大名，職務銜名，待會兒回王爺問話。」

「我是鎮海將軍、鎮江總兵官鄭鴻逵。」鄭鴻逵起身拱手回話：「這位是南京衛三叉河總兵官鄭彩。」指著福松、郭櫻：「這兩位是鄭某姪兒、姪女。管家請坐，下官有事請教。」管家口中謙稱不敢，身體卻大剌剌地就座。

「請教管家，這位唐王源出皇室哪一世系？」鄭鴻逵問。

「我家唐王名諱聿鍵，乃太祖第二十三子唐定王桱（朱桱封藩河南南陽）的八世孫。」管家對唐王族譜倒背如流。

朱聿鍵於崇禎五年繼位唐王。他性格剛直，仗義直言，好打抱不平，喜歡讀書，愛收藏古書善本，作文洋洋灑灑數千言。

崇禎九年（一六三六）間，流賊李自成、張獻忠等犯北京，京師戒嚴，朱聿鍵見京師危急，自行募兵三千，從河南到京師勤王救援。對此，崇禎帝不但不感激，反而下詔書指責朱聿鍵「不應違反祖制」，勒令唐王朱聿鍵還國。

後來，明軍擊退李自成，京師解危，崇禎將此事交內閣、大臣會議，議決拔除朱聿鍵的唐王封號，降為庶人，囚禁鳳陽皇陵看管，由其弟朱聿鏌繼位唐王。

崇禎指的「祖制」是指，明太祖朱元璋駕崩後，由長孫朱允炆繼位為明惠帝。惠帝採用大臣齊泰、黃子澄的建議，對擁有軍隊、實力強大的皇室親王進行削藩。朱元璋四子、封藩北京的燕王朱棣恐成為削藩的目標，以「清君側，靖內難」舉兵要殺齊泰、黃子澄為名義反抗惠帝。三年後朱棣攻入南京，奪帝位，是為明成祖，史稱「靖難之變」。

之後，為了防止再發生皇室擁兵爭奪大統，朱棣繼續執行惠帝的削藩政策，下令解除親王軍隊，所有親王亦不能率師勤王。所以，朱聿鍵募兵勤王，雖然出自好意，卻犯了大忌。

崇禎十四年（一六四一）李自成陷南陽，繼位的唐王朱聿鏌遇害。

後來，崇禎十七年，福王即位南京為弘光帝。

「經右副都御史路振飛上疏，乞弘光帝寬宥聿鍵，聿鍵才獲赦出獄，並再次嗣位為唐王。」

管家說完，拿起茶杯喝茶。

「這麼說來，唐王是為忠君勤王獲罪被關六年。」鄭彩扳指算了算，「實乃非戰之罪。」

「是的，怎知剛返南陽唐王府，隨遇清兵南下，只好出亡，從漢口乘船下長江，甫出海口遭遇風浪，只得下船暫避於此。」

「請問王爺，欲往何去處？」

「行止未定，想先往杭城去。」管家起身說：「時間差不多了，容我通報，再請兩位將軍謁見王爺。」管家離開後，鄭鴻逵遣郭櫻回船，囑她打掃官廳與備妥幾間乾淨艙房。

❖ ❖ ❖

幾名青衣僕人前導，唐王朱聿鍵緩步走進茶室，鄭鴻逵叔姪三人行跪拜禮，通名介紹後，唐王看著福松一身儒生打扮，頻頻問他在南京讀了什麼書。福松一一詳答，聽得唐王頻頻撫鬚點頭稱讚。

後來鄭鴻逵與鄭彩談到左良玉檄文馬士英欲清君側，調江北防兵南渡九江致江北空虛，清兵南下，以及鄭鴻逵在南京朝廷所見所聞的事。

當時唐王正在漢口避禍，經歷兵慌馬亂的日子，他怒責：「弘光用人不當，馬士英擅權喪國。」說著說著竟痛哭不止。

鄭鴻逵心中自忖，唐王眞性情中人，不若弘光帝那般闇弱、貪財愛色的紈褲子弟，明朝或許有救，躬身再拜說：「王爺乃明室復興的希望，末將欲奉王爺入閩，不知王爺之意若何？」

鄭彩聞言，驚愕地緊握拳頭微微轉頭看了堂叔鄭鴻逵一眼，隨即低眉斂目。

「王爺請勿推辭，滿清異族鐵蹄蹂躪中原，逼百姓薙髮投誠，各地百姓望明室恢復，如大旱之望雲霓。」福松也跪奏：「吾父鄭芝龍與叔父可奉王爺爲中興共主，恢復明室。」

唐王低吟沉思良久，猶豫不決，決定次日再議。

後來數日，狂風暴雨不歇，唐王朱聿鍵與鄭鴻逵都被困在客棧，得以促膝長談，得知唐王逃難於途，家眷資財僅四車，其餘十車都是善本書。聽得鄭鴻逵、福松連聲佩服，鄭彩搖頭不已。

天氣舒晴，聞報弘光帝帶著愛姬和太監夜逃，數日後在無錫太湖旁被大清攝政王多爾袞逮獲下獄。馬士英則奉太后從杭州逃到紹興，被紹興知府拒於城外。

在杭州的潞王朱常淓則認爲：「禦者無力，逃者非策，適足以殘生靈，不如降爲上策，庶百姓得安。」舉杭州城投降大清。

唐王低吟潞王的話，看著車隊，看著客棧逃難的百姓，徘徊不已。

當夜，曾任弘光朝廷的禮部侍郎黃道周、戶部右侍郎何楷、右副都御史路振飛等大臣，從杭州逃抵錢塘江口，欲尋船南下，陸續拜見唐王。

唐王再見上書弘光帝救他出獄的路振飛，握著路振飛的手眼眶紅潤，感慨不已。

「王爺，此地不宜久留，潞王已降，我等欲南下閩粵，請王爺同行。」路振飛、黃道周勸進：「中興漢室，有賴王爺登高一呼。」

「但是各地還有其他皇室親王，我豈可……僭越……」唐王被關皇陵六年的陰影猶存，不應違反祖制的顧忌仍在心中。

「國當大變，朝廷已經在危急存亡之秋，凡是太祖子孫、臣子庶民，皆當同心併力救國，中興朝廷，成功之後，入關者王。」黃道周說：「臣以爲，毋須顧慮是否僭越倫序，不應再顧忌祖制，請王爺定奪。」

「好，諸位忠臣有中興之志，孤豈能無恢復之心。」朱聿鍵慨然宣布：「孤決與諸大臣共赴閩南，共復漢室。」

❖ ❖ ❖

我早兩日接到鄭鴻逵派遣快艇通知，將奉唐王南下福州，即刻通知福建巡撫張肯堂，預作準備。

「令弟所爲，禍福難料。」張肯堂得知唐王將到搖頭說。

「撫院大人，何出此言？」我十分驚訝張肯堂的反應。

「唐王是皇親宗室，逃難來此，地方下官理當供養、護衛。」張肯堂踱步說：「我擔心，府庫僅存二十萬三百兩銀，不知唐王及隨員若干，駐閩時日長短，一旦用罄，如何爲繼？」

「是，撫院大人考慮極是。」我說：「此刻兵荒馬亂，我等也只能且戰且走。」

第三天中午，我與張肯堂在福州馬尾港等候。

鄭鴻逵座船一靠岸，我與張肯堂立即上船晉見唐王。

我和鄭鴻逵、鄭彩率馬騎、步兵護送唐王與家眷車隊暫住福建布政司署途中。
「這筆生意合算嗎？」我在馬背上問鄭鴻逵。
「大哥，此話怎講？」鄭鴻逵一臉茫然。
「你看。」我勒馬回首，手指停船的碼頭。跟著唐王來的文臣們，正在指揮家人僕役搬運隨身行李。
「就我所知，福州府庫僅餘二十萬三百兩銀，府庫用罄後，這班文武大臣吃誰的、用誰的？」
「這……」鄭鴻逵遲疑了一會：「國家遭難，效忠皇室，號召天下，戮力恢復是人臣之責，若是成功……我與大哥都是中興功臣，自然拜相封侯，光宗耀祖，富貴一生，這是難得的機會，弟所以迎唐王入閩。」
「如果，」我停頓一會兒再問：「如果，不幸失敗呢？」
鄭鴻逵默然。
「你當眞認爲這個唐王可以中興明室？」
「唐藩愛讀書，喜《孫子兵法》，文采武韜富藏於胸，與弘光帝截然不同。」鄭鴻逵指著正好行經我們眼前的馬車隊留下的深深車轍說：「大哥請看，唐王帶了十車善本書逃難。」
「一官叔，我認爲這個唐王，唉！」鄭彩欲語還休：「逃難求的是快速、簡捷，帶十車書怎麼逃難？」

「嗯！」我看了車轍一眼，沉思一會道：「難怪皇帝都喜歡用讀書人。」

❖　❖　❖

朱聿鍵在布政司署大堂一一見過福建各州府官員及南逃大臣。文臣有學識淵博與錢謙益齊名的黃道周、曾櫻、何楷、黃鳴俊、蘇觀生；文武兼備的路振飛；武將有打敗紅毛番，蕩平海寇的我、鎮海將軍鄭鴻逵、總兵官鄭彩，左右羅列。

文臣武將一起出班，齊下跪，磕頭行大禮：「吾王千歲、千歲、千千歲！」

唐王朱聿鍵環視文臣武將，彷彿聚天下賢臣於一堂，集精兵猛將而統之，一時躊躇滿志，胸中湧現一股君臨天下的氣慨，大有中興之勢。

這年的閏六月十五日（一六四五），唐王朱聿鍵即皇帝位，年號隆武，改今年爲隆武元年，改福州布政司署爲臨時行宮，福州府改爲天興府，意喻「天興明朝」；授黃道周爲武英殿大學士，何楷、路振飛、曾櫻、黃鳴俊爲大學士兼閣員，入閣辦事；另有吏、戶、禮、兵、刑、工六部尚書。

隆武帝將我從南安伯晉封爲平虜侯，封鄭鴻逵爲靖虜侯，鄭彩爲永勝伯，鄭芝豹爲澄濟伯，施福爲武毅伯。施福升他的姪子，遊擊施郎爲左衝鋒。

隆武對所有奏摺皆親自批示，與廷臣、武將天天會議戰略之道。閩南隆武朝廷一時頗有中興氣象。

這時，大清兵已攻占湖南、江蘇、浙江錢塘江以北的杭州地區。浙江錢塘江以南的紹興有魯王朱以海，在明朝其他官員和武將擁立下即皇帝位，先稱「監國」。朱以海是明太祖朱元璋第十子的九世孫，淸兵進山海關後，從山東袞州逃難到浙江臺州。

靖江王朱亨嘉則在廣西桂林自號「監國」。他是太祖朱元璋姪子的十世孫。論輩分，朱以海、朱亨嘉都要稱朱聿鍵爲叔叔。但三人互不承認對方爲帝，勢如水火。

勢如水火的不只隆武帝朱聿鍵、魯王朱以海和靖江王朱亨嘉，閩南朝廷內的文臣武將也勢如水火。尤其是我，文臣彷彿都衝著我來。

41 站班之爭小朝廷內鬨

這天，早朝的主題是從福建、浙江、江西界山仙霞嶺上素有「八閩咽喉」之稱的仙霞關到福州，這一路上有多少該防守的關隘營寨，以及守軍若干。

武英殿大學士黃道周站在大殿東班之首，我進了殿，自認是平虜侯，侯爵位在大學士之上，於是邁步走到黃道周的前面站定。

何楷拉拉黃道周的袖子，一陣低語，黃道周點點頭又搖搖手，何楷正欲向我說話。

「皇上駕到！」內監大喊。

群臣頷首垂手肅立，隆武帝走進大殿端座龍椅。

「吾皇萬歲！萬歲！萬萬歲。」群臣下跪問安。

「眾卿平身。」隆武說：「今日當議必守關隘山寨，及派兵若干。」

「啟奏皇上，早朝時，文武大臣站班，文東武西乃太祖定制。」何楷出班奏道：「今晨平虜侯妄自尊大，站東班之首，不但欺凌臣等，違反祖制，實目無陛下，請陛下正其罪。」

妄自尊大、正其罪這幾個字，何楷故意念得特別慢、特別大聲。

我臉一紅，隨即奏道：「文東武西雖古來定制，但是我朝在太祖時已有行之，徐達是武將，但他站東班之首，群臣無異議。」

「徐達是開國元勛，你敢與徐達相較乎？」黃道周反駁，何楷、黃鳴俊等人皆點頭附和稱是。

「以今日較之，」我十分不服氣，向隆武帝躬身拱手，回首看著黃道周、何楷：「我從福建統兵北伐打到燕京，恢復明室，功亦不在徐達之下。」

「等你恢復到燕京，那時再來首站東班還不遲。」何楷舉手高聲駁回。

我一時語塞，鄭鴻逵、鄭彩和施福等人面露慍色。

隆武帝見狀排解道：「文東武西雖有定制，但是值此國家多難，舉步維艱之際，廷議不需要分文臣武將，且平虜侯不熟早朝規定，諸臣不要怪他。」

「早朝廷議首重規矩，無規矩不以成方圓。」何楷堅不退讓，侃侃而奏：「無規矩即無君臣之分，請陛下正平虜侯之罪。」就是要隆武帝定我的罪。

隆武帝囁嚅說了幾句群臣聽不清楚的話語，然後轉了話題大聲問：「仙霞關應有多少守軍？爾等奏來。」

說到戰守之策，文臣一時默然。

此時，我默默站回西班之首，低頭斂手、垂眉閉目寂然無聲，就讓東班那一群文臣去議論戰守之策吧！

「仙霞關應有多少守軍？」隆武帝又問了一次，看著我：「爾等奏來。」

我依然閉眼斂手，不語。我不開口，鄭鴻逵等諸將亦沉默以對。

「啟奏陛下。」路振飛打破沉寂：「仙霞關乃福建第一關，素稱東南鎖鑰，七閩咽喉，易守難攻，踞關面對從江西、浙江上山的敵兵，可發揮居高臨下一夫當關、萬夫莫敵的功效。臣認爲，從仙霞關以後，再分安民關、木城關、六石關三寨以爲輔佐，仙霞關需兵五千，其他的安民、木城、六石三關各需兵三千，以爲戰時應援。」

其他大臣接著陸續發言，熱烈討論，最後議決當守一百七十處，新建營寨一百三十二處，需兵二十萬，十萬派駐各營寨、隘口防守，十萬在天興府（福州府）演習操練，伺機出師北伐。

我全程無語，直至散朝。我倒想看看，沒錢沒兵，這班文臣如何新建營寨、派兵防守。

黃道周是天啟二年（一六二二）進士，授翰林院編修。自幼學習《易經》，算出自己壽命至六十二歲。崇禎二年擔任「右允中」諫官時，多次直諫崇禎帝的政策不佳，和崇禎帝發生爭執，崇禎帝大怒命他出宮候旨，他跪奏：「臣今日不盡言，臣負陛下；陛下今日殺臣，陛下負臣。」連命都不要了，因此以正直、敢言譽滿朝廷。

何楷是天啟五年（一六二五）進士，崇禎朝授官刑部給事中，也以直諫敢言聞名，與黃道周、林蘭友、劉同升、趙士春合稱「長安五諫」。

「哼！看你帶回來的好買賣。」回到侯府，我摔帽子，對鄭鴻逵怒道：「這班文臣除了滿口仁義道德，規矩方圓，逞口舌之快，可會行軍打仗？」

「大哥息怒。」鄭鴻逵說：「黃道周、何楷出言直諫並非今日始之，兩人都曾在崇禎朝因彈劾大臣獲罪，是『長安五諫』之二，並非故意爲難大哥。」

黃道周是漳浦人，何楷是漳州鎮海衛人，都是福建閩南人。我早年就聽過這兩人的名號，點點頭，臉色稍解，端起茶杯喝一口茶。

施福率施郎快步進廳。

「一官爺，施郎在武英殿外執戈護衛，方才散朝時，聽到一班文臣的講話。」施福說：「施郎，稟報將軍。」

「稟報將軍，散朝後，群臣三三兩兩走出殿外。」施郎說：「末將聽到文臣黃道周輕聲說『原不欲與之計較，多謝元子（何楷，字元子）仗義直言』，何楷回答『我亦不欲與之爲難，只是看不慣他目中無人的模樣。唉，海僚出身，當然不懂規矩』。黃道周說『是啊，恥於與綠林莽漢共處一殿』，接著故意提高聲調說『吾恥於與海僚同事一君』。」

我將手中茶杯擲地砸個粉碎。

鄭鴻逵緊握右拳放在嘴唇上，無奈地搖頭。

僅僅一個月，福建府庫存銀二十萬三百兩用罄，隆武朝廷的二十萬士兵、將領和文武大臣，面臨七月底發不出薪餉的窘境。

❖ ❖ ❖

早朝時，隆武帝問群臣籌餉之策。群臣束手，眼巴巴全看著我。

「臣建議，請預借閩省田、糧兩稅一年。」我出班拱手奏道。

「如何預借？」隆武帝問。

「請皇上飭各州府有司，向百姓徵繳這一年的田、糧兩稅稅額，或可支餉三月。」我奏曰：「如果不夠，再開徵鹽、鐵、牛、豬稅，以供軍餉。」

「這可好……？」隆武帝遲疑著，看著其他大臣。

「值此兵荒馬亂之際，先徵一年稅，百姓會做如何想？」黃道周反對。

「大學士言之有理，但是，軍士豈可枵腹作戰？戰馬豈能不吃草？」我提議：「請陛下令眾大臣捐俸助餉。」

捐俸？群臣悚然。眾文臣攜家帶眷逃難到閩，猶等著朝廷發薪，買米下鍋，哪來俸銀捐獻，一時悄寂無語。

「臣捐福建總兵官兩年俸銀四百八十兩。」我見群臣愀然，氣定神閒地說完，轉頭看站在東班的黃道周、何楷等人一眼。

黃道周、何楷站直了身子，眼睛直視前方。

「卑職捐鎮海總兵官一年俸銀兩百四十兩。」鄭鴻逵跟進。

「卑職捐南京衛總兵官一年俸銀兩百四十兩。」鄭彩說。

「卑職捐天興府參將一年俸銀一百八十兩。」陳鵬出列。

陳霸、郭曦、林習山、張明振等武將一一出列，捐一年薪俸。文臣一個也沒捐。

隆武帝見狀說：「衆愛卿慨捐一年薪俸，朕有朝一日重返燕京，當十倍還汝，此事朕當記在心。」接著下旨：「著令各臣捐俸銀，並飭各府縣有司，徵收今年的田、糧兩稅。」

散朝後，何楷、黃道周苦著臉，無言，各自散了。

徵田、糧兩稅，半月後又開徵鹽、鐵稅和牛豬稅，福建各地民情譁然。

「未到秋收，何來粒米繳稅，大明皇室，一樣腐敗無能！」泉州百姓編兒歌譏誚，形容官兵逼稅的情形唱道：

有毛食到棕蓑，沒毛食到秤錘；二腳食到樓梯，四腳食到桌櫃；有肉食到肉燥，
無肉吃到垃圾。

意指，官員逼稅有毛的東西，從雞鴨到用樹皮纖維製的棕蓑（蓑衣）都不放過；沒有毛的東西，連鐵製的秤錘也要搜刮；兩隻腳的物品連梯子也要，四隻腳的東西連櫃子也帶走；有肉的連肉燥（肉末）也要，無肉的垃圾也不放過。總而言之，盡其能事地搜刮一切物品繳稅、抵稅，引起極大的民怨。

會講河洛話的黃道周聽了，密奏隆武。

某日，隆武午間召見我，君臣詳談至黃昏，我才回府。

次日早朝。

「平虜侯昨日慨捐五十萬兩銀，捐輸軍費，解朕燃眉之急。」隆武當衆臣宣布：「平虜侯爲中興大業盡心盡力，愜意朕心，著卽日晉平虜侯爲平國公，加太師，明日會宴衆臣。」隆武帝接著晉封靖虜侯鄭鴻逵爲定國公，我的部將林察、周瑞、張明振、陳霸等人由伯晉封爲侯。

自此，人皆尊稱我爲太師。

次日宴席中，我以平國公身分，坐在隆武首席的右側第一個位置。

黃道周又起立奏曰：「祖制，武臣無右。」

我聞言，閉目沉思一會，起立向黃道周拱手揖讓，讓座居下。

環繞圍坐大殿的武將，皆怒視黃道周，我以眼光示意衆將「無妨！」但見黃道周有如芒刺在背，整場宴會吃得不安穩。

❖　❖　❖

閩南暑熱，八月初二早朝，鄭鴻逵到得早，手搖扇子從殿外翩然進殿，站立西班，雙眼微閉，右手輕搖扇柄，涼風撲面搧走暑氣，暢意快哉！

路振飛、曾櫻等人陸續進殿，鄭鴻逵持扇拱手招呼致意。

何楷進殿，目睹鄭鴻逵殿上閉目搖扇，旁若無人，呵叱：「無禮！」

鄭鴻逵張眼定睛一看，何楷怒目圓睜，向他吼道：「大殿乃群臣會議，商討國家大事之所，豈是小子搖扇自我陶醉，輕佻無狀之處？」

鄭鴻逵霎時面紅耳赤，「啪！」一聲，收起扇子，攏在袖內，其他武將瞪視何楷，大殿氣氛凝重。武將人人銳眼睥睨文臣，令文臣個個汗流浹背。獨何楷閉目肅然，置之不顧。

稍後，「欣聞浙江兵部右侍郎張國維，督軍恢復富陽、於潛兩府。」隆武帝坐進龍椅後捻鬍而笑：「可知各地百姓揭竿反清，思我明朝，各位愛卿可有出師之計？」

「啟奏皇上。」何楷率先出班，從袖中抽出奏摺，遞交內監轉呈隆武帝，接著說：「前日，皇上祭祀天地，平國公、定國公相率稱疾，未陪祀南郊，今日見定國公搖扇漫步中庭，翩翩然走進殿內，瀟灑悠閒，未見病容，想必是佯病引疾故意不陪皇上祭祀天地，無人臣禮儀，奏請皇上正其罪。」

我和鄭鴻逵紋風不動，不想答辯。

「這……這……」隆武帝看著我和鄭鴻逵說：「何愛卿所言甚是，但朕以爲平國、定國是因閩南暑熱，偶有不快，並非佯病，只是湊巧。」

我和鴻逵仍紋風不動。

「何愛卿敢言直諫，乃朝廷之寶，朕令你掌都察院。」隆武明著褒揚何楷。

「謝萬歲！」何楷下跪謝恩。

散朝後，我回府，走到後院靜靜看著小徑旁的扶桑花，火紅的花朵盛開在豔陽下，花瓣向下彎成美麗的弧度，長長的花蕊伸出花心，迎風搖曳，綠葉紅花，賞心悅目。

我拔出腰際佩劍，劍尖挑起一朵花，手腕一抖，飄落幾片殘紅。我再跨步揮劍攔腰砍向花莖，指頭粗的花莖遭利刃一掃成排倒下，反手一刀斜削而出，又揮劍劈、砍、剁，瞬間片綠殘紅滿天飛。霎時間，一排扶桑只剩下禿枝殘莖。

我微喘著氣，收劍回鞘。轉過身與鄭鴻逵四目相接。

「那班文臣如同這排扶桑花。」我指著凌亂的殘莖：「中看不中用，隆武還當廷褒獎。」

❖ ❖ ❖

「啟稟太師，杭州燊榮商號掌櫃龔孫觀快信。」施郎呈上快信。施郎在施福軍中升任左衝鋒，率左衝鋒營四千人護衛太師府邸。

「快信？不是商報？」我抽信細細觀看，看後掩信，招鄭鴻逵、鄭芝豹進堂後小室，命令施郎：「守好前堂後門，不得我令擅入者，斬。」

鄭鴻逵掩上門問：「什麼快信如此重要？」

「是洪承疇來信。」我抽信給鴻逵、芝豹看。

洪承疇是天啟年間進士，泉州府南安縣英都鎮人，跟我俱是南安縣同鄉。洪承疇督軍援錦州被圍後降清，住關外四年，被大清授官招撫江南大學士，負責勸降江南尚未歸順大清的明朝文臣、武將。

洪承疇在信中首先感謝今年暮春我念及同鄉情誼，遣金城商號掌櫃李長光餽贈厚禮，後因兵馬倥傯，無暇覆信，「今在杭城得知兄立主隆武，一人繫明室命脈，為大明股肱，是閩人之光」。

接著說：「然識時務者為俊傑，公必不忍為保明室子孫而遺害全閩蒼生，兄可聞唐相魏徵『寧作良臣，莫作忠臣』之語乎？你我同為閩人，同鄉之誼血濃於水，兄若另有所思，弟當竭力為兄奔走，靜候佳音。」

我三兄弟閉室密商，這封信重點當然是在「兄若另有所思」這句話。討論之後由鄭芝豹執筆回信。

「這信至關緊要，須找一個會經商又具膽識，眼光機靈，嘴巴緊的人送信。」我問：「五弟，海五商或水師中可有適當人選？」

鄭芝豹略微思索：「有了，智勇號二當家黃梧，讀過幾年書，在山海五商都幹過，且在杭州燊榮商號待過，對杭州熟門熟路，任事勤快有膽識，很會察言觀色，嘴巴緊。」

「叫他送信去杭州。」我說：「什麼都不必說，只要他快去快回，不准向旁人說一個字。」

黃梧接到差事，揣摩此事可能事關重大，想到杭州現在清兵手中，他找剃頭擔仔，請師傅為他剃個光頭，到了杭州看起來像薙髮，下船行走送信，比較不會惹官兵起疑。回到福建只消說，天氣熱剃光頭消暑，亦言之成理。

第二天，黃梧乘坐商船，直往杭州送信去了。

「另外，還要找人去燕京。」我心中自忖，去找鰲拜。

「去燕京？找誰？」鄭芝豹問。

「此事，我自有安排。」我心中已有人選，就是陳暉和楊耿。

五日後，我派郭曦率一百軍士，護衛陳暉、楊耿攜帶瓜子金、珊瑚、火槍等貴重禮物，以及一封長信，和一張畫著一隻海龜大力士站著舉手托天的畫像，啟航赴燕京。

此去，一是尋鰲拜，打探大清朝對我的安排，為歸順大清鋪路；二是找金城商號掌櫃李長光，設法重啟金城商號營運，做為駐京聯絡地。

❖　❖　❖

數日後。

隆武看到都察院何楷摺子，心想何楷又要彈劾某人？待看完摺子，「啊！」輕呼一聲，竟是何楷上疏辭官回鄉，理由有二。

一是「年老多病」。何楷年五十，當不致老到多病體衰無力從公。

二是「臣自知不見容於當朝勛臣」。這當朝勛臣……唉，不言自明，隆武帝左手搓揉著太陽穴，最後拿起御筆在奏摺上批：「勉於照准，知會平國公。」

我看了何楷的奏摺，悶哼一聲，不置可否。

「一官爺，該如何處理？」施福問道。

我閉目良久，搓揉右耳緩道：「他不是貪官惡吏，只是說話讓我聽來十分刺耳。」

「是，我知道了。」施福拱手說，轉身快步離開。

何楷第三天帶著家人，乘坐三輛馬車，離開天興府城門，往南走，想必是要回故鄉漳州的鎮海衛。

中午，渡過烏龍江，走進一處山徑密林，車伕正待吆喝下車休息吃午飯，後方傳來一陣馬蹄聲，二十幾匹馬搶過馬車跟前，圍住馬車，馬上漢子個個穿黑衣，戴寬沿斗笠。爲首的漢子策馬走到何楷前面摘下斗笠。

「施郎！」何楷驚呼：「太師派你來？」

施郎搖搖頭，眼神向左右黑衣人示意。

三名黑衣人下馬拉著何楷往草叢深處走，何楷的兒子、家丁大叫欲衝出，被十餘名黑衣人拔刀壓制。

「啊！」草叢傳來慘叫聲。

「爹！」何楷次子撞開黑衣人欲衝出包圍，一個黑衣人跳下馬，一個旋踢將他踢倒在地，拔刀橫擋在前。

三名黑衣人回到施郎馬前，拿給施郎一個沾血的耳朵，施郎拿塊布將耳朵包起。

此時，何楷捂著右耳跑出草叢，血從指縫間滲出。家人一擁而上，抱著他痛哭。

施郎一聲呼嘯，馬隊急鞭揚長而去。

八月底，去燕京找鰲拜的陳暉、楊耿始回福州。

❖ ❖ ❖

「一官爺，信已經送到鰲拜手上，他說會相機行事，有事會以金城商號和掌櫃李長光爲聯絡地點和聯絡人。」陳暉回稟：「據我等打聽，他目前在燕京被大清的攝政王多爾袞打壓。」

「不急，從頭說來。」我說。

「爲了躲避清兵注意，我等夜行曉宿，騎馬走了三天到燕京，先找到金城商號，交給掌櫃兩萬兩銀營運金，傳達一官爺的指示，盡速恢復營運。」楊耿說：「接著花了兩天才打探到鰲拜的男爵府邸，想投帖拜謁，但是清兵一見漢人立即喝斥趕人，不得其門而入。」

後來，陳暉和楊耿回客棧託人打聽，找到一名滿洲老兵，給了二十兩銀，次日滿洲老兵帶著兩人再去男爵府邸投帖，由滿洲老兵送十兩銀給衛士，始得打通關節，將大力龜舉手托天的畫像送進府內。

如此，又等了兩天，陳暉和楊耿正在發愁之際，一名蒙面的滿清大漢與三名精壯、留辮子的漢子突入客棧，直入兩人住的廂房。

蒙面人取下紗巾，陳暉、楊耿一見脫口而出：「大力龜鰲拜！」

「是你們，固山額眞一官可好？」鰲拜也認出陳暉和楊耿，直說：「當年覺華島一遇，竟已二十年。」

楊耿說，鰲拜之前出京公幹，昨天才回京，一見大力龜畫像，心知是一官爺找他，今天特來客棧相尋。

雙方寒暄後，陳暉將我的信交給鰲拜，鰲拜問清楚我這二十年的遭遇之後，隨即離去，吩咐楊耿和陳暉在客棧等消息。

等消息的期間，楊耿和陳暉到處打聽鰲拜的近況，得知鰲拜在大清皇帝皇太極崇德二年（崇禎十年，一六三七），大清軍進攻牽制遼東的大明軍重要基地皮島（今北朝鮮椵島），鰲拜第一個登島，率軍攻克皮島，以首功獲皇太極晉封為三等男爵，賜「巴圖魯」勇士封號。

崇德八年（一六四三）八月初九日，皇太極病逝，皇太極長子肅親王豪格與皇太極之弟多爾袞（努爾哈赤么子）叔姪爭皇位。皇太極生前統領的正黃旗與鑲黃旗將領都擁立豪格為皇帝；多爾袞自領的正白旗與鑲白旗則擁立多爾袞為帝。

當時，鰲拜是鑲黃旗護軍統領，手握重兵，成為關鍵人物。

八月十四日，雙方人馬召集會議討論繼承人選，會議內擁立多爾袞或豪格的雙方將領爭執不下；會場外雙方各有數千精兵環伺，不惜兵戎相見。

爭論到最後，鰲拜與效忠於皇太極的一批將領離座，向多爾袞齊聲說：「我等臣子，由先帝（皇太極）賜食賜衣，先帝於我等養育之恩如天高海深。如果不立先帝之子，我們寧可追隨先帝於地下！」意思是不惜開戰，拚死擁護豪格。

多爾袞至此才讓步，提出折衷辦法，條件是擁立皇太極第九子、五歲的福臨繼位，由他和鄭親王濟爾哈朗一同輔政，也就是立皇太極的兒子，不是長子豪格，而是九子福臨，但是大權由他掌握。雙方這才按劍息兵，接受福臨繼皇帝位。

去年（一六四四），福臨入北京卽皇帝位，改元順治，依雙方談妥的條件，順治封叔父多爾袞任攝政王。

大清王朝權柄全操在多爾袞手上，自然視爭帝位時從中作梗的鰲拜如眼中釘。去年迄今，滿清諸將均奉命出征南朝（大明），多爾袞派弟弟和碩豫親王多鐸爲定國大將軍出征江南，獲得軍功；卻命有「巴圖魯」勇士封號的鰲拜，駐京輔佐六歲的順治皇帝，實則投閒置散迄今。

「兩天後，鰲拜又來。」陳暉說：「鰲拜表示會相機行事，有事會以金城商號和掌櫃李長光爲聯絡地點和聯絡人。」

「原來如此。大力龜目前也不好過。」我聽罷，撫鬚而嘆：「然則，他日或許他有飛黃騰達之日亦未可知，朝中有人，總比朝中無人好，我們也相機行事吧！」

42

賜國姓朱成功

隆武元年（一六四五）九月初，內監至太師府傳旨：「召太師、長公子鄭森陛見，命太師呈錦衣衛軍制。」

我隨即整裝與福松進天興府行宮，內監引我們走向寢宮而不是大殿。

「陛下，太師偕長公子鄭森陛見皇上。」太監跪奏。

「吾皇萬歲！萬歲！萬萬歲！」我率福松跪拜問安。

隆武帝點點頭：「愛卿平身，賜座。」

「平國公，錦衣衛軍制規劃如何？」隆武帝問。

「經參考北京（燕京）、南京皇宮御營錦衣衛軍制。」我起身跪奏：「依天興府行宮規模，擬設前、中、後、左、右五營，名曰禁軍。」

我呈上軍制規章奏道，指派堂弟鄭芝莞統禁軍四千人，分前、中、後、左、右五營，每營八百人，設正、亞營將指揮二員，其下再設千戶四員管兩百人、百戶八員管一百人、大管旗十六員管五十人、小管旗三十二員各管二十五人和伍長，五人中立一伍長，分層統御。

「很好，如愛卿所奏施行。」隆武帝談完正事，接著問福松近況。

隆武帝與福松再見如故，又談起《孫子兵法》，福松對兵法鑽研甚深，對答如流，隆武帝聽得興致盎然，不時點頭微笑。

我看著兩人談話的神情，不時閉目養神，想起剽掠海上、追殺李魁奇、劉香，大戰荷蘭甲板船，剿九連山窟匪的情景。

「兵法豈是紙上談兵！」我自忖：「紙上談兵非兵法，除非是經過實戰驗證，否則終究只是紙上談兵。」我雖不以爲然，也不想打斷皇上和福松的談興，我閉目養神，靜靜傾聽兩人的談話。

隆武帝與福松竟從下午談到掌燈時分，意猶未盡。

隆武帝拍著福松的肩膀：「恨朕無一女以配卿。」接著說：「宣諭。」

我和福松下跪：「臣等接旨。」

「賜鄭森國姓，賜名元功，封御營中軍都督，儀同駙馬，提督禁旅。」隆武帝扶起我，握著福松的手：「朕著你護衛朕的安全，將皇室命脈交你手上，不把你當外人看，卿當盡忠吾家，率軍北伐，爭得首功，毋相忘也！」

「元」乃是爲首、第一的意思，「中軍都督」即禁軍的中營正指揮，職司皇帝近身護衛。

「謝吾皇萬歲、萬萬歲！」我率福松下跪謝恩。

「臣當盡忠陛下。」福松感動哽咽道：「有生之日定率軍北伐，中興漢室，光我朝廷，萬死不辭。」

我想起唐朝丞相魏徵的「寧作良臣，莫作忠臣」名言，轉頭看了福松一眼，朗聲再奏：「臣父子誓做陛下的良臣。」

「愛卿平身。」隆武帝再次扶起我和福松，對我說：「文臣大多是刀子口豆腐心，愛卿宰相之肚，毋與計較。」

我想，應該是何楷被施郎割耳之事傳到隆武帝，皇上才出此言。

「是，臣遵旨。」我率福松躬身後退，轉身正欲離開寢宮。

「啊！陛下留步。」福松忽又奔回跪奏：「臣一時糊塗，求陛下恕罪。」

「愛卿何罪之有？」隆武帝一時不解，蹙眉問道。

「臣蒙陛下賜姓，儀同駙馬，蒙此殊榮，祖上榮光。」福松磕頭說：「唯陛下賜名元功，本朝太祖高皇帝諱元某，應避之，乞陛下再賜他名。」

「喔！」隆武恍然大悟。

明太祖朱元璋，臣下命名應避「元、璋」字。

他沉吟良久道：「然則……哪一個名字好呢？」踱步思索，看看我，又看看福松。

「有了，成功，中興我朝，馬到成功。」隆武拍手說：「就改爲成功，如何？」

「謝皇上隆恩！」福松再拜叩首謝恩。

十天後，朱成功就中軍都督職，率禁軍的中軍營八百人進駐大內，護衛大內安全。*

不數日，我派定前、後、左、右營正指揮，前營周全斌、後營黃廷、左營洪旭、右營施顯，他是施郎之弟。周全斌和黃廷同時是我的「草頭」，轄下各營士兵裡埋有幾株小草，隨時向周全斌和黃廷回報禁軍的動靜。

沒多久，日本傳來好消息，德川幕府終於批准田川松出國，但十九歲的次郎（田川七左衛門）不得出國。

福松得知消息，高興得又叫又跳。

❖　❖　❖

十月上旬，我原欲遣福松，以中軍都督的身分，率會說日語的陳暉、楊耿二將及軍士五百人，乘三艘船往長崎接田川松。繼而想起三柳先生的八字叮囑，改命鄭聯代替福松前去日本。

---

*自始人稱「國姓爺」或鄭成功。

「爹，我想去長崎接歐卡桑。」福松立即抗議。

「有件事正要告訴你。」我說：「你可記得數年前在南京，找三柳先生摸骨看相一事？」

「記得。」福松說：「三柳先生說您和羽長兄將官拜總兵，封侯稱公，有的已經實現了，果然神準。」

「所以，你相信或是肯聽他的預言？」

「可供參考。」

「好。」我說：「三柳先生當時要我摒退你和羽長，要我牢記一件事，他說，你是非甲科中人，不可回去日本，所以，我改派鄭聯去，同時延聘一位英國火藥技師到安平。」

「是，孩兒明瞭，我在安平等候歐卡桑。」福松問：「英國火藥技師？爹想做榴彈？」

「沒錯，榴彈威力驚人，不管陸戰、海戰，砲彈的彈著點方圓百尺人馬非死即傷，我多年來買不到榴彈，因爲荷蘭人竟然聯合葡萄牙人和西班人不賣我榴彈，只售我鐵彈丸，我才千方百計，找英國火藥技師約翰生來安平製作榴彈，兵器械彈製作所以後就由施福負責，你襄助施福和約翰生監工製造火砲、火槍和彈藥。」

「是，孩兒明白。」

「另外，我再商請楊耿、楊嫂一家人重回日本長崎，教導和襄助次郎（田川七左衛門）管理金閩發商號長崎分號，以後浙閩粵三省和日本的貿易就交給次郎負責。你要去向楊耿辭行，說來他也是你的伯叔輩，楊嫂更是我的救命恩人，楊星、楊亮、楊蘋就如同你的兄弟姊妹。」

「是，孩兒明白。」

「你先回安平，住進喜相院等候你母親。」我說：「再看看哪裡需要修繕，務必請工匠剋日完成。」

「是，遵命。」福松歡喜回答：「孩兒這就向皇上告假，返回安平等歐卡桑，並到楊家向楊耿伯伯、伯母辭行。」

爲了早日接田川松回家團聚，自去年六月福松從南京回閩後，我卽命福松督工建造日式住宅，形式仿平戶的故居喜相院，但面積大上一倍。

我特聘四位日本木匠先到平戶喜相院細看構造和繪圖，再到安平建屋。日本木匠結合閩南木匠、磚瓦工五十人，日夜施工，歷時六個月打造安平城的喜相院。興工期間，我不斷檢視喜相院內外造型，上方的屋頂屋簷，和下方的榻榻米房間，房外的緣廊，屋簷下的蓮花造型雨鏈是否和平戶的喜相院一模一樣。

住在安平期間，我每天都問福松：「這和平戶的喜相院一樣嗎？」

「爹，我七歲回閩，從未回平戶，早已忘了。」福松笑著說：「您不是每年都去，怎麼都問我？」

房子造好，我和福松搬進去試住半個月，一切滿意才大功告成。

❖　　❖　　❖

十月下旬，三條閩船回航安平，我和福松終於盼到日思夜想的小松來了。

小松擔心與福松相見時會激動昏倒，選擇在船上見面。

福松踏進艙房立即跪迎母親，兩人環抱，喜極而泣。

接著，福松帶母親小松換乘小船，直駛安平內水道。

「哦！」田川松驚訝地發現鄭宅像個巨大城堡，一路發出驚呼。她一直握著福松的手，笑著凝視孫子鄭經和媳婦董友，看到十五年不見的郭櫻，摟著她滿眼笑意。

「哦！天啊！」田川松驀然看見放大一倍的喜相院，激動地大叫：「這是眞的嗎？怎麼變大了？是我眼花了嗎？」

待田川松一行人走進喜相院，我穿和服，開門站在玄關：「小松，我回來了。」這是昔日我每天從金閩發商號或鼓浪商號下工後，回到喜相院說的第一句話。

田川松回頭看我，喜極而泣，竟昏倒。

「夫人是喜極閉氣，暫時昏了過去，不礙事，只須躺著多休息即可。」大夫把脈，翻看田川松雙眼，她才悠悠醒來，郭櫻將大夫的話譯成日語，叫她多休息。

小松緊握我的手，我眼眶泛紅。

眾人悄悄離開，讓我兩人獨處。

事後，我邀請郭嫂月娘和郭櫻搬進喜相院，陪著田川松，讓她有在日本故居的感覺，郭櫻成了喜相院總管。

鄭經四歲，好動愛玩，整日體力充沛，講得一口流利道地河洛話，頻頻對日本阿嬤說：「阿嬤，你說什麼？我聽嘸。」賴在她身上爬上爬下，還好有郭櫻居間翻譯，讓祖孫溝通無礙。

❖　❖　❖

過了冬至就是過年，這是隆武帝在閩南過的第一個新年。

因天候嚴寒，霜雪不斷，大清兵南下受阻於浙江、江西、湖南，暫時無法越過仙霞嶺、武夷山進入閩粵，閩與兩廣猶能過一個平和安詳的新年。

隆武二年（一六四六）正月，朝廷照例停止早朝十五天。我和福松回安平，一家團圓過年，不亦樂乎。

據禁軍中的「草」回報，隆武帝得空，指揮內監，將十車藏書一一翻開，晒晒冬陽，逐一檢視書本是否遭書蠹，整日忙碌，亦是不亦樂乎。

新的一年對在紹興「監國」的魯王朱以海而言可不平靜。

大清朝征南大將軍多羅貝勒博洛*與浙閩總督張存仁、總兵田元率滿漢兵隔錢塘江與魯王朱以海對峙長達八個月，雙方在杭州、富陽、嚴州、寧波互有進取攻奪，除夕亦不敢鬆懈。朱以海所部兵糧餉匱乏，逐日不繼。

朱以海無計可施，只好向隆武帝求援，派中軍都督陳謙帶書到福建求見隆武帝。

一月底，寒風凜烈，陳謙冒風寒搭船從紹興抵福州，在外洋飽受狂烈東北季風掀起萬丈波濤的折騰，一路顛簸暈船嘔吐，連綠色的膽汁都吐出來。

我扶他下船時，陳謙虛弱地說：「老朽今後絕不乘船，寧可走斷腿亦不乘船。」

我掩面而笑：「再吐兩次，陳公亦是海上男兒。」

待陳謙飽睡一覺，不再頭暈目眩，我才領著他晉見隆武帝。等待隆武帝接見的空檔，我和他又聊起時局。聊著聊著，沒多久，內監走過來。

「傳陳謙晉見！」內監宣旨。我陪著陳謙進殿。

「臣中軍都督陳謙，叩見王爺。」陳謙跪奏，未稱陛下，我見隆武帝神色大變，黃道周、路振飛亦感意外地轉頭看著我，我正待糾正陳謙，陳謙從袍中出一信函：「監國魯王遣卑職呈王爺書一封。」

陳謙再稱王爺，看黃道周臉色微慍，我心中大感不妙。

內監接過信，轉呈隆武帝。

隆武帝展信，開頭魯王稱「皇叔父」。

隆武帝看完信，交內監轉交黃道周，大聲怒道：「朕自去年閏六月卽位，號示天下，閩、贛、兩廣、雲、貴皆聽朕的號令，只有魯王不臣，且稱朕爲皇叔父，無君臣之禮，你也稱朕爲王爺，實無禮至極！來人！將來使陳謙下獄待罪。」

「王爺……恕罪……王爺……」陳謙情急說不出話。

兩名中軍營小管旗指揮衛士十人，將陳謙拖出殿，囚禁牢中。

監察御史陳邦芑（音起）出班跪奏：「今日若不除陳謙，無以正名號，無以壓衆親王之心，無法杜絕後起的皇室子孫，僭越稱帝，請陛下將陳謙正法。」

「名不正則言不順。」黃道周附和道：「正名號以昭告天下這是理所必然，應該治陳謙不尊帝號之罪，但陳謙是魯王的來使，自古不斬來使，斬之不祥，請皇上三思。」

「啟稟皇上，陳謙……」我正欲爲陳謙辯解，一名中軍侍衛急入殿跪奏：「啟稟皇上，仙霞關緊急軍報，請太師過目。」

＊清朝皇族、宗室貴族的爵位依序是和碩親王、多羅郡王、多羅貝勒、固山貝子、奉恩鎮國公、奉恩輔國公。多羅貝勒為三等爵，簡稱貝勒。

「太師，先去處理軍報。」隆武帝准奏，又下令：「且將陳謙下獄，容後細審之。」

「謝皇上，容臣先行告退。」我乃自去處理軍報，但心中惦念著陳謙，交代中軍都督福松，關注陳謙的後續消息。

「稟太師，陳謙老爺明日待審。」福松遣一名士兵通知我。

我點頭說：「知道了。」心中自忖，既明日審訊，則明日救之。後又覺不妥，派人交代福松，修書一封及貴重禮品送交陳邦芑，敦請陳邦芑明日美言救陳謙免於一死。

我無暇親自去找陳邦芑，因爲中軍侍衛急報有仙霞關緊急軍報是假的，實則黃梧從杭州回福州，帶來洪承疇回信。

我展信反覆觀看，推敲文意並思考如何回信。

信中洪承疇代轉豫親王多鐸之令，「若兄願舉閩全版圖以降，許以浙、閩、粵三省王爵『閩海王』，不僅兄得以光宗耀祖，照舊通洋富裕，閩粵蒼生亦得以全存，澤披萬萬民」。

我注視著「照舊通洋富裕，閩粵蒼生亦得以全存，澤披萬萬民……閩海王……閩海王……」，反覆低吟，想起揚州十日的屠城慘事，想起錢謙益的話。

沒想到，營救陳謙一事，竟在一夜間起了變化。

是日深夜，陳邦芑進宮獨奏：「啟奏陛下，陳謙爲魯王心腹，故授中軍都督，且與太師鄭芝龍至交，今日不除，恐爲後患，而且……。」

「自古不斬來使，斬之不祥。」隆武帝說完，沉思不決。

陳邦芑欲語又止，躊躇一會下跪叩首：「太師著人送信及重禮賄……賄臣，要臣明日美言救陳謙。」

隆武帝一聽大怒，提起筆蘸飽朱砂墨汁御筆親書：「朕令，書至斬陳謙。」

陳邦芑半夜帶隆武手諭至獄，令禁軍行刑。

次日早朝，我才得知陳謙夜半遭斬首於獄中，我壓抑憤怒，不發一語。退朝後拂袖而去，命人收陳謙的遺體，縫合頭和身體，在中軍營舉行喪禮，痛哭祭悼：「我未曾殺伯仁，伯仁實爲我而死。」

我凝視陳謙遺容，想起昨天與陳謙聊到時局，陳謙大罵明朝衰落至此，先是吳三桂一怒爲紅顏，開門揖盜，引清兵入關，斷送華北；次而馬士英誤國，以「清兵南下猶可納款請和，左逆（左良玉）至，項上人頭不保矣」威脅弘光帝，盡撤江北防兵入衛南京，將長江以北的半壁江山送人，令滿清騎兵長驅直入，如入無人之境。「怪誰？只能怪我們自己，怪武將不爭氣。」

當時閒聊至此，我想，如果，如果是我盡撤仙霞關守兵，陳謙會如何罵我？「三是鄭芝龍盡撤仙霞關守兵，棄七閩咽喉……」我搖搖頭，不料，我尚未決定是否要撤回守關兵，陳謙卻已先亡。

同時，只要想到隆武帝這班迂儒朝臣，只因魯王特使未稱陛下，魯王仍稱皇叔父，就可鬧內鬨殺人，我就想將這班人全送入海，葬身魚腹，爲陳謙報仇。

尤其是隆武帝，簡直是書獃子，扶不起的阿斗，眞是嗚呼哀哉！

至此，我決定對隆武帝消極以對，對朝廷的廷議決策不反對也不配合。

陳謙被斬數日後，群臣謀議出兵仙霞關進兵江西，會合江西總督楊廷麟、總兵官萬元吉、湖南巡撫何騰蛟，再揮兵北上恢復南京。

「臣以爲可行，但十萬兵出仙霞嶺需兩月之糧餉計四十萬兩銀，請群臣籌餉。」我閉目跪奏：「臣得糧餉，拜師卽行。」我起身後，冷眼看著黃道周等大臣。

群臣束手，出兵之議不了了之。

❖　❖　❖

四月，天氣景明，暮春和暖，隆武帝聞知浙江魯王督師，發犒賞銀令將士渡錢塘江，攻取杭州，與大淸貝勒博洛的滿漢兵大戰錢塘江口，呈拉鋸戰勝負未知。

隆武帝認爲「有爲者亦若是」，龜縮閩南稱帝，卻不率師出關迎戰大淸兵，不符民望，不管有沒有糧餉，斷然下詔出征。

隆武帝在天興府外築壇，命定國公鄭鴻逵爲大元帥，諸葛倬爲監軍，率兵五萬人，出仙霞關往浙江東部進兵；命永勝侯鄭彩爲副元帥，領兵五萬，出五福關、杉關，進兵江西。

隆武帝率群臣祭拜山川天地、列祖列宗，祈禱旗開得勝，兩路大軍旌旗飛揚，甲冑鮮明，在陽光下閃閃發亮，馬隊步兵陸續開拔，馬車輜重，滾滾於途揚起滿天塵土。

隆武帝與諸大臣站在祭壇，遠眺塵土飛揚，「盼了許久，終於出師恢復！」

隆武帝滿心歡喜，自認果決出師展現帝王「朕卽國家」的氣魄，再來就等著捷報傳來。

我站在群臣中，不言不笑，訕訕然向隆武帝告退離去。

鄭鴻逵率五萬兵行軍數日，走到閩浙邊境紮營。營帳排列數里，軍容壯盛。

次日晨起，監軍諸葛倬在帳內梳洗著裝，忽聽得帳外一陣「哐哐！噹噹！」聲響吵雜，掀開帳帷，馬隊拉著糧車，正在卸下米瓦大甕，兵丁挑著鍋碗瓢盆等炊具，扔成一堆，鐵鍋茶壺砸得發出巨響。

「怎麼全扔在此地？」諸葛倬問：「不煮早飯了嗎？」

「啟稟監軍大人，巧婦難爲無米之炊，無米無糧，焉能下鍋。」一名伙夫打躬作揖道：「請諸葛先生上疏，奏請皇上速撥米糧，否則我等兄弟，只能在吃完乾糧後等著餓死，軍無糧、馬無草，如何打仗？」

「這……這……是怎麼一回事？」諸葛倬急得去找大元帥鄭鴻逵。

「馬無草不行，軍無餉不行。」鄭鴻逵摸摸鼻子，雙手一攤說：「這一路上我已連上數疏，乞皇上速撥糧餉以利進師浙東，迄無下文，士卒不滿行軍無糧，出此下策，我亦無奈，請諸葛兄與我聯袂再上疏請糧。」

從五福關出江西的鄭彩軍情形亦同。兵馬停在五福關不前。

如此，等了數日，吃完乾糧，鄭鴻逵、鄭彩分頭率軍回天興府（福州）。

隆武帝蹙眉看著兩軍不戰而回，馬車兵丁走過揚起的漫天塵土，悵然若失。舉頭望著屋簷看了一會兒，看著桌上奏請撥糧發餉的奏摺被風吹開，一頁又一頁，重重嘆一口氣。

中軍都督福松侍立在旁，於心不忍，跪奏：「陛下鬱鬱不樂，是因懷疑臣父有貳心？」

隆武帝無言以對，唯搖頭嘆息。

「臣受國恩厚重。」福松下跪叩首道：「義無反顧，當以死捍衛陛下。」

「朕深知愛卿的心意，只是汝父袖手旁觀，致大軍缺錢乏糧，軍無餉不行，不戰而回，如何中興我大明？」

「臣以爲，要先據險控扼，守好全閩，再通洋裕國，籌集糧餉；有糧有餉才能揀將進取，航船合攻，直取南京。一旦江南震動，民必反清復明，光復江南。」福松慷慨陳詞：「屆時或劃長江天塹，南北爲治，或一鼓作氣，揮師北渡，光復燕京（北京）。」

「好！」隆武帝大讚：「有次第、有見解，此一戰略萬無一失，據險控扼，是目前已經做的事，是朕心太急，急於出師光復，才導致大軍糧草不繼，鎩羽而回，是應該要先通洋裕國，有錢才能打仗，愛卿說得是，眞騂角也！*」

「朕要宣諭。」

「臣朱成功接旨，吾皇萬歲！萬歲！萬萬歲！」

「朕封汝爲忠孝伯。」

「眞騂角也！」隆武帝與福松的這番對話傳到我耳裡，令我氣急敗壞，愈想愈氣：「明裡稱讚福松，卻拐彎抹角罵我是歹竹。」

❖ ❖ ❖

*「眞騂角也！」語出《論語．雍也》犁生騂角，比喻劣父生賢明的兒女。孔子談到弟子冉雍（字仲弓）時曰：「犁牛之子騂且角，雖欲勿用，山川其舍諸？」指冉雍的父親行為不正、不善，卻生賢良的兒子冉雍，就像雜色毛的犁牛，生下赤毛且牛角端正的小牛。

端午節前，黃梅時節，閩南連日大雨，潮溼的空氣中瀰漫一股霉味。

退朝後，隆武帝在宮中看書。黃道周請求陛見。

「陛下，平國公、定國公作梗，諸將不行，皆無中興之意。」黃道周奏曰：「與其坐而待亡，不如自行募兵出關，復興我朝。」

「糧餉不繼，軍士豈可枵腹而戰？」隆武帝想起上個月，兩軍出征不戰而回的事，又說：「應如成功所說，先守閩疆，通洋裕國籌集糧餉，有錢有糧才能出師。」

「忠孝伯所言甚是。」黃道周說：「但是，商船都在平國公麾下，不屬於朝廷所有，通洋裕國所賺的錢是平國公的錢，平國公不捐輸通商貿易的盈餘，陛下亦無可奈何。」他又說：「而且，江南軍情、政情瞬息萬變，通洋裕國，要等到通商貿易有盈餘，亦是緩不濟急。」

「愛卿所說亦有道理。」隆武帝憂愁滿面：「如此，該當如何是好？」

「江南有許多我的門生故吏，必有肯效死力者。」黃道周說：「且可與江西楊廷麟、湖南何騰蛟，伺機動靜做進取之計，臣已經六十多歲，逾花甲之年，獨存一片肝腸盡忠高皇帝（崇禎）與陛下，不願坐困閩南，仰人鼻息，伏請聖上准臣自行募兵出戰。」

隆武帝扶起黃道周，感動地紅了眼眶：「如果群臣如幼平，忠心耿耿，漢室已經光復了！」

黃道周，字幼平。

隆武帝握著黃道周的手：「朕准奏，卿當為國保重。」

「臣與陛下情如魚水，受此國恩，萬死不辭。」黃道周下跪叩首。

黃道周隨卽貼榜募款、募兵，號召有識之士慕義勤王。

招募一個月，募得一萬兩千兩銀，兵五千人。

前去應徵的大多是逃難到閩南的外省人，逃難至此，身無分文，三餐不繼，身體孱弱，投效軍前，只爲飽食一餐。

黃道周和他的門人中書令蔡春溶、賴繼謹，兵部主事趙士超看了都直搖頭。

「這般兵丁如何行軍打仗？」趙士超說：「多是老弱，只想混口飯吃，怎堪與滿洲騎兵對陣？」

「天無絕人之路。」黃道周說：「他們跟大明一樣，體衰虛弱，只要給予米糧食水，定能康健體壯，一路上且行軍且操演，屆時出關自然能打。」他語氣激昂，慷慨陳詞：「天地有正氣，雜然賦流形，我將以忠於陛下，忠於大明，忠於我漢民族的浩然之氣，對抗金人的鐵蹄，埋骨江邊亦不後悔！」

一時衆人俱寂，有人眼眶溼潤，有人抬頭望天。

沒人注意福松悄悄站在募兵帳門口，不知站了多久。

福松盯著黃道周，一句一句回想著方才黃道周的慷慨陳詞，右手緊握佩劍，掌背都泛青。

「中軍都督。」蔡春溶叫了聲：「都督裡邊請！」

「卑職參見大學士。」福松躬身拱手作揖。

「都督蒞臨，有何指教？」黃道周問。

「沒事，只是來看看募兵的情形。」福松說：「敢問，已經募到多少兵員？」

「兵員五千零五人，俱是外省人占大宗，山東、河北、河南或淮北逃難到此的瘦弱流民。」黃道周說了招募兵丁的情形。

「方才卑職聽到大學士一番慷慨陳詞，令卑職感動萬分。」福松說：「卑職或可盡杯水之力。」

「不敢勞駕都督，但國家蒙難到這種地步，恢復漢室是人人的大事，如果都督願助一臂之力，老臣感激至極。只是……」黃道周看著福松一會，才說：「都督若想幫忙，最好的是勸令尊誓力效忠明室，只要令尊肯傾家產十分之一助陛下出師，將來一定是復國第一功臣。」

「唉！」福松低頭說：「這就是卑職身爲人子最感到爲難的地方，卑職會再試試，但卑職定會襄助一旅之力。」說完躬身拱手而去。

❖　❖　❖

光頭黃梧從去年迄今，近一年間，勤於來回杭州、廈門，幾乎每個月都得跑一趟，充當我和洪承疇之間的信使。他謹守信使本分，不問、不看，不說，贏得我的信任，將他調升爲水師鎮副總兵官，讓他方便行事。

黃梧交信後退出五虎堂，鄭鴻逵就著燭光看信，豫親王多鐸承諾：「若將軍棄暗投明，率全閩兵歸清，將許浙閩粵三省王爵閩海王，鑄閩海王印以待。」

「平國公換閩海王，從公爵晉升王爵，貨眞價實的閩海王。」我問：「四弟，這生意可做得？」

「清人眞會言而有信？」

「吳三桂率山海關兵降清，封平西王；洪承疇兵敗降清，授招撫江南大學士，何以無信？」

「三省王爵的餌甜動人，平西王爺聽來令人稱羨。」鄭鴻逵摸了鼻子搖頭說：「弟所憂慮的是，等到大清定鼎，平西王、閩海王能夠做多久？兔死狗烹，鳥盡弓藏，前車之鑑，血漬斑斑，我勸大哥不可盡信金人。」

「不歸清，難道繼續輔佐這批只會爭班占位、紙上談兵的迂儒庸帝，做個陪死的忠臣？」我揮舞雙手，搖頭道：「斷送我鄭家好不容易建立的海山五商，毀了安平城？我不甘心。」

「弟亦不甘心。」鄭鴻逵走到窗邊看了一眼，轉過身說：「兄尚帶甲兵二十萬，船隊舳艫蔽海，糧餉充足，如果能眞心輔弼隆武，用以號召天下，我相信明室遺臣、各地豪傑一定會響應抗清，何必委屈侍奉異族皇帝？」

「說來說去，你跟福松一樣要我做忠臣？」我站起來踱步說：「我認爲，大明朝氣數將盡，隆武不可輔，腐儒不可恃。最重要的是全閩蒼生得以生存，活民千萬，安平城的基業可保，榮富一生，我要活著做良臣，不要死了當忠臣。」

「如果大哥不想輔佐隆武恢復明室，亦可退而求其次，揚帆帶兵打下臺灣或馬尼拉，自立爲王，建立鄭氏王朝。」鄭鴻逵強調：「大清滿人強於陸戰騎兵，不擅揚帆駛船，海戰絕非吾家對手，而且遠隔重洋，猶如天塹，到時候也對我們莫可奈何。」

「有道理！趕走紅毛或西班牙人，建立鄭氏王朝。」我追問：「然後呢？」

「到海島自立爲王之後，保存實力，再伺機而動，進可攻，退可守。如果大清無法定鼎中原，或中原依然紛亂無主，我鄭家可等待時機統兵回唐山，逐鹿中原，問鼎大位。」鄭鴻逵說：「如果時機不允，因緣不濟，最差的情況就是比照琉求、廣南奉大清爲宗主國，何必委身而事，求封閩海王呢？」

「自立爲王？何必委身而事？」我走到窗邊，捋鬚沉思。

我捋鬚低吟未定，看見福松快步走過窗外。我轉身向鴻逵使了眼色。

「爹，四叔。」福松躬身問候：「爹，武英殿黃大學士募得五千人，將出仙霞關會戰清兵。」

「哼！很好，有志氣。」我閉眼冷回：「大學士也會帶兵打仗，不僅站東班之首，亦可站西班之首。待他回來，我立卽退位。」

「爹，黃大學士募得的兵皆是老少孱弱的逃難外鄉人，未經訓練，無法打仗。」福松憂心忡忡：「或許爹可以助一臂之力。」

「要我出餉出糧給這批老弱殘兵，豈非肉包打狗，有去無回。」我拂袖：「斷不可行。」

「我想提兵出征。」福松鼓起勇氣，並且一字一句轉述黃道周那一番「天地有正氣，雜然賦流形」的慷慨陳詞，說得激動萬分，彷彿就是他的想法。

「你想做忠臣？」我怒道：「你先對我盡孝，當你母親的孝子爲先，不准提兵出征。」

「我答應大學士，會助他一旅之兵。」福松說完，看向鄭鴻逵求助。

「大哥，黃大學士忠心義膽，花甲之年猶盡忠陛下，自有他的號召力。」鄭鴻逵說：「弟建議不妨助其一旅，如果他出關順利東征，傳來捷報，大哥可伺機而動，率大軍自後接應，也有功勞；如果他敗師而回，大哥也可杜不願意出兵勤王的悠悠之口。」

「嗯！」我不置可否，心想這倒是個好主意。

「可記得我要林習山轉告大哥，國子祭酒李建泰代崇禎帝出征的故事，其意義爲何？」鄭鴻逵問我。

「你不是要我看看，崇禎帝竟讓一個從未上過戰場的老學究率兵打仗，代帝親征，可見朝廷無能人，腐敗至極。」我想起此事說：「現在又出了個大學士代帝親征，一樣無能。」

「不是。」鄭鴻逵連連搖頭說：「小弟想讓大哥知道，連一個從未上過戰場的老學究，在緊急關頭都願意散盡家財募兵，抱必死的決心代帝出征，忠心可佩，足爲我兄弟的楷模。」

「你我見解南轅北轍，你做你的忠臣，我做我的良臣。」我轉頭對福松說：「福松不許提兵出關，但我可助軍一旅，代替你隨師出征。」我問：「你認爲該派誰掌兵指揮？」

「爹，我以爲左衝鋒營正指揮施郎可行。」福松回答。

「好，我派施郎領軍。」

我派施郎率左衝鋒營四千人襄助黃道周出征。

有了施郎的四千人加入，黃道周的九千人部隊，終於有軍容壯盛的模樣。

隆武帝早起，賜黃道周、施郎早食餞行，目送出征軍遠去。

43 隆武帝親征

施郎行前，我密囑：「能戰則戰，不能戰則率全旅會合施福，屯兵仙霞關山下，伺機而動。」要他帶信鴿六十隻，隨時回報軍情。

出征第十五天，第三批五隻信鴿飛回太師府。

拆閱信鴿繫腳短信：「已過延平至建寧，溽暑未收，毒水四下，渴而谷飲，病者八九，軍士孱弱，俱無戰志，大學士仍強要出關。」

出征第二十日。第四批六隻鴿子回巢。併湊短信：「行軍至仙霞關，兵病者六七，勢不可戰，將佯率本部兵班師，屯田仙霞關下，會合武毅伯（施福），聽候調遣。」

之後，施郎率左衝鋒營至仙霞關與守關將施福會合後，向黃道周稟明：「兵丁病者十有六七人，勉強而戰，送死而已，請學士班師。」

黃道周婉拒：「君言有理，但我是大臣，仗義死守是我的職責，你倘有其他機會可以輔佐王室，君可自去，共勉之！」並寫詩一首贈施郎，詩曰：

求仁何所怨？失道未忘愁。
故主日初旭，餘生烏自投。
斷崖千尺網，一葦大江舟。
狂稚看吾獨，馳驅答眾尤！

黃道周說，他要學孔子率學生周遊列國，道上斷糧，效法孔子雖愁但不失其志的精神，勇往直前。

施郎看完搖頭，頓首而去。

後來，黃道周勉力出關，兵丁在中途大逃亡，到浙江婺城僅以三百人、馬十匹迎戰清兵，與門人蔡春溶、賴繼謹、趙士超俱被擒。

貝勒博洛命人進一杯茶給黃道周。

侍者說：「請學士用清茶一杯。」

黃道周拿起茶杯欲飲，聽到「清」茶，手僵在半空，擲杯不喝，最後不屈遇害，死時六十二歲。

隆武帝聞報，擲軍報大嘆：「吾忠臣又少一人矣！」

群臣掩面哭泣。

我肅立無語，靜靜看著隆武帝和哭泣的群臣，心中想起黃道周的家人。黃道周散盡家財募兵，如願做了隆武帝的忠臣，他的家人何去何從？隆武帝卻只有大嘆忠臣又少了一個人。

❖ ❖ ❖

七月，大清征南大將軍貝勒博洛、浙閩總督張存仁攻克紹興，魯王朱以海搭船逃到舟山島。大清兵南下至寧波屯兵休息。

博洛、洪承疇再寫信給我，信裡說：「大清兵暫屯寧波，不日拔營南下平閩，已鑄閩海王金印相待，伺兄薙髮以迎王師，速決毋忘。」

我回覆短信：「傾心貴朝，非一日也……吾已令所屬，輒遇大清兵則撤兵，遇水師撤水師，師進毋憂。」

數日後，隆武帝得報浙江紹興失陷，魯王逃到舟山群島。

「陛下，事急矣，准臣飛馳仙霞關防禦。」福松急得向隆武奏道：「仙霞關如不守，全閩俱失。」

「汝僅一旅，如何防禦？」

「陛下，守關將施福所部一萬人、左衝鋒施郎屯田關下山腳兵四千，合成功中軍一營八百，足夠守關。」

「也好。汝忠於我朝遠勝汝父。」隆武帝雙眉緊鎖，口稱：「宣諭。」

「臣接旨。」福松跪地叩首。

「授忠孝伯朱成功爲招討大將軍，賜尚方寶劍，鎮仙霞關。」

「大哥，福松自領中軍營、攜二十日糧去仙霞關。」禁軍統帥鄭芝莞得知中軍營被福松帶走，飛報我：「已去半天了，還帶了董友同行。」

「追不上，算了。」我說：「正欲遣蔡輔至仙霞關通知施福、施郎撤兵。這個痴兒，不識天命，如此固執，我不給餉、不給糧，他豈能餓肚子作戰？」

「大哥，福松年少不識世事，念念要爲陛下盡忠，多次明言『以死捍陛下』，固執異常。」鄭芝莞說：「蔡輔如僅傳大哥命令，恐怕無法叫回福松。」

我點頭稱是：「該如何是好？」

我和鄭芝莞一時俱寂，苦思對策。

「福松最關心誰？」鄭芝莞問。

「有了！詐稱小松有疾，福松必馳回。」我說完，吩咐傳令：「找蔡輔。」蔡輔是我府邸裡的內務副總管。

蔡輔三天後出發，一路上刻意地慢走緩行，半個月才到仙霞關。出示我的手諭，令施福、施郎暗中撤兵。

施福藉口每夜舉行夜間行軍操演，逐日將兵丁往山下撤，緩程回閩南。施郎則率所餘兩千人分守營寨，兵員巡邏、會哨與往日無異。

待到了第五日，算準福松糧盡，蔡輔才現身關隘，入中軍帳。

福松一看蔡輔來了，厲聲說：「敵師已迫在眉睫，而糧草不繼，空釜司饔，難以爲繼，我已數次飛鴿傳書請太師發餉，爲何毫無動靜？」

嚇得蔡輔噤聲。

「全營僅剩乾糧三日，速請太師，急發餉濟軍，愼勿以全閩付之一擲。」福松拉著蔡輔至臥室：「你看，連吾妻的簪珥都拿去當了，以供軍需。」

蔡輔見董友穿著布裙竹釵相見，身上的珠寶佩飾一樣無存。

蔡輔不語，許久方說：「都督，太師派我來通知，太夫人有恙，甚急，請都督速回，晚了恐怕來不及。」

「什麼叫做晚了恐怕來不及？」福松大吼：「難道我母重病，不久將離人世？」

蔡輔默默點頭。

「啊！天殺我也！」福松急得在帳中踱步：「敵人在前，母病在後，該如何？」他急找施福借糧，方知施福所部一萬兵已撤下山，僅餘施郎領兩千兵守關。

「都督請先行，回安平探太夫人病情爲要。」施郎說：「董夫人與蔡輔我另派人護送回安平。」

福松急得六神無主，停了好一會兒才說：「此爲良策，內人和蔡輔就託吾兄照顧。」

福松走了幾步又回頭交代施郎：「吾兄務必守關，全閩和陛下就靠吾兄一夫當關，不要讓清兵越雷池一步。」

「卑職遵命。」施郎嚴肅立正受命。

福松跨馬飛馳離去後，施郎命隨軍書記揮毫疾書，飛鴿傳書，向我回報此事經過。

❖　❖　❖

「皇上，太師平國公急事求見。」內監奏道。

「快請。」

「臣平國公鄭芝龍參見陛下，吾皇萬歲。」

「愛卿平身。」

「臣有要事稟奏皇上。」我躬身從袖拿出一封奏摺：「臣轄內南澳、銅山守汛兵飛報，臺灣紅毛人勾結廣東潮州、潮陽海盜劫掠商船及近海城鎮，商船避之不敢出港。陛下責臣派兵守仙霞關、五福關、杉關，三關的軍餉取之於臣，臣之餉取之於海，海防不守，糧餉不繼，臣將即日啟程追剿海盜、紅毛。」言畢，將奏摺轉交內監呈隆武帝，躬身告退。

我上馬疾馳至馬尾港，登船後下令啟椗揚帆，忽見內監騎馬到港口，跳下馬攔船，我囑鄭芝豹接見問是何事，原來是遞交隆武帝手諭。

我展開手諭一看，隆武帝曰：「先生稍遲，朕與先生同行。」

「皇帝稱屬下為先生，世所罕見。」我看完手諭交給鄭芝豹看，並說：「可見隆武帝也著急了。」

「要等皇上嗎？」鄭芝豹問。

「走，不要等。」我笑著搖搖手，這次我是鐵了心，命啟椗揚帆，棄隆武帝而去。

只見內監在碼頭邊吶喊、捶胸頓足，人影愈來愈小。

同時間，福松策馬飛奔，日夜兼程，夜間僅小憩兩個時辰。兩天飛奔至天興府（福州），奔入太師府，看守老僕說：「太師昨天乘船回安平。」

「啟奏皇上，吾母重病恐不久將離人世。」福松轉而謁見隆武帝跪奏：「請陛下准臣告假。」

「紹興淪陷，魯王逃入舟山島，清兵不日南下。」隆武帝六神無主，眼神哀戚：「當此有事之際，卿何忍捨朕而去。」

「不是成功想在此危急之秋輕離陛下左右，實因臣七歲與母親分離，去年秋天方接母回閩南團聚，母子相聚匆匆數日就來天興府入衛陛下安全，忽爾家人驟報吾母病危，臣從仙霞關歷兩日夜兼程趕回，身為人子者吾心何安？」福松叩首俯地奏稱：「臣來日報答陛下的日子較長，故斗膽請假。待母病稍癒卽回侍皇上左右。」

「愛卿是孝子，准卿侍母假一個月。」隆武帝准假。

福松卽刻從馬尾港乘快艇趕回安平城。

「歐卡桑！」福松甫抵安平城，就急著找到母親田川松，她看起精神很好，舉止沒有病容，「您生病了嗎？痊癒了嗎？」

「哦，只是輕微發燒，前幾天不舒服，現在好多了。」田川松為福松擦拭額頭上的汗珠：「你怎麼晒得這麼黑，又變得那麼瘦？」

福松盯著母親半晌，突然發狂，邊跑邊問遇到的僕人：「太師呢？太師呢？」

福松衝進五虎堂，我正與鄭泰在對帳簿。

「爹！」福松握緊拳頭怒吼：「您騙我歐卡桑病危，誘拐我回來？」

我站起來，眼神向巴巴望示意。

巴巴望手一比，五名黑人衛士圍上來，熊抱福松，巴巴望單膝下跪說：「少爺，失禮。」用腰帶將福松綁起來。

福松喊叫、踹、打、踢仍被制服捆綁。

「帶去少爺房間，派人守著，不准出來。」我向福松說：「是我騙你回來，我不准你去做隆武的忠臣。」

「爲什麼？」福松吼道：「爲什麼？」

「你知道隆武帝得知黃道周戰死，說了什麼？」我指著福松的鼻子：「『吾忠臣又少一人矣』如此而已，沒流一滴淚，只是掩面嘆息，也沒有想到黃道周的家人未來將如何是好。」我看著福松：「我爲經兒、爲董友、爲你母親騙你回來。」我喝道：「關起來。」

❖ ❖ ❖

半個月後，施郎護送董友、蔡輔回安平。

福松見董友入房，得知施郎撤兵回安平，急著要見施郎。

「吾兄爲何棄守仙霞關？」福松看到施郎大驚失色：「關隘棄守，清兵如入無人之境，兄不應擅離職守。」

「稟都督，是太師令卑職撤兵。」施郎低著頭說：「卑職不敢不撤。」

「皇上令汝守著，太師焉能令你撤兵？」福松怒道：「施郎你可有異心？何以未盡忠陛下？」

「是我令他做良臣，不要做忠臣。」我進到房間，爲施郎解圍：「你想以死捍衛陛下，是忠臣，卻是我和小松的不孝子，你先做孝子再做忠臣。」

福松沒答話，只是一臉不以爲然地看著我，這神情讓我愈看愈有氣。

「難怪皇上都重用讀書人，好爲他去死，稱之盡忠。」我怒道：「你用身體捍衛他的榮華富貴，用鮮血澆灌他後花園的花朵，用青春換取他的嬪妃美女。最後，你這忠臣得到什麼？得到每年三節一塊冷豬肉、一杯酒的祭祀，你對得起生你、養你的父母，對得起愛你、盼你的妻兒子女？」

「爹若眞有貳心，孩兒只能移孝作忠！」福松咬著牙，一字字，緩慢又清楚地說：「盡忠我朝，忠於陛下。」說完「砰！」甩上房門，逕自入內。

我無語愣立，滿臉通紅。施郎低頭垂手侍立一旁。

我在福松甩門的一瞬間，彷彿看見另一個自己。

我倆容貌相仿，眉眼表情酷似，聲音語調相近；能文能武，熱愛騎馬射箭，舞棍鬥劍，個性聰明大膽；但我機靈應變，不守成規，兒子卻守節固執；我擅蒐集情報，識時務，兒子卻滿腦忠君思想，無視政局情資。

「福松啊！你未對養育你的父母盡孝，卻對沒有女兒嫁給你，徒稱視你為女婿的皇上盡忠。」我輕聲嘆喟：「這對嗎？」

❖　❖　❖

中軍都督福松請假，鄭芝莞隨後回安平，隆武帝調後營都督黃廷取代鄭芝莞，繼任禁軍統領，入衛大內，我因此得以繼續掌握隆武朝廷的動靜。以下是黃廷事後向我報告隆武朝廷的內情。

「太師不可恃！連視為女婿的成功也不可恃！天滅吾哉？」隆武帝愁容滿面。

「唉！衆文臣不應鄙視太師出身綠林，徒然注重禮節，以站班、首座之爭賭氣相激，一旦太師拂袖而去，群臣無以為繼。」曾皇后啜泣：「這班文臣豈不知孰輕孰重？」

「唉！太師也恃兵而驕，目中無文臣，亦無人臣禮。」隆武帝嘆曰：「今天說這些已經太遲，唯今之計，只有出江西會合楊廷麟、何騰蛟以圖再起。」

隆武帝令宮女、內監打包皇宮物品，所有人均棄絲綢絹布，改穿青衣黑褲，打扮成一般鄉民村婦。

隆武帝發布出江西的消息後，文臣僅何吾騶、郭維經、黃鳴俊、朱繼祚四人帶眷屬相隨，武將只有忠誠伯周之藩、兵部給事中熊偉率中軍，黃廷率後營，共計八百人隨行。三日後從天興府出發，從延平府往汀州，欲溯九龍江上游，越武夷山至江西。

八月酷暑，閩南潮溼悶熱，稍事動作，便汗流浹背，揮汗如雨。隆武帝一行約一千人，如是趕路，連走二十二天，人人汗如雨下，疲累不堪。

經探馬偵報，清兵已追到延平，隆武帝取消午休急著趕路，人馬更加疲乏。

隆武帝與曾皇后見周之藩護駕勞苦，收周之藩為義子，口稱「吾兒」，並加封御營總管。周之藩變成皇子，位在儀同駙馬的福松之上，只是「御營總管」就是管理眼前這逃難的一千人。

周之藩感動叩首謝恩：「謝萬歲隆恩，謝皇后隆恩，之藩誓死以報國恩！」

隆武帝家眷及衣服、器物裝滿五輛馬車，加上十車書；文臣武將的家眷，以及兵糧、馬料又十車，二十五輛馬車迤邐相連，翻山越嶺艱苦難行。

書車尤其沉重，上山坡斜陡峭，需得四匹馬才拉得動，因此必須停下馬車隊，調換馬匹，將原來兩匹增為四匹，並動員士兵前拉後推，先將書車拉上高處，再換拉其他車輛。如此走走停停，又推又拉，兵疲馬乏，軍士抱怨聲四起。

一日，午後剛啟程，烏雲滿天，驟下大雷雨，黑天幕下雷擊閃電，狂風大作，一時山搖地動，樹枝草葉隨風飛舞，豆大的雨下得令人睜不開眼，只得停下來等雨去天晴。

周之藩、熊偉站在隆武帝乘坐的御車前護駕，水漫到腳踝，山徑霎時成了水溝，黃泥水夾雜枯枝草葉隨流而下。

身材高大、臉色黝黑的熊偉彎身拿掉卡在馬車輪上的枯枝，隆武帝探頭問：「愛卿，欲上車避雨耶？」

「謝皇上。」熊偉看著隆武帝掀開的帷幕，車篷也在滲水，曾皇后、宮女拿著盆子接水，「臣有蓑衣即可。雨應該快停了。」

「啟奏皇上。」後營都督黃廷踩著黃泥水仰著頭奏道：「前有高山峻嶺，後有滿清騎兵，請聖上棄書車，以便行走。」邊說邊擦流到眼睛的雨水。

「勿出妄言！此乃朕窮盡一生收藏的無價之寶，聖人著書立說，令後輩經世致用，齊家乃至治國、平天下，皆以之爲規矩典範。」隆武帝暴怒厲聲道：「其價值豈可以俗眼視之。」

「是！」黃廷擦掉臉上的雨水，躬身回奏：「臣知罪！」黯然退下。

一刻鐘後，雨稍歇，細雨紛飛，熊偉欲下令啟程。

隆武帝掀開帷幕：「將軍且慢！」跨下車子，熊偉忙拿傘替隆武帝遮雨。

「走，陪朕去看書車是否無恙。」隆武帝邊說邊往後走。

走到第一輛書車，馬伕及三名士兵全身溼透垂手佇立車旁，連忙向隆武帝下跪請安。

隆武帝一眼也沒有看他們，逕自走到車後，令士兵掀開帷幕。

他探頭看看，又伸手摸摸，變臉發怒，左右開弓，「啪！啪！」賞了兩名士兵各一個耳光，怒道：「滲水了！書遭水浸，你們拿命來換。」

「還不快擦乾！」熊偉向士兵大聲喝叱，並向隆武帝下跪：「皇上息怒，臣會吩咐兵士守好書藉，不使滲水，目前事態緊急，請皇上上車趕路。」

隆武帝不聽，又去第二車察看，伸手一摸，下層書幾乎泡在水中，氣得拿傘抽打隨車三名士兵。

熊偉一再勸說，周之藩、黃廷也跑過來勸，隆武帝才悻悻然上車。

挨打的士兵滿臉委屈與不滿，其他隨車士兵眼中充滿怒氣，看得黃廷不住搖頭嘆息。

雨後，山徑泥濘，寸步難行，書車車輪動輒深陷泥淖，熊偉、黃廷令中軍和後營兵士，留三百人殿後警戒提防追兵，五百人分散在十輛運書車後架索拖拉。才走一小段路，五百士兵個個成了泥人，休息時人人喘著氣揩清臉上黃泥。

「真箇人不如書！」被打耳光的士兵怨道：「跟著逃難皇帝有出息嗎？」

「是啊，人不如書，叫他自己背著書逃，老子不……」駕第八輛書車的馬伕被人捂住嘴巴。

「今晚再說吧，兄弟。」一名後營千總叮嚀了一句，鬆開捂在馬伕嘴上的手，向其他人使使眼色。

❖ ❖ ❖

大清征南大將軍博洛之弟貝勒羅寧，率金華總兵官李成棟及滿漢騎兵隊，追躡隆武帝車隊進入山區。

遇雷雨停頓稍歇息，雨停後追上來，一路看見車轍又深又重。

羅寧高呼：「兄弟們，明朝皇帝帶著大批金銀珠寶在前面等著我們，先追到大明皇帝者，先分金銀珠寶。」

「喲嗬！」滿人騎兵率先衝去，爭先恐後，怕慢了分不到珠寶。

❖ ❖ ❖

沒什麼事比在潮溼的山道上宿營更苦。

地上泥濘無法躺下，就算鋪了蓑衣，依然會滲水，想放鬆痠痛的背，恰好就有一顆石子卡在下面，怎麼挪都有石子卡著背、刺著肉，無處可挪、無處可避。

周之藩如此左躺右躺，輾轉難眠，起身小解。

「嗯！今夜怎麼如此安靜？」周之藩從宿營地走到樹叢小解，遇到幾處冒白煙的營火和躺著、坐著呢喃說夢話的士兵，他又走回營地和衣躺下。

周之藩感覺稍一闔眼，即聽到熊偉搖他肩：「忠誠伯！忠誠伯，不好了，士兵逃走大半。」

「啊！」周之藩坐起，一臉茫然。

「士兵逃亡，跑掉一大半了。」熊偉說：「已下令集合，清點人數中。」

周之藩這才清醒，看著各隊稀稀落落的兵士，嘆了一口氣：「皇上不該帶書逃難，昨天不該打人。」

「連黃廷也率後營禁軍離隊。」熊偉苦著臉說：「清點兵士，僅剩兩百零六人。」

隆武帝得知兵士逃散，連文臣何吾騶、郭維經也攜家眷逃了，只存黃鳴俊、朱繼祚，方知事態嚴重，走到書車旁，逐車撫摸，狀似訣別。

「皇上快走，慢了就被清兵追上了。」熊偉催促著。

隆武帝爬上第一輛書車坐在車伕座位，大聲說：「就這輛，朕只要這車書就好。」

周之藩、熊偉四目相投，無奈點頭，「事不宜遲！」令士兵拉馬就位，拖著書車趕路。

黃鳴俊、朱繼祚四眼對望，悄悄轉身帶家眷走進岔路，自謀生路。

這一切都看在黃廷安排的、留在隆武帝車隊數株「小草」的眼中。

黃廷率後營四百人撤離後，留下二十名探子埋伏在半山腰林內深處，觀察隆武帝、大清兵的動態，伺機而動接應小草。

當天中午，隆武帝車隊來到一處山谷，谷中一條小溪，溪水清澈，幾名戴斗笠的農民、農婦蹲在溪中洗滌山產、刷洗木桶和農具，見車隊來到紛紛站起來觀望。

士兵卸下鐵鍋燒飯，早上急著趕路沒有吃早飯，眾人早已飢腸轆轆，身困馬乏。隆武帝偕曾皇后在熊偉、周之藩護衛下到小溪畔歇息、清洗。農夫、農婦呆望隆武帝一行人。

周之藩試著問話，農夫農婦說著聽不懂的方言，無法溝通。熊偉在溪畔沙地寫皇帝、陛下。農夫農婦看了搖頭。

「算了，他們不識字。」隆武帝說：「吾兒，我好渴！」

周之藩一時尋不到杯碗，忽見一名農婦提著小木桶，趨前借木桶，桶裡盛著洗好的嫩薑，周之藩以桶盛水奉上隆武帝：「願陛下一統江山（一桶薑山）。」隆武帝看了泡在木桶中的嫩薑，卽時會意，喜極而飲，袍袖都溼了。

熊偉奉隆武帝與家眷在溪旁蔭涼處吃飯，山上傳來大隊馬蹄聲，周之藩臉色大變高喊：「清兵來了！」

周之藩再次大喊：「清兵來了！」急拉隆武帝上馬車。

李成棟飛馳衝到車前攔阻，隆武帝又躲回溪邊。

霎時大隊大清騎兵衝進山谷，馬嘶人吼，弓箭咻咻數響，射死多名拔刀的禁軍士兵，刀起刀落砍掉幾顆人頭，血噴上空中。

農夫農婦嚇得爬出小溪趴在岸邊。

大清朝滿漢騎兵團團包圍隆武帝車隊，箭滿弓，刀出鞘，霎時俱寂，只有傷者低嚎，皇后和宮女啜泣聲。

李成棟下馬走近周之藩、熊偉問：「隆武何在？」

周、熊俱低頭。

李成棟跳過小溪，拉起趴在岸邊的一個農民，厲聲問：「隆武何在？」

農民瞪大眼睛，滿臉驚慌，講著聽不懂的方言，不斷揮手，雙手合掌求饒，一名農婦拉拉李成棟袖子，指著溪邊，李成棟看過去，沙地寫著「皇帝、陛下」，李成棟瞪大眼怒吼：「誰是隆武？」

「我是。」周之藩應聲，抽刀向前衝，清兵弓箭俱發，周之藩連中八箭，站立不倒。

李成棟看著周之藩冷笑道：「眞是大明的忠臣。」

羅寧抽箭射出，正中周之藩眉心，血緩緩流下他的臉頰，身子一陣搖晃後向前撲倒。

熊偉跟著拔劍衝入滿漢兵馬隊中，滿兵跳下馬應戰。

熊偉奮勇劈砍，殺死三名滿兵，砍倒、刺傷漢兵各一名，一名滿兵從後方趁隙丟套索，套住熊偉脖子，熊偉反旋三周，欺近丟索滿兵，一劍刺入滿兵腹部，但繩子纏繞熊偉全身。

兩名滿兵趁機欺近舉刀斧正欲砍死熊偉，李成棟大喊：「且慢！」滿兵及時縮手。

「又是一個忠臣！」李成棟冷笑道：「看你是個鐵錚錚男子漢，薙髮投降，饒你不死。」

「哼！」熊偉冷笑：「我寧留髮而死，不想死時是個光前額的半禿子。」

「哈！哈！」李成棟：「有種，可是我最看不起忠臣。」

「你沒膽子當忠臣，所以看不起忠臣。」熊偉厲聲叫道：「我會死，但你永遠看不起自己，永遠愧對你的民族、你的良心。」

李成棟手一揮，兩名滿兵刀劍捅穿熊偉的胸。

「又一個忠臣死了。」李成棟氣急敗壞大吼：「誰是隆武？」

他發現一名皮膚細白穿青衣男子，拉過男子手往胯下一摸，刀架頸項：「死太監，說，誰是隆武，饒你不死！」

太監支吾發抖，眼看穿青衣留鬍鬚的中年男子，李成棟循眼神望去，隆武帝轉身奔逃，李成棟手一指：「就是他。」順手一刀割破太監的咽喉。

隆武帝踩在水中摔倒，頭撞到石頭，幾支箭射到身旁溪石，他奮力爬起，不再奔逃，堅定地轉身，怒目瞪視李成棟大吼：「你可是大明子民……」

只聽「咻！」接著「啪！」一聲，他看見沾血的箭鏃沒入胸膛，衣服下襬流血一滴一滴染紅溪水，他堅持站著，昂然挺立。

李成棟再射一箭，沒入隆武帝身體，他依然瞪視李成棟。李成棟不敢再靠近，雙方僵持著，世界就此靜默。

許久，隆武帝才緩緩倒下，帶著帝王的氣勢和尊嚴倒下。溪水帶走隆武帝的血，染紅泡在溪水裡的一桶薑。曾皇后與宮女嚇哭抱成一團。

羅寧在馬上看了女眷和太監一眼，回頭大聲下令：「全殺了！」

箭如雨落，皇后、宮女轉身向四方奔跑哭喊，箭矢破空而來，鑽入她們體內，放出鮮血，溪水如紅帶，血水浸溼草地。

滿漢兵接著搶掠車馬上的物品，牽走馬匹。

李成棟在數輛馬車上仔細搜尋，找到隆武帝的玉璽和幾封奏摺，透過滿漢翻譯兵呈給羅寧：「這是大明皇帝的印章。」貝勒羅寧點點頭，下令：「撤軍。」

「又是書！」一名滿兵不滿沒有找到金銀財寶，一邊咒罵一邊拿起打火石，毫不留情點地燃書本和紙張燒了整輛車，霎時陣陣濃煙捲上天空。

蹄聲漸遠，山谷又恢復了平靜。

躲在溪畔草叢的農民、農婦越過小溪，跨過躺在溪邊和溪裡的屍體，繞過散落地上的人頭，仔細地在數輛半毀和全毀的馬車上東翻西找，將清兵沒興趣的御用文房四寶，沒有搜走的后妃、宮女遺落的黃金頭釵細鈿、玉珮、綾羅衣裳、絲被枕頭、雨傘手杖、鍋碗瓢盆等一應生活器皿全搬上一輛半毀的馬車拉走。

躲在林間草叢的禁軍後營五株小草，待一切紛擾復歸寧靜後，悄悄走出來，擦掉臉上的淚水，將隆武帝和曾皇后的遺體合葬一穴，壘石爲記，將內監和宮女的遺體挖坑掩埋。

五人在隆武帝的壘石墳前合掌默禱之後，悄然無聲走進森林中消失。在樹林中會合二十名探子，夜行曉宿，返回安平。

十天後，黃廷帶領五株小草向我報告隆武帝遇害經過，我深感同情及惋惜。我同情隆武帝的遭遇，惋惜隆武帝如果在承平時期，應該會是個好皇帝。

我命黃廷向福松轉述隆武帝遇難過程。

黃廷事後向我回報，福松一聽隆武帝蒙難，眼淚簌簌流下，向汀洲的東方跪下，哭悼陛下；然後福松又細問隆武帝逃難過程，聽一回，哭一回，多次朝東方下跪向隆武帝英靈發誓：「臣當盡忠陛下，有生之日定率軍北伐，中興漢室，光我朝廷，萬死不辭。」

「唉！」我喟然嘆道：「這是當日隆武帝賜福松國姓、賜名成功，儀同駙馬，提督禁旅時，福松跪謝發的誓願，我原以爲只是謝辭，沒想到福松當眞。」

44 鑄印以待

隆武二年或稱順治三年（一六四六），淸朝征南大將軍多羅貝勒博洛、閩浙總督張存仁，招撫內院佟國鼐率滿漢兵，從浙江翻越無人防守的仙霞嶺，中秋節前夕抵福州，將天興府改回福州府。

博洛分遣各路軍，往興化、泉州、漳州各府勸降，否則以揚州城爲例，破城後任士兵劫掠、屠城十日。守興化總兵官陳天榜、泉州總兵官茅一經、漳州總兵官劉文謙陸續率守軍薙髮投誠。

全閩僅剩濱海的南安縣城及安海鎮安平港未降。

我遣黃梧帶書見招撫內院佟國鼐、招撫江南大學士洪承疇，書曰：「非芝龍不忠於大淸，恐以立唐王獲罪耳。」投書後靜待回音。

❖ ❖ ❖

中秋節，一個月亮兩樣情。

福松宅邸的管家向我回報，福松在院子設案哭祭隆武、曾皇后，引用崇禎朝大學士傅冠的詩寫輓聯悼曰：

憤血已成空，往事空回首。
國難與家仇，永訣一杯酒。
幻影落紅塵，倏忽成今古。
名義重如山，此身棄如土。

我則坐在五虎堂前廣場賞月，藤椅旁置茶一壺、酒一壺，我最愛的鹽炒花生、炒黑豆、水煮花生各一盤，和各式甜鹹月餅、綠豆椪、麥芽糖幾盤點心。田川松以半生不熟的閩南語與二媽、二妾顏氏話家常。鄭鴻逵、鄭芝豹也率妻妾、子女前來賞月問安，猶如鄭家小團圓。

我等三兄弟圍坐一圈，曲跤撚喙鬚或抽著水煙袋，或喝茶、喝酒，或吃花生、點心，閒談聊天。

看聊得差不多了，我命人拿來一封信，「四弟、五弟，這是博洛的回信。」

鄭芝豹一聽大為緊張，令僕人搬凳掌燈，與鄭鴻逵細讀博洛的回函：

吾所以重將軍者，以將軍能擁立也。人臣事主，苟有可為，必竭其力，力盡不勝天，則投明而事，乘時建功，此豪傑事也。若將軍不輔立，吾何用將軍哉？且兩粵未平，今鑄閩粵總督印以相待。吾欲見將軍者，為商地方人才及取兩廣事宜也。請將軍速歸大清，靜候佳音。

「這……這清朝允諾的賜封三省王爵閩海王怎麼變成閩粵總督，其中必有詐。」鄭鴻逵說：「大哥眞的不想舉兵移師海外到臺灣或馬尼拉，陷其城、據其地自立爲王？」

「我想過了。」我搖著大蒲扇說：「吾家船隊基業深植安平、廈門兩港，擴及寧波、溫州、福州、南澳、潮陽和廣州，若率水師漂泊海上，無依無靠，不成家業。且海五商貨源來自山五商，山五商貨源來自蘇杭、江西、湘南鄂西，皖南山西、中藥材來自雲貴四川等地。臺灣蠻荒之地，多雨多大風，颶港亦非久居之地；馬尼拉雖有漢人卻無此貨源，若舉兵移海外，如枝離幹，似水斷源，貨源中斷，如何貿易？無貿易，何來糧餉？馬無草、軍無糧，何以生存？」

「何況，我已中年，不想再如年少時東漂西蕩。」我繼續說：「你們看我們的安平城，固若金湯，可以爲傳家寶。」我喝了一口武夷山大紅袍：「今乘大清重我、招我，棄暗投明，此其時也，若與爭鋒，損兵折將不說，一旦失敗，屆時搖尾乞憐，後悔莫及。」

「我贊成，識時務者爲俊傑。」鄭芝豹點頭贊成：「可保吾家富貴長榮。」

「對，就像黃程舅舅說的，站在勢力大的那一邊。」我拍著鄭芝豹的肩膀說：「認清大勢所趨，棄暗投明！」

「既稱棄暗……投明，爲何做的都是背明之事？」福松不知何時來到五虎堂，驟然厲聲問道，驚動了小松、二媽等人回首。

小松急忙跑過來拉福松的手，欲將他帶離，福松使勁甩開她的手，釘住原地不動。

「好，既然要說清楚，今晚見分明。」我大吼。

「有事大家好好講，都是自己人。」二媽說：「不准傷和氣。」

「明朝於我有何恩？」我敞開雙手，轉了一圈問在場所有人：

明廷無視浙閩粵山多田少，民靠海為食，率爾海禁，視片板下海者為賊、為寇。

人民下海捕魚，撈貝採珠，是海賊；

販與外洋，富家裕族，叫海僚；

掠船劫貨，打家劫舍，稱海寇。

我當海寇，受明廷招撫，官員讚我棄暗投明，海寇罵我叛徒，士紳暗叫我海賊。

我當總兵官，海上搏命滅李魁奇、劉香，陸上賣命剿窟匪猺民，文臣暗罵我是海僚。

是我這海賊打退紅毛，採買中原生絲瓷器賣予西洋人、東洋人，換回白銀。
是我這海賊創立山五商、海五商，與建安平城，供吾家子子孫孫長居久安。
是我這海賊，捐銀輸糧，供隆武大內開銷，群臣領薪俸，文臣譏諷我是海僚。
是我這海賊，隆武賜你國姓，儀同駙馬，中軍都督，封忠孝伯，賜尚方寶劍，掛招討大將軍印，徒有口惠無實惠，全因我這海賊一人掌朝廷命脈。
是我這海賊，犁牛之子騂且角。
我是賊，明廷對我予取予求，我對大明仁至義盡。
沒我這海賊，忠孝伯、國姓爺，你何所為？

問得福松一時語塞，眾人俱寂。

過了一會兒，福松下跪勸說：「金人是異族，北方人個性、習慣與漢人殊異，詐利反覆不可信，願爹三思。」

「巴巴望，過來！左手借用我一用。」我抓著巴巴望的左手臂，用手刀一劃，鮮血流出。「紅的，巴巴望，他是黑人，他的血跟我們一樣是紅的。紅毛、佛朗機、日本人的血都是紅的，我當年見過滿洲人的血也是紅的，不是綠的！」

眾人大笑。

「爪哇、臺灣的原住民，他們的血也是紅的，他們一樣要吃飯、買東西，只要流紅色的血，我就能與他們做生意。」我遣走巴巴望，接著說：「這些人比起要我納稅輸糧，又譏我是賊、諷我是海僚的明朝官員待我好多了。各位說是不是？」

「是！大哥說得有理。」鄭芝豹喊。

「伯父，我跟你走。」鄭芝虎的兒子喊。

「一官叔，說得好。」鄭聯站起來道：「弘光、隆武對我鄭家授侯封公，還不是因爲一官叔手握甲兵戰艦，糧餉充足，足以保全明廷命脈，是姓朱的需要鄭家，不是鄭家需要姓朱的。」

「沒錯，利用我鄭家，又譏我等是海僚、海賊。」鄭彩說：「是可忍，孰不可忍。」

「但是，中原百姓思漢官威儀，不願薙頭做蒼頭奴，這是天性，我們應有漢人的朝廷。」福松緩緩說：「明室昆仲若是庸才不足立爲皇帝，爹可擇英明者而立之，否則帶甲兵二十萬，抗清護民，裂地稱王，終老海濱，也是一種選擇，何必要一定要投降大清，屈居人下？」

「福松說的也有道理，我也是這麼想，自給自足，裂地稱王，不必向金人下跪稱臣。」鄭鴻逵跟進說道：「請大哥再思、三思。」

「選擇大明皇室英明者而立，仍是與大清爲敵，不，我不要做忠臣。」我搖頭：「我也不要離開閩南，漂泊海外，我要做良臣，常保富貴終身，家族長榮。」我指著福松：「我將來若封侯晉爵，以後也由你世襲，我這樣做是爲你好。」

「魚不可脫於淵，船不能離水。」福松下跪說：「這不是做生意，請爹三思啊！」

螢火蟲在夜空滑出軟軟的流光，蟲聲唧唧，夜風如水。

衆人無語。

二媽、小松和顏氏替大夥斟茶、倒酒。

「大哥志既已決，弟將奈何？弟只想提醒，兵不厭詐，大哥眞要舉全師投降？」鄭鴻逵悠悠地問：「或預留部分兵力，以爲萬一有變的後援之軍？」

「堂叔顧慮得對。」鄭聯說：「如果舉全師降，屆時大清貝勒反悔或不履行談和條件，我軍又被卸除武裝，將悔之莫及！」

「有道理。」我點頭稱是：「這個，我要再想想！」

❖　❖　❖

中秋節以後，我每天在安平城散步，手撫亭臺樓閣，花草樹木，看著連幢屋宇、教堂、華廈、小碼頭和喜相院，這一切從無到有，都是我的心血。我天天長吁短嘆，徘徊躊躇。

這是一個困難的決定，我需要時間細思，但是貝勒爺博洛可能等不到我的回音，急了或是擔心我遲疑不決，另有所圖，竟先發制人。

半個月後，即九月底、十月初，命「固山額真」金礪，派兵從南安縣、晉江縣城兩路並發，進逼安平城。

我獲報後，馳赴前線，端起千里鏡，鏡頭中見金礪的五萬滿漢士兵持長盾牌，排列成一道長牆，在日光照耀下閃閃生輝，長槍矛尖閃耀光芒，綁著紅緞帶的大砲列在山丘。

我怒道：「既招我，何以用重兵壓我？」令黃梧帶信到福州問清楚，並告知博洛：「十天內不撤兵，我將砲火齊發，航船合攻，舉十萬兵反，請貝勒爺三思。」隨即令鄭鴻逵、鄭芝豹、林習山、陳鵬率七萬馬步兵，在安平城和晉江縣城、南安縣城之間的高地大盈嶺列陣，千斤佛朗機砲、紅毛砲對準金礪軍。

黃梧乘船從安平出發往福州去，安平城步兵、馬隊陸續集結，瀰漫著劍拔弩張、戰事一觸即發的氣氛。

鄭鴻逵率前衝鎮、中衝鎮、左衝鎮、右衝鎮、後衝鎮合兵五萬，列陣大盈嶺，居高臨下，前衝鎮火槍營配備新式火槍隊，其中有黑人火槍隊、日本浪人神槍隊，用大竹籃內裝泥土做成的籧篨（音同：渠除，又稱籃堡）堆成碉堡陣地，籧篨可以移動，十分方便，火槍隊每天在籃堡陣地中舉行射擊操演，槍尖準星閃著光芒。

陳鵬率神器鎮，兵一萬。配備火砲營兩營，分別是千斤佛朗機砲營、紅夷大砲營，在五衝鎮陣地左右兩側以籃堡架設砲陣地，馬車拉著火砲在陣地中操演，演練變換砲陣地及塡裝彈藥。

還有投石營，推出高高的投石機，往兩軍對壘的另一側投出巨石，落地時發出巨響，一時山搖地動，如地震般。也可以投火球，阻敵衝鋒或攻擊敵方營帳堡壘。

勁弓營，配備六箭弩機一百架，一次射六箭，可連續發射，箭的力道可穿透盔甲。

陳霸、周全斌各領左、右先鋒營，各營兵四千，配有雙馬戰車隊、騎兵隊，在發砲、投石、射弩的第一輪攻擊後，發動戰車、騎兵衝鋒，直擊敵軍心臟。

林習山、施福率水師一百艘戰船，在安平港、東石一帶近海以紅夷大砲火力支援，並兼後撤司令。林習山故意在近海發砲試射，新改良的發槓大砲，砲聲如轟雷，十分震撼。

前線探子回報，淸晨時見幾個大淸將領打扮的人，騎馬在晉江縣城外瞭望，馳馬來回一趟巡視我方陣地，到處指指點點，約半個時辰後策馬回縣城。

我獲報後，召集將領會議。

開議前，我聽見先到的幾位將領竊竊私語。

「這是繼十三年前太師在海上剿滅荷蘭、劉香聯軍以來，最大規模的軍備動員。」先鋒營右衝鋒黃廷回憶起當年的海戰，歷歷在目。

「眞的會打嗎？」左衝鋒楊朝棟問。

「不一定，但是眞的開戰，我有信心在火砲、弩箭掩護下，重創滿洲騎兵。」黃廷掄起拳頭：「讓我們與滿洲騎兵一較高下！」

「弟兄們現在個個摩拳擦掌，躍躍欲試，等著太師公布賞格。」楊朝棟說：「好掙一筆大賞金。我當年領一百兩銀。」

「我也是啊！」黃廷大笑：「我當年拿了兩百兩銀，老家翻修一新，我回家都認不得了。」

黃廷、楊朝棟的私語令我一笑，提醒我重賞之下必有勇夫，須及早公布賞格。

清鄭對峙第九日，天剛破曉，陽光普照大地，露珠在草尖閃閃發亮，一根營柱倒下，壓倒小草，打落露珠，滲入泥土。

清兵驍騎營、步兵營、弓箭營陸續拔營後撤，往南安縣城方向緩緩而去。

「嗯！」我望著清兵遠去，「傳令，先撤前後中左右五鎮，留神器鎮和左右先鋒營，以觀後變。」

鄭鴻逵得令，領五衝鎮緩緩撤回安平。

第二天再撤神器鎮。

留左、右先鋒營屯兵大盈嶺和二十里外的十張犁以爲預警和防禦。

❖　❖　❖

又半個月，博洛見我沒有動靜，再度遣人帶信給我。博洛在信中說：

固山額真金礪未奉令行事，擅自糾兵對壘，吾已重責金礪魯莽並令撤兵回泉，以示善心真意。若將軍傾心我朝，請速來歸，方式再議可也。

我得信，召集諸將會議。

會中僅部分將領贊成降清，大部分將領有疑慮，不願剃成滿清前額光、後腦留辮子的髮型，少部分堅決不降。

「一官叔，博洛先派兵逼安平，見我軍容壯盛，器械精良而退，不懷好意。」鄭彩說：「請一官叔勿率全軍投誠，應留部分後援，觀望應變，以免萬一有警，措手不及。」

「沒錯。」鄭彩的弟弟鄭聯按得指節嗶啵響：「叔父若欲降可先會博洛，視其誠意，再回安平商量。」

大多數將領點頭：「此法可行。」

商議妥當，我隨即安排四弟鄭鴻逵率四萬兵暫屯金門。

鄭彩、鄭聯兄弟率四萬兵屯廈門。

陳霸率兩萬兵守南澳。

五弟鄭芝豹領左、右衛武鎮兩萬兵守安平城、安平港。
林習山、周全斌、黃廷各率水師五十艘戰船分駐安平港、泉州和福州外海。
施福率船五十艘駐廈門、金門機動後援。
陳鵬率船五十艘，泊銅山，守漳州至南澳海面。
萬一安平有變，我鄭軍可從上述地點，登陸廈門、福州、安平作戰。
調撥已畢，我再令挑選精壯兵丁五百人爲侍衛，擇日到福州面見博洛。
施郎、黃梧起立躬身曰：「太師，我等二人欲追隨您。」
「好！好！」我笑著拍拍兩人的肩膀：「施郎、黃梧，好眼光。」

雙方信差來回福州、安平之間四趟，終於談好投誠條件和撥兵事宜，敲定十一月十五日，我到福州面見博洛。

條件爲鄭軍投誠後，我保留五千親兵衛隊、二十艘戰船；馬步兵十四萬六千人撥歸大清福建總兵官節制，該月由大清發餉；水師鎮所轄戰船、水兵移撥福建水師提督管轄。鄭家軍的馬兵、步兵、水師服裝、器械費，大清以新價八折購；船及火砲以新造價格計價，全部收購，分五年由福建稅款勻出支付；浙閩粵沿海金閩發商號所屬店鋪、碼頭貨棧照舊由鄭家經營。

十一月十四日清晨，寒風襲人，侍衛隊長李業師、兩名副隊長施郎、黃梧率五百侍衛，身穿甲冑，戴頭盔，插鳥羽，腰佩劍，後腰掛箭袋，甲冑鐵片磨得光可鑑人，雄糾糾，氣昂昂，列隊五虎堂外。

風展旌旗，戰馬低嘶，靜寂肅殺。

我全身戎裝，精神奕奕走出五虎堂，環視精壯衛隊，十分滿意，跨上馬鞍問：「都督呢？」

「稟太師，都督沒來，只留一紙。」我的貼身侍衛周繼武呈上紙條。

福松上書：「從來父教子以忠，未聞教子以貳。今吾父不聽兒言，後倘有不測，兒只有縞素而已。」縞素，是披麻帶孝穿喪衣復仇的意思。

「啐！」我扔信怒罵：「小子亂來，淨說些不吉利的話。」頷首向侍衛隊長李業師示意啟程。

「上馬！」李業師下令。衛士上馬，動作整齊劃一。

「出發！」施郎高喊。

噠噠馬蹄聲響遍安平城。

❖　　❖　　❖

馬隊走出安平城之後，策馬疾馳。

李業師、黃梧領先一隊前導，我居中，施郎率一隊殿後。

馬隊經晉江縣城，郭必昌設亭備茶酒、午飯等候迎接我。

用完午飯後，馬隊渡晉江，黃熙胤在江邊設亭，持酒、茶水及點心招待我。

首日抵達泉州府，夜宿老家並祭祖。十五日登上五虎號走水路往福州。

抵達馬尾港，洪承疇在碼頭準備茶水、好酒歡迎道：「貝勒爺遣我來迎接王爺。」

「貝勒爺何須如此多禮？」我一路受到大清大臣迎接，備受禮遇，全身輕飄飄。

「吾兄歸順大清，陛下定會封王或令吾兄掌閩粵總督，位與貝勒爺同，皆在屬下之上，出城迎接乃卑職應做之事。」洪承疇躬身拱手：「以後望兄在陛下或貝勒爺面前美言幾句，卑職卽受用無窮。」

「若美事可成，我一定代奏保薦。」我爽快地說，又想起一事問道：「待會兒可有通譯？我可不會滿洲話。」

「有小弟代勞翻譯。」洪承疇停頓一會又道：「我在滿洲住了三、四年，別無長進，只學了些滿洲話。」

這讓我想起洪承疇爲什麼會住在滿洲的原因。

兵潰錦州城迄今仍是洪承疇心中的痛，同爲武將的我明瞭箇中滋味，不提也罷。

洪承疇騎馬陪著我一路緩行進福州城，路上我們用河洛話交談，笑聲不斷。

「這幾天，五虎號權充我和馬隊隨員的臨時行館，船上一應俱全，我也睡得習慣。」我向洪承疇拱手道：「不勞您和貝勒爺費心備置房間。」

「王爺考慮周到，貝勒爺一定應允。」洪承疇說：「福州城已到，容我先進城稟報貝勒爺。」說完與三名隨從策馬先行。

我率馬隊從容進城，途經巡撫衙門。一路景色依舊，想起二十餘年前第一次到福州府，在巡撫衙門謁見福建巡撫南居益的經過。接著往布政司署走。

隆武帝時期，改福州府爲天興府，布政司署成了隆武帝的臨時行宮，現在又變成大清貝勒爺博洛的將軍府兼行館。

想到這裡，我不禁低吟：「年年歲歲花相似，歲歲年年人不同。」興起一股景物依舊，人事全非的感慨，同時又有一股參與改朝換代，「一朝看遍長安花」志得意滿的雀躍之情。

就在這感慨和雀躍的複雜情緒中，馬隊停在布政司署前，我抬頭看見用滿漢文大書「征南大將軍府」的旗幟，迎風飄揚。洪承疇、黃熙胤、郭必昌站在府前迎接我下馬。

「王爺請！」洪承疇躬身作揖，右手擺出請的手勢。

一行人步入大門，「這位是御封征南大將軍多羅貝勒博洛。」洪承疇引領我走到一名精壯黝黑、四方臉、小眼睛、留著落腮鬍、穿著鎧甲戎裝的中年男子面前，以滿洲話說：「這是鄭芝龍將軍。」

我四十六歲，博洛四十五歲，兩人年紀相仿，一個白臉一個黑臉，相互凝視臉上鬍鬚飄飄，博洛眨眨眼，咧嘴露出白牙，我回以大笑，兩人互握雙臂，互抱對方肩膀。

「貝勒爺，我鄭芝龍來了，讓您苦等多時，請恕罪。」我說罷欲撩袍行禮，洪承疇立即翻成滿洲話。

「哪裡，哪裡，將軍不棄我大清，讓全閩蒼生可以遠離戰禍，均獲利益。」博洛連忙扶起我，並握著我的手：「將軍，請！」

我與五百侍衛被帶進王府。隆武朝時我天天到此早朝，一景一物十分熟悉。李業師、周繼武和施郎、黃梧等二十衛士隨侍我入府內，我事後才知道其餘四百八十人守在府外軍營。

博洛在府內大宴我，滿漢大臣輪流陪席、敬酒，席間一言一語皆稱我爲「王爺」，聽得我飄飄然。

席間，洪承疇談起我年少的大海荒州冒險生活，要我講述如何向荷蘭紅毛購置新式火砲，戰船的兵員配置等，我興致一來，邀博洛等滿漢大臣明天上五虎號參觀。

博洛令人在小廳備小宴，宴請李業師、周繼武和施郎、黃梧等二十名侍衛。李業師、施郎等人開懷暢飲，醺醺然癱坐椅上。

博洛每喝杯一杯酒，就稱讚我一次，灌得我酩酊大醉，到黃昏方休，由周繼武和施郎抬我上馬車，送回五虎號。

❖ ❖ ❖

十六日，我帶博洛等人登五虎號參觀，在港內試航，小試風波，金礪、博洛晃得臉色發白，下船仍覺天旋地轉。

博洛當夜以答謝我帶他登舟航海，饒富趣味爲由，再次邀宴我。

杯觥交錯間，金礪突然大聲問：「大將軍，你是否來詐降？」

我一愣，看著滿臉通紅的金礪，以爲他醉了，笑道：「哈！我來詐降，哈！是，亨九，告訴他，我親自來詐降。」洪承疇字亨九。

「啪！」金礪甩我一記耳光，再問：「你是一人降或舉全軍降？」

一掌打得我惱火，酒醉口齒不清：「我……我當然舉全軍降，待我回去安平……撥交人……馬。」

「啪！」金礪又甩一掌，登時將我打醒。

只見金礪怒目相視，博洛冷眼對待。

「將軍，據探馬回報，你把兵馬船隻都散了，只有你來降，豈非詐降？」洪承疇苦著臉：

「你害慘了我，陪著你人頭落地。」

「不然，不對……不是。」我掙扎著站起來大嚷：「我是閩海王，他們只能聽我的，待我回去，即率兵馬船艦歸我大清。」

「不用回去了，皇上有令，令你即刻上京陛見。」博洛冷冷地說。

「不行，放我回去……」我大叫：「李業師、周繼武、黃梧、施郎……」

三名滿兵一擁而上將我架起來，脫下衣袍、腰帶、帽子，雙手反綁，連拉帶推送進一輛馬車，車篷關得嚴密緊實。

「咋！」馬伕一聲吆喝，四匹馬撒蹄狂奔。

我霎時酒醒，冷汗直流，伏在車中從縫隙看出，沿途似有兵丁戒護馬車、淨空道路讓馬車奔馳直出北城門，北城門口又有數百騎兵，挾圍馬車，往北而去。

我在馬車中怔忡不語、不食，繼之大哭，後悔輕信貝勒爺博洛之言，陷入牢籠，不得脫身。如果當時聽鄭鴻逵、福松的話，提兵拒……呃……不，提兵率船遠遁臺灣、馬尼拉，據地稱王，今日不會成爲籠中鳥。

繼而又想到陳謙，如果他知道我現在的處境，一定會怒責「三則鄭芝龍，盡撤仙霞嶺守軍，全閩奉送大清。大清何其幸也，先遇吳三桂，再遇馬士英，三有鄭芝龍，大開方便之門；大明何其悲，亦因此三人，斷送大明江山！」

時而又想，博洛可能誤會順治皇帝之意，等到了京師我自當辯解，只要招鄭鴻逵和福松歸清，順治皇帝一定會封我爲閩海王或閩粵總督也未可知。

「一切等到了京師再說吧！」我抱著一線希望，盼望能面聖直訴歸順大清的衷心，熬過從福建到北京的一個月顛簸車程。

§

「這是我第一次到北京，以後的事，大夥都知道了，我就不再多言。」鄭芝龍向覺羅阿克善和諸位聽故事的兵丁說：「故事到此爲止，各位爺們就此散了，明日不勞再來。」鄭芝龍喝下一口水，再要一杯。

「精彩，精彩，侯爺的一生經歷輝煌，無與倫比。」覺羅阿克善聽罷回神，拱手道：「下官聽了，眞是自嘆弗如。」

「小事一樁，不足掛齒，給各位爺們解悶。」鄭芝龍擺擺手道：「想必也快到京城了。」

「是，已到通州地界，慢慢走再四天就到京城。」覺羅阿克善起身道：「侯爺想必累了，大夥散了，讓侯爺休息。」

45

北京頭條胡同

次日晚膳後，覺羅阿克善提一壺酒、兩只茶杯、一包花生米，又來找鄭芝龍。

「再三日就到京城，我等軍士就要向議政王（鰲拜）交差。」覺羅阿克善問道：「侯爺，這趟回京之旅可滿意？」

「滿意，承梅勒章京大人照顧，在下十分滿意。」鄭芝龍拱手道。

「敢問侯爺，昨天談到當年到了京城之後卽停住，不再言語，是否有什麼難處？」覺羅阿克善說：「下官十分好奇。」

「沒有。」鄭芝龍低頭喝了一口酒：「因爲在下寄居京城十二年，只是投閒置散，無事可敘；獲罪流放寧古塔四年，年逾花甲，更是待罪囚徒，無話可說。」

「非也。」覺羅阿克善搖搖頭，爲鄭芝龍斟杯酒，再道：「下官聽說侯爺曾兩度捐輸黃金千兩救了議政王，可眞有此事？」

「江湖傳言，實無此事。」鄭芝龍搖頭。

「下官了解侯爺的顧慮。」覺羅阿克善喝口酒說：「眼下再三天就到京城，侯爺若談當年到京城之後的事，難免牽扯現在廟堂上的諸位官老爺，人多口雜恐被誤傳或誇大，傳出去可會壞了事，確實該謹慎以對。」

「唉！」鄭芝龍輕嘆一口氣，閉目微微搖頭晃腦，不承認也不否認。

「不瞞侯爺，下官籍隸鑲黃旗，與當今皇上同旗，算起來是議政王的遠房親戚，喊他一聲表舅，從小聽聞議政王的英勇事蹟，仰慕議政王的爲人。」覺羅阿克善壓低聲音說：「從軍之前經常聽伯叔輩談論攝政王（多爾袞）如何欺凌議政王的諸多事蹟，我等後輩無不替議政王心生不平。這趟帶您回京城之行，又接獲議政王手諭，令我善待侯爺，令下官備覺榮幸，才有此一問。」

「並非朝廷或攝政王苛待我，只因立場不同。」鄭芝龍說：「吾兒福松尚與朝廷爲敵，致我身陷囹圄，亦事出有因。昔日我也曾經囚禁荷蘭紅毛當人質，當談判籌碼，原來當人質是這般滋味，我可是自作自受，報應啊！」他向上一拱手：「所以，我對皇上和攝政王並無太多怨言，只可憐我幾個兒子受牽連，隨我飽受折磨。」

「侯爺不想提，下官不再勉強。」覺羅阿克善逕自斟酒、喝酒，嚼顆花生米。

鄭芝龍低頭喝酒、吃花生，嚼著嚼著，淚從下巴滴到麥稈上。

「侯爺何故如此傷心？」

「我自小最愛吃花生，福建的花生個頭小但清香無比，不管是和著細砂灑鹽炒的鹹花生或水煮的帶殼花生，都是人間美味。」鄭芝龍拭淚說：「想及吾年已六十又一，此行返京後生死未卜，何日可再吃到花生，何日可再見我的四個兒子與舍弟，是以心傷。」

「原來如此。」覺羅阿克善雙手一拍，拍掉手上的花生膜，「感念侯爺和左都督一路配合，行程順利，況且今日正是八月十五日中秋夜，下官就行個方便，讓您與家人團聚，但只能半個時辰。」

「多謝大人，感激不盡。」鄭芝龍用沒有被鐵鍊拴著的單腳單手下跪磕頭：「感激不盡。」

覺羅阿克善隨卽令人逐一將鄭世忠、鄭世恩、鄭世蔭、鄭世默和左都督鄭芝豹等五人帶進權充囚房的驛館鄭芝龍房間，讓六人團聚。

六人雖身纏鐵鍊，無法接觸擁抱，但終於可以見面，一時哭聲不絕，令把守房外戒備的三十三名押解兵丁一掬同情淚。在冰涼的空氣中，覺羅阿克善摸了一下臉頰，快步走到中庭抬頭望天，月如銀盤在烏雲中散發光芒，替世間萬物披上一層銀紗，千萬億萬星子在夜空中閃爍。

次日夜晚。

「三天後到京城，下官就要交差解任。」覺羅阿克善爲鄭芝龍斟杯酒，從紙包倒出一碟花生米，又令一名小兵，在兩人之間架起一張小桌，擺酒壺和兩只酒杯。

「今天先向侯爺告辭。」覺羅阿克善拱手道：「此行若有什麼不舒適暢快的地方，尙請海涵。」。

「大人一路照顧無微不至，在下和舍弟、諸兒皆感激不盡。」鄭芝龍說著單腳下跪，偏著身子磕頭。

「侯爺請起！請起！」覺羅阿克善扶起鄭芝龍：「不瞞您說，下官奉命赴寧古塔監管侯爺之前，曾經奉皇命隨定遠大將軍世子濟度南征福建，討平閩亂，順治十四年（一六五七）正月在福州、閩安鎮和惠安縣海港等處，與侯爺的舊屬周全斌、黃廷、楊朝棟等交手，僥倖獲勝，得以全身而退，也見識侯爺船艦火砲威力，精良的馬隊裝備，遠勝其他孱弱的南明叛軍。下官私心計較，當年若侯爺決意不降，今日肯定又是另一番局面。」

「順治十四年四月，陛下降旨命我流放寧古塔。」鄭芝龍閉眼說。

「逝者已矣，追悔莫及，悔之何用，唉！」鄭芝龍長嘆一聲，喝杯酒，欲語還休，又喝一杯酒，細嚼花生，如是躊躇再三始言：「當年星夜趕赴京城陛見，留京十二年，的確吃了不少苦，除了日夜如驚弓之鳥，擔憂性命不保，還得慎防捲入朝廷攝政王、議政王和諸位顧命大臣之間的紛爭，眞是命懸一線！」

「是，在京爲官，下官亦能體會一二。」

「今日大人與我有緣，我就向大人說說我留京這十二年間的遭遇。」鄭芝龍謹愼地說：「今日所言，涉及當今在京大臣，勿再對外人言說。還有，言語中若有不周到、不敬之處，皆爲述事方便，並非有意誹謗或中傷，請大人海涵。」

「下官遵命。侯爺儘說無妨。」覺羅阿克善拱手，右手舉至肩膀，拇指扣小指，三指並立，意表發誓不會洩漏。

鄭芝龍挨近小桌，拿起酒杯，輕咂一口，緩緩說：「我記得那年是順治三年（一六四六）十一月十六日夜，我從福州被押上馬車，星夜北奔，夜以繼日，輪軸不息，每到驛站即換車伕、換馬隊，從車篷縫隙吹進來的風愈往北愈冷，跟我的心情一般，直墜深水冷井……」

§

過了不知幾日幾夜，一天晚上，忽聞人低聲喚我「一官爺、一官爺」，以爲在夢中，繼而細聽，始知是周繼武。

「是德謙？」我問。周繼武字德謙，這是鴻逵幫他取的字。

「一官爺，我是德謙。」車篷打開，周繼武一頭亂髮站在車旁，「一官爺，我被他們從五虎號抓來送到這兒侍候您。」說著被後方的兵弁推上馬車。

馬車又開始奔馳。我緊挨著周繼武，低聲交談。

「說，告訴我你所知道的一切過程、所有的事。」我問周繼武。

「一官爺失蹤的那天晚上，我和李業師直到護送您回到五虎號官廳，才發現是個跟您體型相當的清兵穿著您的衣服，李業師欲拔刀喝問，刀未出鞘卽被三名清兵用匕首刺入心窩身亡，清兵同時捂住我的嘴，抽走我的劍和匕首，反綁我雙手。隨後黃梧聽到吵鬧聲趕過來看，拔劍喝斥，立遭四名清兵圍攻，砍傷一隻手後被反綁押走，生死不明。

「隨後，郭必昌大人來到官廳，指著李業師的屍體命令我：『再來這幾天，你都要跟往常一樣，隨侍太師左右，送太師進將軍府，若有輕舉妄動，下場就跟他一樣。』接下來五天，我被迫隨護假的一官爺左右，發號施令，令施郎率衛隊護送您進將軍府。直到第六天，郭必昌大人又問我，誰是一官爺的隨侍和廚子？我回答，在五虎號由林德隨侍、洪福掌廚，於是將我和林德、洪福都押上馬車，送來了。」

「李業師身亡、黃梧生死不明，天可憐見哪！我要能再見李業師和黃梧的家人眷屬，一定要重重報答。」我急問：「施郎和五百衛隊呢？」

「施郎每天帶隊護送假的一官爺進將軍府之後，就被金礪將軍等武將帶去喝酒、灌醉。」周繼武說：「五百衛士從第一天起，每十人分送到一個營帳與三十名清兵同住，卸除武裝後每日款待好菜好酒，後來我再也沒有見過他們。」

「原來如此。」我說：「大清用狸貓換太子的手法，將我挾持北上，也制服了五百衛士，令鄭彩和鴻逵誤以爲我仍在福州周旋，是了……」我這才恍然大悟，一開始卽落入大清的圈套。

我思前想後，想起金礪那一巴掌問我是一人降或舉全軍降，我思路乍通，「不對，一定有人洩密，知道我軍分散軍力，而且也知道鄭彩在福州派了探子做爲後應，貝勒爺知道了，才會使出狸貓換太子的安排。」

「這人是誰？」我厲聲問。

「一官爺，我沒有，我沒有說。」周繼武嚇得瑟縮一旁。

「當然不是你。」我說：「那天在五虎廳會議此事，我令你帶人把守門外，除了李業師，還有誰參加？」

「一官爺，您知道是誰？」周繼武問。

「我大概知道是誰，但又說不準。」我輕聲說，心中有道遭背叛的傷口隱隱作痛，痛到無力反抗：「但是有一天，我一定會知道。」

有了周繼武等三人作伴，我心情稍微安定。

接下來幾天，吃了洪福做的菜，我總算胃口大開，精神慢慢恢復，思路愈加清晰。幾番思量，爲今之計，先求平安到京城，面見陛下再解說一切，祈求陛下能撥雲見日，知道我歸順大清的眞心誠意。

❖　❖　❖

抵達京城，暫住驛站，第五天始得晉見攝政王多爾袞。

原來，攝政王只會講滿洲話，我只會講南京官話。為此，幾經周折找到北京戰火下僅存的汀州會館，聘請會講河洛話和北京話的掌櫃黃炳麟權當通事；攝政王則找會講滿洲話和北京話的東北人當通事，雙方才能用北京話交談。*

「據征南大將軍博洛回報，鄭將軍是來詐降？」攝政王坐在紫禁城一間我不知名的廳堂太師椅劈頭就問。

「攝政王明察！」我躬身拱手回答：「若是詐降，我豈會令盡撤武夷山、仙霞關各關隘守軍，令多羅貝勒博洛率大軍長驅直入；若是詐降，我豈會率五百衛士逕赴福州與博洛見面，豈不是自尋死路？我是眞心欲歸順大清，一則依大勢所趨，慕義投誠我大清朝；二則偃旗息鼓，挽救福建千萬百姓免於兵刀荼毒之難。」

「說得好聽，然則你的二十萬兵馬、千艘船艦卻已四散，盤據閩南和各大小島嶼，未隨你歸順。」攝政王站起來喝道：「可見另有所圖，無歸順眞意。」

「啟稟攝政王，這當中應有誤會。」我單膝下跪說：「我原打算會見博洛大將軍之後，再回閩南率全軍投誠，豈料，未及回閩南，卽被命星夜北上京城陛見，令我措手不及。」我再強調：「其次，我鄭家軍並非四散各地及盤據各島嶼，而是回到所部原來的駐地，聽我的號令行事。如今，我忽而到京城，我軍一時群龍無首，可能就眞的變成人員四散，盤據各地，以後會演變成什麼局面，恐難預料，亦非我能掌控，請攝政王明察。」

「你在威脅本王？」

「不敢，在下據實陳述可能發生的情況。」

「果若如此，該當如何？」

「恭請攝政王奏明皇上，讓我回閩南料理，定當率馬步兵、大小戰艦歸順大清。」

「哼！」攝政王頭一撇，冷笑道：「讓老虎回去山林……」

「稟告攝政王，末將並非歸順、投誠大清，而是回歸我大清朝。」

「你在說什麼？」

「二十餘年前我去大連做生意，偶遇在大連外海遭風難船隻沉溺的太祖（努爾哈赤），我將太祖救起並送回大連，蒙太祖賞賜封我爲固山額眞。」我抬頭看著攝政王說：「是以末將是回歸我大清。」

「太祖封你爲固山額眞？」攝政王一臉迷惑：「可有證據？」

「聖旨……聖旨……在一次火災中燒掉了。」

「一派胡言！我父皇不可能封一個漢人爲固山額眞，你汙衊太祖。」攝政王大怒喝道：

＊明朝滅元，定都南京，「一以中原雅音為正」，明太祖釐定通行語規範，非僅南京方言，通稱南京官話，為官者必學。待明成祖遷都北京，南京官話雖逐漸融入北京話腔，但仍然盛行。至清朝中葉，北京官話才逐漸取代南京官話。

「來人，掌嘴！」

四名帶刀侍衛一擁而上，將我按跪在地，一人拿厚實木板左右開弓，連打我四巴掌，打得我血絲噴濺，眼冒金星。

「冤枉啊！攝政王。」我口齒不清地說：「不信可問鰲拜將軍，鰲拜將軍親眼所見。」

「鰲拜！鰲拜隨豪格南征，怎麼問？」攝政王乍聞暴怒，又喝道：「再打！再打！」

接著一連串巴掌，打得我臉頰紅腫，打掉我的自尊，打得我伏首跪地。

黃炳麟也嚇得雙膝癱軟，跪在一旁。

「劉之源！」攝政王緩緩說：「帶回去交你看管，替我好好款待鄭大將軍。」

一旁閃出一名武將躬身垂手喊：「喳！」

該武將手一抬，兩名侍衛挾起我退出大廳。

「慢著！」攝政王又說：「鄭芝龍，下回來，講北京話，省得這麼麻煩。」他指了指通譯黃炳麟。

我掙扎著從侍衛手中滑出，單膝跪地、垂手，使勁喊：「喳！」血從嘴角滴落地磚，一滴、兩滴、三滴……

「哼！」攝政王頭一抬，揮手道：「去吧！」

❖ ❖ ❖

看管我的是鑲黃旗漢軍「固山額眞」劉之源。

劉之源是居住在關外的漢人，歸順大清後，在皇太極天聰年間任職參領，崇德年間（一六三六年起）擢升都統，崇德六年皇太極攻錦州，劉之源指揮所部以大砲摧毀松山臺堡，攻下塔山、杏山二城，因戰功晉升一等輕車都尉。大清定鼎燕京之後，再升爲漢軍固山額眞，爲鑲黃旗漢軍最高統領。洪承疇在錦州兵敗歸順大清後，也編入鑲黃旗漢軍。

走出紫禁城，我被帶上馬車，在寬闊的京城馬路走了許久，住進鑲黃旗漢軍在安定門大街的都統衙門，數日後又被遷往頭條胡同一所大宅院，不准我外出，只能在大宅院第三進院落裡活動。

這個院落只有一廳，左右兩邊護龍，共有四個房間和一個廚房，我和周繼武各住一房，林德、洪福合住一房，另一房放雜物。

劉之源下令只准林德、洪福可由兵丁陪同外出，變賣我隨身帶的玉珮，換錢採買食材，不准去其他地方。

初到京城一個月，我猶如囚犯，與外界隔絕，整天與周繼武悶在小小院落中，望著院子裡一棵落光葉子的高大銀杏，和五株在風中顫抖的梅樹。

我整日思前想後，長吁短嘆，時值歲末寒冬，時而大雪紛飛或冰霜凍骨，我等四人驟然來到北國，無厚衣禦寒，缺煤炭生火，四人常常瑟縮一團互相取暖，夜不成眠。

我幾度痛哭失聲，一哭自身遭遇；二哭連累隨從受苦；三哭前途茫茫；四哭思念小松、福松、二媽及一干親屬、大批部將如今安在？

熬到除夕前幾天，劉之源才見我，經我訴說沒錢、少衣、缺煤、無食，請求讓周繼武外出，尋找京城故舊接濟。

「這豈是我大清接待投誠南明官員之道？」我說：「若是我的境遇傳出去，今後誰肯來降？」經劉之源稟明攝政王，方准周繼武外出。

周繼武火速找到金城商號掌櫃李長光，先匀出一百兩，備辦厚衣暖帽、棉被炭爐等一應禦寒用品器具，採購蔬果豬肉，大雪隆冬的北方沒有幾樣蔬菜，只能湊合花菜、蘿蔔、白菜，或煮湯或包餃子，不用再每天吃饅頭，苟延續命罷了，無暇思及過新年。

這個哀痛的新年不過也罷。

❖　❖　❖

手就著炭爐烘烤，喝著熱茶，望著窗外紛飛細雪，中庭一片雪白，我想起和小松住在平戶的那些年，田川岳父、楊耿、楊嫂、郭懷一、月娘、卡隆、三浦按針、李旦和平戶藩主松浦隆信、大御所德川家康……往事一一掠過心頭，那段辛苦卻又屢屢絕處逢生的甜蜜日子，黑暗中充滿希望的繽紛光彩，只要勇敢做夢，勇敢向前走就有希望。而現在只有虛冷微弱的陰鬱白光和令人窒息的寒意，我不想動，只想蜷縮著、躲著，望著白亮衰弱的天空發呆，是的，一向機伶的我，此時竟然一籌莫展。

怔忡寤寐朦朧之間，忽見許心素開門走進來，背著門外的亮光，看不清臉，倏忽向我撲來，令我雙手向外推大叫驚醒，室內一片靜默，只有窗外雪落下的聲音，我感到背部冷汗直流。

我驚魂稍安後，想著與許心素的過往情仇，忽而想起攝政王諭令：「下回來，講北京話。」耳邊又響起許心素曾說過：「多會一種語言，多一分力量。」

下回再見攝政王不知何時，但必須趕快學北京話。這是保命之道，我可不想讓通事有上下其手或扭曲我原意的機會。

我邊琢磨該找誰教我北京話，一邊提筆寫兩封信，一封給長崎的次郎和楊耿，一封給安平鄭芝豹，命他們調度資金，速遣專人送到金城商號，供我在京調度使用。

❖ ❖ ❖

過年後，順治四年（一六四七）正月十六，我遣周繼武去汀州會館，欲聘掌櫃黃炳麟教我北京話。豈料，上回黃炳麟見到我被掌嘴的那一幕，嚇壞了他，深恐來日還要陪我進宮，堅辭不就。

我只好找來金城商號掌櫃李長光，命他帶來金城商號的帳冊並教我北京話。

「稟報老爺，我的北京話講得不好，且商號營運逐漸復甦，事多煩雜，分身乏術，恐難以撥出時間教您講北京話。」李長光說：「幸好，本商號內現有一位落難秀才尹大器，閩南安溪人，在京六年餘，北京話講得道地，應可效勞，且可當您的幕友或書記。」

「好，就差他速速來見。」我點頭吩咐後，繼而想起一事，指示周繼武：「關門，在房外把守，我和李掌櫃有事要談。」

周繼武守在門口。

「長光，帳冊！」李長光馬上呈上帳冊，一一解說，我逐一查核，末了，李長光說：「金城商號目前營運金有兩萬兩千兩百三十二兩九錢五分八釐六毫三絲，待收帳款六萬三千八百六十七兩七錢一分八釐五毫四絲九忽，兵損及倒債四萬兩千五百零六兩四分三釐七毫一絲二忽六微七纖。」

「待收帳款六萬三千八百六十七兩銀，收得回來嗎？」

「大概一半收不回來。」李長光搖搖頭：「兵馬倥傯，家破人亡，諸多商號關店或倒閉，近年大勢底定，京城原來的居民才陸續回城，慢慢復甦中，且現在滿人居內城，漢人居外城，又有路檢、宵禁，要開店做生意，難！」

「唉！」我深有同感，繼而一想：「人要生存，總要塡飽肚子，現在大江南北兵荒馬亂，田原荒棄，必定缺糧，可令海五商從臺灣、長崎、馬尼拉、廣南等地多進米糧販售，必有豐厚利潤。」我說完提筆，在給次郎和鄭芝豹的信中加入「多進米糧」的指示。

「兩萬兩千兩百三十二兩九錢五分八釐六毫三絲。」我看著營運金額，心中稍安，再指示李長光，「差人去天津金寶商號，找掌櫃郭天賜帶帳冊來京見我，並差他將這兩封信，一封送去長崎給次郎和楊耿，一封送去安平給五爺。」

❖ ❖ ❖

同日下午，尹大器來頭條胡同見我。

他戴一頂翻毛瓜皮帽，雙耳凍得紅透，他脫下帽子行禮，稀疏的頭頂拖著一根小辮子，小眼睛瞇成一條線，白淨的三角臉臉頰凹陷，下巴有鬚，中等身高，乾瘦。

「尹大器，掌櫃推薦你來，你可要告訴我你是何方人氏？爲何來京？」我用河洛話問他：「今年貴庚？」

「小的尹大器，安溪人，今年三十又五歲。」尹大器躬身說：「崇禎十年童試及格（秀才），爾後一次鄉試不中，舉人落榜，之後時局不定，三年一次的鄉試停辦，我待在閩南無以爲生，遂至南京謀生，或爲人代筆書信、教授私塾餬口，後來輾轉經故舊薦舉，又至北京入兵部中軍都督吳襄幕下掌文書兩年餘。崇禎十七年三月吳府一家遭李自成滅門，我亦無業，幸蒙李掌櫃錄用，在金城商號充當簿記。」

「李掌櫃說，當大清入京，清軍搶掠，火光四起，多虧你仍留守金城商號照料一切，才保住後院未被燒毀。」我嘉許尹大器：「這是功勞一件，應予獎勵。」我吩咐：「林德，拿五兩銀，賞尹先生。」

「多謝老爺！」尹大器作揖謝賞。

「且慢，你是安溪人，與南安、晉江爲鄰，也算是閩南同鄉。」我說：「另有一事，我困在北京城，無議量（河洛話，意指無聊），要一個使用人（部屬或手下）教我北京話，並且當我的書記，工錢依你在金城商號的月薪再加二兩五分銀，你可否應允？」

「遵命，這是在下的榮幸。」尹大器高興地再次打躬作揖。

「這樣就講定。」我轉頭吩咐林德：「你同尹先生回金城商號，交代李掌櫃，尹先生之後是我的使用人，尹先生在金城商號的事，另覓他人接替，待尹先生交接妥當之後即來頭條胡同。」

「是，在下事務交代妥當後就來侍候老爺。」尹大器拱手道：「在下先行告退。」

❖ ❖ ❖

五天後尹大器來頭條胡同，尹大器先說他初到北京學北京話的過程和感想，因爲同樣使用漢文，只是語音不同，以及用字遣詞有些許差異，認爲要先從日常用語學起。

「河洛話講『洗腳手』，北京話講『洗手腳』；河洛話的『行』，是行走、行路，『走』是跑，但是『走』在北京話是行路的意思。」尹大器說：「河洛話說『久久長長』，北京話要說『長長久久』。」

「眞趣味，原來同樣的漢文竟然有這些差別。」我興味十足地用捲舌音學北京話，他用北京話念一句，我學一句，早上半個時辰複習昨天學的語音和語詞，接著學新內容。內容無所不包，每天從當天的天氣，吃食的蔬菜、點心、茶葉、料理菜名，北京地名，聊到時局。

「幸好妻子兒女都在安溪老家，我在北京是『羅漢跤仔，無某無猴』（意指單身），一個人飽全家飽，才能活下來。」尹大器說到崇禎皇帝吊死煤山，李自成攻入北京，吳三桂引大清兵入關、進入北京城，清兵與李自成軍混戰那段混亂的時期，不時說上一兩句河洛話，讓我聽到家鄉話覺得十分受用，不知不覺中打開話匣子，天南地北地聊開了。

「你曾在吳襄府，陳圓圓是怎麼進到吳襄府的？」我想起吳三桂和陳圓圓的事。

「老爺也知此事？」

「當年大清兵圍攻錦州，吳三桂連夜撤兵，致洪承疇兵潰錦州城被俘，吳三桂後來降調南京總兵官，又奉調回京城時，離任之夜，我正在南京城宴客，因緣際會將吳三桂與陳圓圓『送作堆』。」我說起當年事：「後來聽說陳圓圓被田貴妃之父田戚畹帶來京城，卻又進了吳襄府，這是怎麼一回事？」

「沒錯，陳圓圓被田國丈帶回北京城，送進紫禁城獻崇禎皇帝解悶，崇禎皇帝正苦於闖王李自成夥同張獻忠作亂，苦民所苦，撤樂撤膳，數次下詔罪己，無心享樂，田國丈遂又將陳圓圓帶回田府。這陳圓圓可是江南名妓，集美貌與詩棋書畫才藝於一身，田國丈的妻妾深感受到威脅，哪裡容得了她，田國丈妻妾聯手要陳圓圓離開田府。」尹大器唱作俱佳道：「田國丈頭疼之餘，想起陳圓圓曾經和吳三桂在南京那段因緣，刻意在府中邀宴吳三桂，讓陳圓圓與吳三桂重逢，國丈做個順水人情，將兩人再次『送作堆』，陳圓圓因此進了吳襄府，做了吳三桂的妾。」

「哈哈，送作堆，用得妙！」我聽到尹大器引用我說的河洛話，樂得手拍大腿，追問：「吳三桂待陳圓圓如何？」

「兩人恩愛自不待言。」尹大器說：「吳三桂爲了陳圓圓，在吳府後院再建一別墅藏嬌，公餘之暇必在藏嬌樓。至吳三桂奉派爲山海關總兵官，一般都會攜同一、兩名妾赴任，但吳三桂了爲了安全，竟不攜陳圓圓同往，可見珍愛陳圓圓之情，非同一般。」

「未攜陳圓圓同赴山海關，才讓李過和李自成綁走陳圓圓，導致時人議論吳三桂一怒爲紅顏。」我感慨地說：「是耶非耶？實非人力所能爲。」同時也想到自身的處境，是安全或危如累卵？

「閩冀之間音訊斷絕，不知鴻逵、芝豹、福松和鄭彩在我失蹤之後做了什麼決定，有什麼動向？」我與尹大器談到：「是否正在與大清貝勒爺博洛繼續談歸順條件？還是眞的舉兵拒清？依福松的個性，應該會舉兵拒清，但他手上無將無兵，抗清如同以卵擊石。」

「如果四爺鴻逵、五爺芝豹和鄭彩將軍繼續與博洛談條件，談成之後，攝政王自會周知老爺，目前未置一詞，當是尚未談成。」尹大器說：「眼下只能靜候消息，另一方面，也應透過金城、金寶商號與泉、廈聯繫，打聽消息，若有風吹草動，才能及早有因應對策。」

「沒錯，我也是這樣想，你來之前，我已經吩咐李掌櫃和金寶掌櫃郭天賜暗中聯繫。」我說：「但是我目前被禁絕通信，進出頭條胡同要搜身，如何帶信進來？」

「老爺，不妨由我去金城商號看信，再向您稟報。」尹大器獻策：「如日後看管較鬆，再行夾帶進來。」

「也好，眼前就先這麼辦。」我說。

幽居之日，多了個尹大器可以教學北京話，說話解悶兼商議諸事，令我舒心，不再煩悶。然而某日，固山額眞劉之源竟下令，我不能對外通信，進出頭條胡同的人一律搜身，不得夾帶信件、文書。

❖　❖　❖

一個半月後的某日晌午，李長光來報：「安平五爺差黃藩舅爺乘船經天津帶來長信，已抵金城商號安頓。」黃藩是二媽黃荷最小的弟弟，年齡比我還小三歲（四十四歲）。安平城建好之後，我請他從廈門到安平同住，助我總理安平城生活起居一切物品、奴僕婢女等安排，猶如內務總管，也是我親近的家人。

此次由閩進京，路途遙遠顛簸，芝豹大可差其他年輕力壯的家人送信，卻派黃藩出馬，必有大事。

我馬上遣尹大器赴金城商號閱信，讓林德同去打點黃藩舅舅的生活，命周繼武設法向劉之源求情，能否讓黃藩以家人名義住進頭條胡同。

尹大器走後，我心中急如蟲蟻囓咬，坐不住，只能在院子中打轉。看著院子裡銀杏樹梢剛冒出頭的青綠嫩葉，落了一地的梅花，設想各種可能，長吁短嘆！

時間過得眞慢，直到落日掌燈時，尹大器與林德方回。

林德苦著一張臉，紅著眼似乎哭過。

「說，快說，舅爺帶什麼消息來？」

「老爺請先上座，在下一一回稟。」尹大器說完向林德努努嘴，林德扶我坐下，並倒杯茶。

「啟稟老爺，黃總管帶來四件消息。一是，自從您被挾來京城，鄭家群龍無首，四爺、鄭彩總兵官和陳霸將軍等不願降清，各率陸師的馬步兵各鎮屯駐金門、廈門和南澳；各水師俱依之前安排，駐守各港；各水師與大清兵在興化、泉州、安平、漳州等地沿海對抗，互有輸贏。

「二是，安平城已被大清兵劫掠焚毀，大清兵於去年十一月底，趁月黑風高之際夜襲屠城，五爺率領的兩萬馬步兵全軍覆沒，加上各軍家眷共兩萬九千餘人死亡，傷者逾兩萬人，安平城全城燒毀，黃老夫人及時逃脫無恙，松夫人……松夫人不幸罹難。」

「啊！啊！」我失聲狂叫：「小松……小松……」霍然站起來，掩面痛哭。

林德和周繼武從左右架住我，安撫我。

待我哭畢，頹然跌回座椅。

「三是，福松少爺，從金門回安平爲松夫人收屍埋葬後，在安平城掛『忠孝伯招討大將軍罪臣國姓』旗幟，率兩船軍士入海，在烈嶼（小金門）舉兵抗清。」

「四是，今年正月大明南遷大臣瞿式耜等，奉桂王朱由榔於廣東肇慶即皇帝位，改元『永曆』。」尹大器說畢，退居一旁。

我默默流淚，想著小松遭逢清兵劫掠時的恐懼和折磨，無暇細思其他三件消息。

直到天黑，室內全暗，林德掌燈，我倏忽醒悟，揮揮手：「尹先生，放工吧！」

「老爺，在下先行告退。」尹大器拱手作揖後離去。

「一官爺，吃飯了……」林德來報。

「我不想吃，只想靜一靜。」我告訴林德和周繼武：「你們吃吧！」

「老爺！」林德和周繼武俱下跪痛哭：「我們家也都毀了，家人俱失蹤，生死不詳。」

「我悔啊！我悔啊！」我捶胸頓足，嚎啕大哭：「悔不聽鴻逵之言，悔不聽福松之言。我對不起你們，對不起你們……」

三人頓時哭成一團。

❖　❖　❖

後來幾天，我時而後悔、慚愧自責、自怨自艾、啼哭不止；時而丟花瓶、砸茶杯、大聲咆哮咒罵，詛咒出賣我的洪承疇、博洛，披頭散髮，行止怪異，數度欲衝出三合院，皆被守衛的八旗兵攆了回來，甚至被打倒在地。

時而夢到陳謙指著我怒責：「三則鄭芝龍，盡撤仙霞嶺守軍，全閩奉送滿人。滿人何其幸也，先遇吳三桂，再遇馬士英，三有鄭芝龍，大開方便之門；大明何其悲，亦因此三人，斷送大明江山！」

我食欲全無，只喝少許粥度日，氣力一天比一天衰弱。

如此行屍走肉般地過了不知幾天，黃藩突然出現在我面前，將我摟在胸前，一字一句說：「你二媽要我傳話，『你要堅強，鄭家不能沒有你，安平鄭家軍在等你號令』，懂嗎？」他又說：「二媽和芝豹仍在安平城，目前平安，不必掛念。」

我點點頭，感到一股安定感，隨即又昏睡過去。

待我再次清醒，感到飢餓，連喝數碗粥和數杯茶又再昏睡，如此清醒、進食又昏睡，幾回合之後，方感漸有力氣。

我問周繼武：「舅爺爲何在此？」

「一官爺，您前幾天瘋了，嘶吼咆哮欲衝出院子，都被清兵擋回，甚至被打傷抬回院子裡，守衛往上呈報，固山額眞劉大人傳我問話，我回說安平派親人來，您得知那邊的情況，既哀傷又生氣，氣鄭家軍不聽您指示歸順大清，氣極攻心，一時失心瘋，需要親人安慰和調養。劉大人再報與攝政王，攝政王恩准黃藩舅爺進來探望您。」周繼武說：「劉大人說，攝政王諭令，待您近日身體安康之後，趕快寫信讓親人帶回安平，令鄭家軍和水師速速歸順大清，並抄送一份副本送固山額眞劉大人轉呈攝政王，攝政王自會傳令博洛暫時罷兵停戰。」

「舅爺是否安好？」我急著問：「現在哪裡？」

「很好，他先暫住我的房間。」

「快請他來。」我說：「叫林德，泡茶。」

「是，一官爺。」

46 夜襲安平城

黃藩舅舅到我房間談話。他告訴我，大清軍趁我被挾往京師，鄭家軍尚未發現而疏於防備之際，夜襲安平城。「太慘了，我從沒見過這種慘況，血流成河，人間地獄啊！」

黃藩說：「夜襲之後，鄭芝豹和鄭鴻逵、鄭彩、施福、林習山和陳鵬等將領多次商會，找安平城倖存的人，包括我和郭櫻，以及五名受傷的滿清八旗兵俘虜，詢問我等人所看到的清軍夜襲經過，歷經兩個多月，終於拼湊出大概的輪廓。」

「芝豹要我詳細告訴你，你姑且聽聽看，是否有道理？」黃藩接著說出以下經過，爲了敘事方便，容我省略稱謂，直接用人名說明此事來龍去脈：

去年，隆武二年（清順治三年、一六四六）十一月十六日，福州。

深夜，鄭芝龍穿著水師戰袍，酩酊大醉走出征南大將軍府，被左右隨侍扶進馬車，黃梧坐在馬伕旁督車回五虎號，施郎率二十名侍衛騎馬在旁伴護。

如此一連七天，鄭芝龍天天從五虎號下船，坐馬車進征南大將軍府，晚上酒醉被抬回船。

出入伴護皆由黃梧、施郎等人護衛，船上官廳不許他人靠近。

鄭芝豹派在福州的探馬如此回報了十天，鄭芝龍竟無回安平之意，林習山、鄭芝豹甚覺奇怪，派更多探子前往福州觀察。

後來發現，護衛鄭芝龍的隨侍先是少了李業師和周繼武，後來少了黃梧，僅剩施郎率護衛隊隨行，驚覺事態不妙，恐鄭芝龍遭囚、五虎號遭控制。

水師統領林習山與鄭鴻逵商議後，決定派水鬼趁夜潛入五虎號一探究竟。

二十九日夜，九人、三組水鬼深夜攀上五虎號觀察全船動靜，三十日清晨回報，船上已被清軍控制，但施郎仍睡在官艙，官廳有燈，無法判斷鄭芝龍是否在官廳中。

林習山決定，三十日夜再派人上船偵查。

三十日，安平城。

深秋風寒，夜黑如墨，一望無際的黑衣人如螞蟻般，銜枚行軍靜靜地湧向安平城，從兩側包圍安平城，如潮水般湧上沙灘，全部伏倒在安平城護城河外。

不久，又一波黑衣人湧上安平城，距離城牆近在咫尺，屏氣趴在地上、靠在牆邊或倚在樹後。

暗夜中偶見刀刃寒光一閃，他們靜得像一泓深潭池水。

「邦！邦邦……噹」、「邦！邦邦……噹」安平城內傳出打更聲音，忽遠忽近。

忽地天空一道橘紅閃光，彈指即逝，喚醒黑潮攪動了起來，瞬間變成黑衣人站起來狂奔，有的跨過護城河上的木橋、有的涉過小溪，從四面八方拋擲繩梯、架竹梯翻牆衝進安平城。

打更人喉嚨瞬間劃出一道口，鮮血噴出，他莫名看著露出兩隻眼珠的蒙面黑衣人，手中的棒子「鏘噹！」墜地，銅鑼滾到路邊。

「誰？」安平城裡的值更衛兵問：「打更的，你的鑼掉了。」

話語方歇，「啊！」他竟看見自己的身體沒頭站著，然後倒向自己。

馬廄裡的馬蠢動不安，一把火扔進草堆，燃起熊熊大火，馬嘶狂鳴，四竄奔逃。

黑衣人像潮水漫進每間屋子、廚房、院子，婦女尖叫聲四起，男子喊叫和打殺聲此起彼落。

一群黑衣人在院子、花園追殺只穿小衣的男人，或將女人拖進臥室弄得尖聲驚叫，火光照耀著黑衣人猙獰的嘴臉，以及安平城居民驚嚇扭曲的臉。

「噹噹噹！」、「噹噹噹！」、「噹噹噹！」大鑼聲響遍全城。

「報告督統，大批黑衣人突襲安平城！」衛兵跑進鄭芝豹寢室報告。

「令左、右護衛鎮迎擊！」鄭芝豹一邊穿衣，一邊叫妻兒：「躲進地窖。」他出去又回頭：「快去喜相院帶松大嫂躲進地窖。」

鄭芝豹趕往左、右護衛鎮軍營，急令衛兵敲鑼鳴金，接敵應戰。但火槍隊在夜間如同盲人，不能發揮作用，兩鎮軍營早被攻破，士兵睡夢中倉卒接敵死傷大半，鄭家大宅被攻破遭劫。

接著一聲砲響，黑衣人打開城門，遠方一隊又一隊滿清騎兵，馬蹄如戰鼓敲響大地，馬隊如巨浪般捲進安平城，直撲鄭家大宅。

每個騎兵和黑衣人腦子回響著金礪出師前說的話：「打下安平城，到天亮前，全由你們自個兒作主，我沒看見。」亦即可以恣意妄爲，搶掠燒殺，愛怎麼樣就怎麼樣。

金礪還說：「鄭芝龍富可敵國，家資千千萬萬兩，妻妾成群，爲了讓大家發財，這次沒有漢兵出征。」

大清騎兵眼裡都是安平城裡的金銀珠寶和美女，爭先向前，不論男女老幼，逢人就砍，見人就殺，進屋搶掠，金銀珠寶全裝進布袋，繫在馬背上，壓得戰馬駝背。

喜相院中，郭櫻被吵雜聲驚醒，聽到婦女驚叫聲、人馬雜沓嘶吼聲和火光衝天，陣陣嗆鼻煙硝味，大驚失色，滾下床摸索著穿衣穿鞋，大喊：「松夫人！松夫人！」

田川松也同時驚醒，喊著：「櫻子、櫻子。」

郭櫻到田川房間協助她套上衣和著鞋，拉著手往後門走，想躲進地窖之際，一扇門被踹開砸落地板，一支火把、又一支火把、再一支火把扔進來，剎那間點燃榻榻米，黑煙四竄，兩人嚇得尖叫閃躲之際，另一扇門被撞開倒下，重擊郭櫻額頭令她倒地，一扇門重重地壓在郭櫻身上，鬆開田川松的手，最後一眼瞥見田川松身後闖進三名大清騎兵，嚷著、叫著、吼著，將田川松抓走扛上背。

水師鎮統領林習山在船上聽見砲聲，遙望安平城火光衝天，心知遭襲，無奈黑夜裡火砲無法瞄準，分不清敵我，無法從船上發砲擊賊。無奈苦等到天明，才知是滿清騎兵夜襲，立即發砲，只能嚇跑幾隊仍在斷壁殘垣中搜尋值錢家當的滿清騎兵。

十二月初一日，天方破曉，寒氣襲人，安平城樓塌牆毀，家家戶戶殘破不堪，四處兀自冒著黑煙，遍地屍體，有頭和無頭的遺體橫躺在路中間及殘垣斷瓦下，一名士兵胸前插著槍矛釘在門板。人喊馬嘶聲漸遠，剩下傷痛的哀號、悲傷的哭聲，傷馬抽搐地用前腳刨地，嘴角噴出白氣，幾隻貓、狗瑟縮在牆角，畏懼地看著一切。

鄭芝豹走到喜相院，走到玄關定住不動。

田川松頸項套著繩索，掛在玄關上的橫梁，和服撕裂，臉上血痕斑斑，血沿著雙腳拇趾滴到地上。

鄭芝豹見狀雙膝落地，自責沒有盡到保護大嫂的責任。

暫居金門的鄭成功半夜得報黑衣人夜襲安平，即登船急奔安平，破曉抵安平港，看見全城盡毀，鄭宅屋破牆倒，立即衝往喜相院，乍見鄭芝豹跪在地上，抬頭一望，哭喊：「歐卡桑！

歐卡桑！」衝向前抱著田川松屍身搖晃，連連捶胸大喊，又在地上灰燼中拾起一條鑲著紅寶石的金佛項鍊，這是鄭芝龍送給田川松的項鍊，大叫一聲昏了過去。

眾人忙著急救鄭成功之際，忽而聽到呻吟聲，鄭芝豹連忙掀開一旁倒地的一扇門，發現全身燻黑、氣若游絲的郭櫻。

郭櫻睜開眼，看一眼隨卽又昏了過去。

鄭成功醒了又哭，哭到昏厥。清醒又哭又昏厥，一整天昏死多次。

當晚他醒來，走到田川松身旁，手撫她的頭髮，她現在被人換了一套乾淨的和服，容貌像睡覺般詳和美麗。

他雙眼呆滯，凝視著她。在她身旁呆坐一整晚，不吃不喝。

第二天，鄭成功令人以仵作（法醫）驗屍法，剖開田川松的腹部，清洗內臟，清淨受清兵侮辱的每寸肌膚，還她清淨身，再縫合、穿衣。

連續三天，鄭成功只喝少許水，粒米不進。直到田川松被放進棺木，鄭成功已絕食七天，形容枯槁。

鄭經抱著鄭成功的腿叫：「爹吃飯，吃飯。」

董友、郭櫻天天以淚洗面，哭求他吃飯喝水。

「福松，你絕食，若跟隨歐卡桑一同走了，誰幫她報仇？」郭櫻指著鄭經：「是他嗎？還要再等二十年嗎？」

鄭成功看著五歲的鄭經，看看董友、鄭芝豹，閉目沉思。一行淚流下臉頰，鄭成功摸索著捧起飯碗，喝下稀飯，董友趕緊端來人蔘雞湯，讓鄭成功拌粥吃。

❖　❖　❖

夜襲事件發生後，福州探子陸續回報，鄭鴻逵、鄭芝豹和林習山等人逐漸拼湊出眞相。博洛認爲鄭芝龍詐降，或不滿鄭芝龍未率全軍降，保留實力，第二晚卽將鄭芝龍挾持上北京，由清兵佯穿鄭軍侍衛服裝脅迫黃梧、施郎，每天護衛一個穿著鄭芝龍戎裝的淸兵，矇騙鄭軍耳目，再趁機襲破安平城，放任滿洲騎兵劫掠鄭家財物，剷除鄭家立足安平城。待鄭鴻逵等人得知眞相，挾持鄭芝龍的車隊已到開封，追之不及。

❖　❖　❖

鄭家舉喪一個月。

田川松下葬後，鄭成功身穿戎裝，披甲冑戴頭盔，手拿書生穿的藍袍靑衣、儒巾，到南安縣學孔子廟拈香，向至聖先師孔子像跪拜，默誦國家多難，隆武遇害，家遭橫逆，父被劫母被殺，與大清有不共戴天之仇，誓滅清國，一洗國仇家恨。

鄭成功捧起儒服，放在孔子像前說：「昔爲孺子，今爲孤臣，向背去留，各有作用。」拿起燭火靠近衣角，橘紅火苗從衣角往旁邊蔓延燒開，橘色火焰走過的地方變成黑色，一縷縷白煙冉冉上升，焦味瀰漫，他跪倒泣訴：「謹謝儒服，唯先師昭鑑之！」

「國姓爺，時候不早了。」

夕陽餘暉，鄭成功蹣跚走上安平號，長長的黑影時而拉長，時而縮短又拉長，海風吹拂著鄭成功露在帽沿下的長髮，安平號起椗離開安平碼頭。

轉眼間，僅剩船尾向著碼頭，站在船上官廳外的鄭成功變成一個小黑影，船尾旗杆上飄著一面白底黑字旗「忠孝伯招討大將軍罪臣國姓」。

❖　❖　❖

聽黃藩說到喜相院被焚，福松和芝豹找到小松的情況，我又大哭一回，自責：「都是我的錯，都是我的錯，天啊！天啊！天主、聖母您在哪裡，爲何放任您的子民受苦？」

我吩咐林德設香案，洪福備妥幾道菜餚供品，在院子裡朝南方祭拜，弔祭安平城罹難的小松、軍士和家眷。

裊裊青煙，朵朵白雲，寄望吹向南方的風帶去我懇切的思念、悼念之情，祈求天主和聖母保守那逝去的靈魂，走過死亡幽谷。

悼祭完畢，我逐漸心思清明，漸能思索眼前自身的處境，衡量局勢，拿捏輕重緩急，釐清該辦事項的優先順序。

首先是攝政王要的勸降家書。

先命尹大器備妥紙筆，我口述一封信令鄭家軍和水師速歸順大清：

四弟鴻逵、五弟芝豹、兒福松及馬步、水師各鎮總兵官聽令

吾在京師獲陛下恩寵、攝政王優遇有加，生活優渥，一切順遂，勿慮。令諸將即日罷兵停戰，派員與征南大將軍貝勒爺博洛會晤，聽候征南大將軍安排，速率各鎮所屬軍士官兵，歸順大清。

當日豫親王多鐸曰：「若兄願舉全閩版圖以降，許以浙、閩、粵三省王爵『閩海王』。」

諸鎮將士、水師統領應遵吾令迅即歸順，不得有誤。陛下當恩准賜封吾為閩海王，諸將原職不變，薪俸加三級優遇之。

抄一副本呈劉之源轉呈攝政王，再令黃藩帶信經天津乘船回閩南安平。此信，除了奉攝王之令所寫，亦兼提醒陛下和攝政王勿忘封我爲閩海王或閩粵總督的承諾。

❖　❖　❖

銀杏樹梢長出更多青綠嫩葉，梅樹茂密枝葉中長出像米粒般大小的梅子，我坐在院子晒太陽，看著自身的影子，想著目前的處境。

「我猶如釜中魚，目前尚悠游，何時釜下燃薪火，我將一命嗚呼！」我告訴尹大器，「那麼，你可知釜下燃薪的時機爲何？」

「願聞其詳。」

「鄭家軍舉兵拒清，有三種下場，一不敗，二敗，三降。」我說：「不敗，大清欲招降我軍，我有人質的作用，尚能苟活存命；敗，則我無利用價值，隨之斬首棄市；降，則我命運難卜，若陛下履約，我與諸將可能封王封侯，陛下或攝政王亦可能翻臉不認帳，我等俱成階下囚。」

「如此說來，甚是詭異，老爺希望鄭家軍聽令歸順大清，又希望鄭家軍不要投誠。」尹大器說：「老爺此時處境如臨深淵，如履薄冰，動輒俱有不測之險。」

「危如累卵啊！」我大嘆：「眞的猶如釜中魚、俎上肉，只能走一步算一步。放眼大清朝，只盼鰲拜或許能救我。」

「老爺跟鰲拜大人是舊識？」

「這事說來話長。」我幽幽地說：「這得要從我去澳門說起，不是一天、兩天說得完的。」

「老爺不妨『開講』，令我們開開眼界。」尹大器說完，去找林德泡茶、備妥花生、烙塊大餅，等我開講。

於是我向尹大器講起從澳門迄今發生的故事，聽得尹大器拍案叫絕，引起周繼武、林德和洪福都來聽講，如此一連講了七天。

當我講到在澳門碼頭的工人計劃與廣東人搶奪地盤，劉香、李魁奇立志存錢買貨品與西洋人貿易，編織致富的美夢，喊著要衣錦還鄉，尹大器身體忽地一動，悵然若有所失。

待我講故事告一段落。

「眼下改朝換代，兵荒馬亂之際，求生存活乃第一要務。」尹大器悵然道：「想要衣錦還鄉，談何容易？」

「非也，亂世，才有大機會。」

「哦！」尹大器倏然大悟，連連點頭：「老爺說得是，老爺說得是。」

「但是……」我喟然嘆曰：「衣錦還鄉又如何？看我今日淪爲階下囚、釜中魚。」

「不一定。」尹大器笑著說：「老爺一生遭逢險境無數，皆能逢凶化吉，絕處重生，這次亦必能走出一片新天地，也未可知。」

「希望尹先生說得是。」尹大器的說法令我稍感安慰，我亦眞心如是盼望。

❖　❖　❖

三月春寒料峭，天氣乍暖還寒，鴻逵和芝豹、福松陸續回信。

鄭鴻逵與鄭芝豹的來信，可看做是陸師和水師各鎮將領的意見，信中除了交代安平家中一切安好勿念，二嫣要我照顧好自己的身體，關於率軍歸順大清一事，提出條件，要求：

大清皇帝陛下與攝政王應先封吾兄為浙閩粵三省閩海王，以示踐履諾言之殷勤誠意，眾將領自當遵吾兄號令，率馬步、火器及水師各鎮歸順大清，方為天朝大國泱泱之舉。豈能以先囚吾兄為質，脅令吾等將領率軍投誠，吾等見兄身陷囹圄，自是躊躇不前，猶豫再三，豈是天朝招撫之良策耶！

福松的回信果然不出我所料，回信大罵博洛：

以高官厚爵誘我軍投誠，陰挾吾父至京師為質，食言在先；再縱兵夜襲安平城，弒母劫掠，縱火焚城，毀我根基在後。囚父弒母，兒誓與大清結不共戴天之仇，絕不歸順。兒臣當盡忠陛下（隆武），有生之日定率軍北伐，中興漢室，光我朝廷，萬死不辭。吾父之命恕兒臣無法遵行，先盡忠再盡孝而已，願吾父保重。

我命尹大器抄寫這兩封信的副本，將正本交劉之源轉呈攝政王，讓攝政王明瞭鄭家軍將領的想法，同時，這也是我的想法。

信，上呈之後如石沉大海。

❖　❖　❖

春風日暖，這年的清明節對我而言意義重大，我以罪人的心情，在院子裡設香案，再次悼祭安平城罹難家眷和軍士，慚愧、自責的心情沉重。

順治四年（一六四七）四月中旬。

「啟稟老爺。」尹大器清晨上工即匆忙來報：「征南大將軍多羅貝勒博洛，昨天班師回京，陛下大喜，立即在紫禁城召見，並以他平定江南、浙閩等處，收降……收降鄭芝龍等福建大小官員兩百九十一員，馬步兵十一萬三千人，八府五十八縣之功，冊封多羅郡王。」

「哼！把我騙來北京，讓他從多羅貝勒晉封爲多羅郡王。」我氣憤難耐，怒罵：「眞一筆好買賣，我的閩海王、閩浙總督，全是空話。」

「請老爺忍耐。」尹大器勸道：「在下聽說征剿四川張獻忠的豪格親王和鰲拜將軍也在班師途中，不日將回京城。」他說：「聽說鰲拜親手斬首張獻忠，立了大功，他日回京陛下必然大大有賞，有望如博洛一般，升官晉爵。」

「喔，消息何來？」我心中燃起希望。

「我從其他滿洲八旗將軍的幕友、師爺處聽到的。」尹大器說：「現在許多八旗將軍和滿洲官員爲了在京當官，網羅大批漢人師爺，或當文膽或兼通事。」

「原來如此。」我喝一口茶，吩咐尹大器：「請尹先生日後和你的師爺友人們多多聚首，聽到什麼消息，立卽回報，喝茶、送禮的錢可報公費開銷，我會指示再加計你的薪酬。」

「是，在下遵命！」尹大器拱手作揖：「謝老爺賞。」

❖　❖　❖

過了端午，天氣漸熱。

「老爺，在下昨天放工後，巧遇一位友人邀請赴茶館小酌，不期然與多羅郡王的兩位幕僚師爺同桌，聽到了一些話。」尹大器神色凝重地說：「不曉得該不該說。」

「哪方面的事？」

「關於固山額眞金礪率兵進屯南安、晉江，老爺也舉師在大盈嶺設營對峙的往事。」

「說來聽聽。」我說：「當時兩軍對峙不久，金礪卽撤軍，我才答應再談歸順條件。」

「就是此事。」尹大器說：「那兩名師爺拜博洛晉升郡王，跟著水漲船高，神氣得很，這陣子天天在酒館擺闊宴客，不時傳講博洛南征的事蹟，說得神氣活現，彷彿在場耳聞目睹似的，我就照他們說的如實轉述，這當中如果有老爺聽了感到刺耳的話，請多包涵。」

「嗯，你說吧。」

尹大器說，當時兩軍對峙數天後，有天早上，博洛率滿漢將領，騎馬出晉江縣城，縱馬來來回回觀察鄭軍營寨，以及海上的兵船。

回到晉江縣府，博洛召集滿漢將領會議，人人臉色凝重。以往只知鄭軍壯盛，卻不知有荷蘭的火砲、戰車和連發勁弩等武器。與大清兵在其他各地接戰的孱弱明軍不同，鄭兵個個精神飽滿，軍服儼然，顯示糧餉充足，訓練有素，後勤完備，不是一支臨時招募的雜牌軍。

「那些只是銀樣蠟槍頭，貝勒，以我兩萬滿騎，就能一舉摧毀鄭軍。」金礪認爲博洛高估鄭軍戰力。

「以你的戰馬對他的砲彈？」博洛說：「紅夷大砲威力遠大於我們的紅衣砲，鐵丸在七里外就能將馬身打出一個大洞，有的鐵丸還會爆炸，以鐵片傷人。」他雙手環抱比出洞的大小。

「貝勒毋憂，我滿漢軍力合三十萬人，眞要開戰，不一定會輸。」招撫江南大學士洪承疇說：「兵者，不戰而屈人之兵爲上善之策，鄭芝龍不是忠臣，他若是忠臣，早已舉全軍效忠隆武，局勢自當改觀，我們不可能以輕騎入閩，勢如破竹。」

「言之有理。」博洛問：「大學士可有好計策？」

「鄭芝龍是商人，家財萬貫，富可敵國，視榮華富貴比忠君愛國更重要，他要封侯拜相的面子，以及讓他繼續做生意，富貴一生的生活。」洪承疇用流利的滿洲話說：「他欲降我大清的態度明顯，鄭軍馬步、水師是他談判的籌碼，與之周旋，只能軟不能硬。」

「嗯！」博洛點頭贊成：「該如何進行？」

「先撤我軍，以示善意。」洪承疇指出：「再以尊王的禮儀，給足他面子，自然來降，屆時我不費一兵一卒、一矢一砲，坐收鄭家精銳馬步兵、水師。」他停了一下說：「鄭芝龍當年受明朝招撫時曾說了一句名言，『世無君子，天下皆可貨取耳。陳平之閒項也，黃金勝百戰矣！』貝勒爺只要以王爵、閩粵總督當『黃金』誘餌，卽能不戰而取鄭芝龍，誘其率兵降我大清。」

「好！就這麼辦，我就來放下這只黃金魚鉤。」博洛手一揮：「金礪，明天撤軍，屯兵晉江城外三十里，聽候調度，準備釣大魚。」

「以上就是我所聽到的內情。」尹大器拱手而退。

我聽了，默默無言，少頃，將握在手中的杯子朝牆壁砸個粉碎。

47 鰲拜身陷囹圄

和碩肅親王豪格從四川班師，這歸途竟走了七個月，據說是沿途剿滅不願歸順的各方大明叛軍，走走停停，至楓葉轉紅，銀杏變黃，將近年底才回到京師。

我馬上命周繼武和尹大器帶我的名帖到鰲拜府投帖問安。

如此，等了十餘天，某日，聽到在大門口吵嚷爭論的聲音，連深處內院的我都聽見，竟是鰲拜隨扈打倒守衛，搶進門來，我方與鰲拜見面。

我急忙走到院子，鰲拜正好跨進院落，我們同時停住腳步，看著對方。

「大力龜鰲拜！」我驚呼。

當年十四歲的鰲拜變成高大魁梧、滿臉鬍鬚、面目黝黑，目光炯炯的三十八歲勇士「巴圖魯」，不變的是慧黠的神情和爽朗的笑聲。

「哈！哈！哈！」鰲拜一把抱著我，兩手一圈將我像抱小孩似的抱離地面，用滿洲話大喊：「固山額眞一官，這個才是貨眞價實的固山額眞一官。」

一個跟在鰲拜身後的隨從，馬上用北京話轉述剛才鰲拜所說的話。

「我盼了你好久，你終於回來了！」我用生硬的北京話緩慢地說。

隨員向鰲拜低聲說了幾句。鰲拜手一揮，示意進屋談。

我快步走進大廳，命林德泡茶、端點心，令周繼武關門守在門口。只有我和鰲拜、通事在大廳談話。

「一官在京師可好？」鰲拜問。

「不好，我是歸順大清朝，竟被懷疑詐降，目前形同軟禁。」我搖頭說：「實則因博洛違反約定在先，尚在談條件就將我挾來北京，以致我的兄弟、屬下衆部將懷疑我大清朝的招降誠意，舉兵抗命不降。」我激動地說：「攝政王把持朝政，不但沒有封我爲閩海王，還將我當人質拘禁我，大力龜，救我！」

「我會幫你。」鰲拜透過通事說：「但我現在也惹上麻煩，很大的麻煩，你要再熬一陣子。」

此時，廳外傳來一聲吆喝及一陣腳步聲，鰲拜忽而站起來打我一巴掌。

我登時愣了一下。

「砰！」廳門隨即被踹開，周繼武踉蹌地摔進大廳，鰲拜再打我一巴掌，同時間跨進大廳的劉之源目睹這一幕。

鰲拜收手背過身，講了一段滿洲話又大喝幾句。

「你應速令福建鄭家軍歸順，才是正辦。」通事說：「陛下及攝政王公正廉明，必會做到當初允諾你的封賞條件。」、「你既然已經剃髮，現在是大清子民，就要遵照大清規矩辦事，不得有誤！」

「是！」我先是躬身拱手，接著單膝下跪，垂頭一手著地：「喳！」

劉之源拱手向鰲拜行禮，鰲拜背手回話，兩人又說了幾句話，劉之源恭敬地退到一旁，鰲拜卽邁大步走出大廳揚長而去。

「巴圖魯大人交代，要我善待你，保護你的安全。」劉之源說：「因爲你是陛下重要的客人，只要能號令鄭家軍歸順，未來必將封賞。你現在生活上需要什麼，儘管向我呈報。」

「喳！」我彎腰低頭，恭送劉之源離去。

待一干人都走了，我仔細揣摩鰲拜的話，和賞我兩巴掌演那齣戲的目的，驚覺「我和鰲拜都在險境中」。

❖　❖　❖

順治五年（一六四八）正月，元宵節甫過。

尹大器急忙來報：「鰲拜大人出事了！」

「快說！」

「鰲拜的姪子錫麟少爺，正在門口要見老爺。」尹大器說：「就是去年底隨鰲拜來看老爺的那位通事，他說鰲拜大人出事了，命他來見老爺。」

「快請。」

錫麟快步進廳，我吩咐周繼武關門，守在門口。

錫麟拱手問安，隨卽說，鰲拜奉命隨和碩肅親王豪格征討西南剿滅張獻忠，去年十一月底班師回京，朝廷卽清查戰功，將對有功將領、軍士兵敘獎封賞。

鰲拜鑲黃旗所部參領希爾良，被人舉報貪功，僞報功績，經查冒功敘獎屬實並重懲。攝政王多爾袞當著朝廷滿漢百官怒責希爾良的主官、鑲黃旗護軍統領鰲拜「勘察不實」，應連坐獲罪，處以「應革職或罰黃金兩百兩」。

「如果能在十天內繳齊兩百兩黃金，巴圖魯大人就能保住官位不會被革職。」錫麟說：「巴圖魯大人出征兩年方回，府裡一時間湊不到那麼多黃金，吩咐我找固山額眞一官設法。」

「下官明瞭，兩百兩黃金不是小數目，十天恐有困難。」我沉思一會說。

「我知道，巴圖魯大人會設法再請求攝政王寬限時日。」錫麟說。

「那麼，請回稟巴圖魯大人，下官會設法籌措。一有消息，我會派尹師爺到巴圖魯將軍府上找您。」我說：「盡快趕在一個月內湊齊黃金兩百兩。」

「那好。」錫麟說：「我等尹師爺消息。」

「拿我的信速去金城商號找李掌櫃。」我派周繼武出門。

❖　❖　❖

第十天，李長光來頭條胡同回報：「備妥兩百兩黃金，分別是一百兩瓜子金、五兩金元寶十個、五兩金條十個，何時、何處取用？」

「這批黃金運不進頭條胡同，也不宜讓鰲拜在金城商號領取。」尹大器建議：「老爺，應該另找穩妥、隱密之處交給鰲拜。」

「沒錯，我們在頭條胡同的一舉一動可都在攝政王的眼皮子底下，我們的小命也都捏在他手裡，不可不慎。」我問李長光：「這京城可有安全穩妥的所在？」

「一官爺，我認爲悅賓客棧是適合地點。」李長光說：「我和尹先生到悅賓客棧包廂宴客，將黃金裝在酒甕裡當酒搬進包廂，轉交給一官爺要給的大人。」

「好，就這麼辦。但此事不能快亦不宜遲。」我斟酌了好一會兒：「五天後尹先生再去通知錫麟此事，要他第六天到悅賓客棧赴宴，備車搬好酒。」我又交代：「還有，告訴錫麟，以後不要再來頭條胡同，有事先去找李掌櫃，我自會知道。」

「是的，老爺。」尹大器回稱：「老爺考慮周到。」

「巴圖魯」鰲拜因此繳完罰錢，保住官位。

但是鰲拜斬殺張獻忠的大功，就此被希爾良僞冒功績一案埋沒，刻意被忽略，沒有敘功，連一句獎勵的話都沒有。這對鰲拜來說是多麼大的委屈。

❖　❖　❖

攝政王多爾袞欲治罪鰲拜，一波方平，一波又起。

李長光透過上市場採買食材的洪福帶紙條通知，「錫麟有急事，請見。」

我派尹大器和周繼武與錫麟見面。

尹、周回報，三月初，有人告發，當年皇太極薨逝，皇太極生前親自統領的鑲黃旗護軍統領鰲拜，與鑲黃、正黃旗的其他大臣索尼、譚泰等八人會集於皇太極長子豪格府邸，「共立盟誓，願死生一處」，密謀擁立肅親王豪格爲帝。

當年豪格的兩黃旗和多爾袞的兩白旗，雙方人馬召集會議討論繼承人選，會議內擁立多爾袞或豪格的雙方將官爭執不下時，鰲拜與效忠於皇太極的一批將領離座，向他齊聲說：「我等臣子，由先帝賜食賜衣，先帝於我等養育之恩如天高海深。果不立先帝之子，吾人寧可從先帝於地下！」他至此才讓步，讓出帝位，提出擁立皇太極第九子、五歲的福臨繼位，由他和鄭親王濟爾哈朗一同輔政。雙方這才按劍息兵，接受福臨卽皇帝位。

「原來早有密謀！」多爾袞大怒，興訟大審皇族，一時北京城風聲鶴唳，兩黃旗皇族人人自危。

擁護豪格最力的鰲拜首當其衝，第一個被論死罪。

「幸好，皇上是鑲黃旗出身，當然要護著自家臣子，而且若沒有巴圖魯大人擁護，如今帝位可能另屬他人。」尹大器轉述錫麟的話說：「皇上詔令將死罪改為『罰鍰自贖』。」

「喔，死罪變成輕輕放下。」我說。

「沒錯，就是這個意思。」尹大器說：「但是，攝政王可不滿意了，爭論罰鍰金額，從五百兩銀，提高為五百兩黃金，且命十五天內繳交，逾期加倍。錫麟說，目前巴圖魯大人仍身陷囹圄，無法籌錢……，錫麟希望老爺幫忙籌錢救人。」

「黃金五百兩，不是小數目。」我斟酌再三，「尹先生，轉告錫麟，我會設法籌措，至少需要半個月時間。還有，你去打聽打聽，是否眞有鰲拜被告發這件事。」

三天後，尹大器回報，「眞有鰲拜被告發一事，鰲拜被請進刑部看管中。」

「好，我了解。」

❖　❖　❖

四月初，黃金五百兩還在運送路上，錫麟竟又去找李長光，哭喪著臉大喊：「完了！完了！」要求盡快跟尹大器見面。

次日，我遣尹大器和周繼武一同見錫麟。

「錫麟少爺，十五天還沒到呀！」尹大器在酒館請錫麟上座。

「先皇（皇太極）生前一名御前侍衛，向攝政王告發。」錫麟說：「先皇薨逝當晚，巴圖魯鰲拜擅令發兵守皇宮大門，禁止出入，意圖不軌。

「攝政王馬上從刑部提審巴圖魯大人，查明確有此事，並且不聽巴圖魯大人辯白是爲了維護皇宮秩序的說法，加上之前巴圖魯大人與索尼、譚泰等八人密會，更令攝政王認定他圖謀不軌。」錫麟說：「攝政王問完，交由皇族公議，結論是鰲拜大逆不道，圖謀不軌，應處以死罪。」

「又論死罪！」尹大器訝然道：「這是第二次論死罪，攝政王眞的欲置鰲拜於死地。」

「是啊，攝政王，唉……將此事呈皇上御覽，皇上考慮了兩天，降旨『不論死罪』。攝政王不服，再向皇上力陳必須嚴懲巴圖魯大人，奏請上皇上諭令『革職爲民』。」

「後來呢？」

「幸有皇上護著巴圖魯大人，諭令改爲『免革職，著罰鍰自贖』。」錫麟搖著頭說：「這王公會議審議原擬罰銀五百兩，可攝政王力主將白銀改爲黃金五百兩。」

「又五百兩黃金！」尹大器嘆氣道：「這不是擺明整人？」

「是啊！」錫麟說：「巴圖魯大人府上哪裡湊得出、擠得出千兩黃金？」

「嗯！」

「不得已，只能再來找一官大人幫忙。」錫麟說：「這次，是我自個來請求一官大人幫忙，我還要趕去探望巴圖魯大人，請尹兄據實轉告一官大人。」

「是，錫麟少爺，我會據實稟告一官老爺。」尹大器回稱：「只是這一個月內兩次罰鍰五百兩黃金，總共一千兩黃金，不是小數目……而且這是死罪……」

「當然，我明瞭，但確實是在這風聲鶴唳之際，皇族人人袖手，沒有人敢幫忙。」錫麟急說：「我才斗膽再找一官大人幫忙。」

尹大器回頭條胡同。

「錫麟少爺這次改稱您一官大人。」尹大器向我稟報時說：「想必是眞的急了。」

「黃金一千兩，加上死罪，該幫嗎？能幫嗎？」我問尹大器：「從攝政王一而再、再而三欲置鰲拜於死地，可見攝政王恨鰲拜入骨，將他與大位失之交臂這筆帳，全部算在鰲拜頭上，敢幫鰲拜的人，也必被牽連死罪，更何況我是降將，被懷疑詐降、看管的罪人，在攝政王眼中猶如他揑在手上的螞蟻，如果被他知道我幫鰲拜籌錢贖人，吾命嗚呼矣！」

「老爺所言甚是。該不該幫，怎麼幫？我等還要從長計議。」尹大器接著說：「從另一方面看，攝政王屢次欲治鰲拜大人死罪，皇上亦屢次出手相救，除了皇上一脈隸屬鑲黃旗出身，更因當今皇上全因鰲拜大人力挺擁護，才得大位，皇上與和碩肅親王豪格想必會處處維護鰲拜大人，以報此恩，只是目前皇上年幼，豪格無權，朝政把持在攝政王手裡，憚於攝政王的權勢，不得不委屈求全，無法直接下詔赦免鰲拜，爲了給攝政王面子和下臺階，只能諭令免死但要罰鍰。」

「你的意思是？」

「在下之意，鰲拜大人有皇上保護，眼下死罪可免，活罪難逃，必要受些罪，以消攝政王之恨。」尹大器分析：「從長遠看，鰲拜大人既是皇上的恩人，只要能熬過這一關，將來必是皇上倚重的棟梁。」

「嗯，有道理。」我點點頭：「我還要再想想。」

我想了兩天，尹大器這番衡情酌理、審時度勢的說法自有道理，爲日後長遠計，該幫鰲拜的忙，但必須安全、保密地進行。若是失風被捕，鰲拜有皇上保護，我可成了泥菩薩過江，死路一條。

閩南有句俗諺：「錢銀無寶貴，仁義値千金。」我自忖，我已身處死地絕境，再慘不過處死問斬，死，是早晚的事，爲了鰲拜，爲了他可能有鹹魚翻生的一天，我該救他，千兩黃金要用在對的地方。

爲此，我詳加籌劃，每五、六天透過李長光轉交錫麟一百至兩百兩黃金，除了大小不一的金條、金塊，還摻雜金釵、金鈿頭、金項鍊、金戒指、金手鐲等看起來像拼湊的黃金，讓錫麟每隔一段時間拿去刑部交差。

如此進行了兩個月，過了端午，終於湊齊一千兩黃金，令鰲拜獲釋。

鰲拜獲釋當晚，遣錫麟到金城商號向李長光報訊和道謝，轉告我「來日適當時機自會見面」。

48 精奇尼哈番

七月，銀杏和梅樹枝椏翠綠，樹葉繁茂，北京的夏天白天乾熱，早晚倒也舒適涼爽，不若福建溼熱難耐。

鰲拜透過錫麟傳話，六月中旬，皇上命攝政王議封前朝投誠官員曰：「三百餘名投誠官員攜家帶眷困守京師三、四年，未聞封賞，人心浮動，豈是我朝言而無信。著攝政王、內大臣速議前朝投誠官員之封賞事宜，履行當年招撫條件，也是給南明各地未歸順的前朝官員、將領看看榜樣。」

「經內大臣及兵部開出投誠有功的封爵名單，共三百零二人，鰲拜大人發現，名單中沒有一官大人。」尹大器轉述錫麟的話：「鰲拜大人私下詢問兵部，方知是攝政王諭令剔除一官大人。

「兵部告知，攝政王懷疑一官大人詐降，且鄭家軍的鄭彩率千餘艘戰船，盤踞福建長樂、連江等縣；今年閏三月，鄭成功率逆賊萬餘人犯同安，斬同安守備王廷，五月又率數萬逆賊圍困泉州城，迄今月餘，勝負未分，令我朝損兵折將，鄭芝龍招降子弟兵未果，將欲治之罪，何言受封、討賞?故不列入受封名單。」

「後來呢?」

「鰲拜大人上書透過肅親王豪格轉呈皇上，力陳閩南鄭家軍猶自叛亂，皆因攝政王言而無信，以三省王爵閩海王誘鄭芝龍投誠，卻遲未踐履諾言封賞，且挾持至京師囚禁看管，致鄭家軍不信我朝勸降招撫之誠、以蒼生爲念之殷，是故侵擾我官兵不歇，用兵不止。」尹大器說：「後來，皇上諭令兵部對鄭芝龍封爵事，著行再議。」

「原來如此。」我看著迎風搖曳的銀杏枝葉，天空中的白雲，「一時風，駛一時船。」我用河洛話說：「花無百日紅，人無千日好，隨緣吧!」

❖　❖　❖

八月初，盛夏熾熱，固山額眞劉之源親自來通知：「皇上諭令，鄭芝龍於初十日辰時至太和殿外聽旨。」

「臣遵旨。」我下跪聽旨，磕頭謝恩後，方才站起來：「斗膽請教劉大人，這去聽什麼旨意?」

「應該是要封賞歸順有功人員。」劉之源說：「先賀喜鄭將軍。」

「固山額眞劉大人明示，在下感激不盡。」我單膝著地跪謝。

「請起，請起，今後你我同朝爲臣，還請鄭將軍多多照顧。」

「劉大人對在下的照顧，無微不至，在下銘記在心。」我拱手稱謝：「斗膽請教劉大人，大清朝的爵位等第如何？」

「此事有點複雜。」劉之源說：「我找師爺告訴鄭將軍。」

不一會兒，劉之源的師爺捧著一本書邊看邊說，大清功臣爵位，分王、公、侯、伯、子、男六級，其中王爵分親王、郡王二等，爲宗室爵位。順治定鼎北京後，始封異姓王，如平西王吳三桂、定南王孔有德等。公爵至男爵各分爲三等，共計十七等。

另有恩蔭和加銜爵位，則分爲輕車都尉、騎都尉、雲騎尉、恩騎尉四級八等。

王爵雖是宗室專有，但皇上入關後，爲了獎勵協助平定天下有功者，大封異姓王，例如吳三桂於順治元年由平西伯晉封平西王；之後孔有德封恭順王、耿仲明封懷順王、尚可喜封智順王。

王爵年俸祿由皇上欽定，沒有定例。公爵以下的年俸祿才有定例。

公爵，一等公歲支俸銀七百兩、二等公六百八十五兩、三等公六百六十兩。

侯爵，一等侯歲支六百一十兩，其餘酌減類推。

伯爵，一等伯五百一十兩。

以上這王、公、侯、伯，相較文武官員的等級皆屬超品。從子爵起才列品。

子爵第一是精奇尼哈番，爲滿洲名，漢名定爲「子」爵，一等至三等均屬正一品，一等精奇尼哈番，卽一等子爵，年俸祿歲支四百一十兩銀；二等精奇尼哈番，歲支三百八十五兩銀；三等精奇尼哈番年俸祿三百六十兩銀。

其次，阿思哈尼哈番，漢名定爲「男」爵，一等至三等均屬正二品。梅勒章京也是正二品。

第三，阿達哈哈番，漢名定爲「輕車都尉」，一等至三等均屬正三品。

第四，拜他喇布勒哈番，漢名定爲「騎都尉」，正四品。

第五，拖沙拉喇哈番，漢名定爲「雲騎尉」，正五品。

劉之源的師爺一邊說，我命尹大器筆記，方才了解個梗概。

「多謝師爺不厭其煩解說。」我拱手作揖道謝：「令我受益良多。」

恭送劉之源和師爺離去，尹大器送來抄錄好的爵位等級。看著吳三桂、孔有德等人的名字，皆是前朝的總兵官或參將。

我自忖，我可是崇禎朝的總兵官、弘光朝的南安伯、隆武朝的平國公加太師銜，理應由公爵進王爵，且之前多羅貝勒博洛允諾皇上會封我閩海王，這應也是攝政王和皇上的旨意，博洛才敢允諾。

鰲拜說，攝政王想將我剔除於受封名單，皇上又諭令重議。

這封或不封，令我忐忑。

❖　❖　❖

初十日，卯時，露水未乾，天色灰濛濛，我已穿戴整齊，由周繼武和林德陪同乘車馬，先至紫禁城外聽候招呼。

天色微亮，來的人愈來愈多，兩、三百人和隨從或家眷俱在城外大街等候著，講著各地方言，人聲嘈雜。

辰時，內監唱名，一名內監用滿洲話喊一聲，接著另一名內監用南京官話喊一聲，我聽到唐通、左夢庚。

「鄭芝龍！」內監大喊。

我朝著內監走過去，聚集在場的人都看著我，倏忽寂靜，我只聽到自己的腳步聲，跟著內監引導走到太和殿外，站在臺階下候旨。

我站在第一排。

這是我第一次到太和殿，仰望高聳的三道階梯，通往高大殿宇，遙想皇帝在殿內早朝的情景。

旭日東升，陽光愈來愈熾烈，我汗流浹背，溼透衣衫。

巳時鐘響，有人不支倒地。
我的汗從下巴滴到鞋旁，原本向西拉長的人影，逐漸變短，漸漸向我靠近。
我告訴自己，要撐住，就算要倒，也要撐到聽旨再倒。

午時鐘響，不支倒地的人更多了。
內監高唱：「聽候宣旨！」
眾人齊跪地，候旨。
我低頭看著石磚地，看著汗滴下地磚暈開變成黑色，一點一滴，一滴一點，我想喝水，舉目張望，大夥都跪著，寂靜無聲。

未時鐘響。
「聽旨，眾人起立！」內監大喊。
眾人慌忙站起來。
「皇上駕到！」內監大喊：「接駕！」
只見遙遠的太和殿平臺，出現穿著黃色龍袍的小小身影，坐在龍椅。
眾人又急忙下跪，磕頭齊呼：「吾皇萬歲！萬萬歲！」

「平身！」內監大喊：「起！」

眾人站起來。

「宣旨！」內監用滿洲話宣旨，講了長長一串。

「宣旨！」一名內監講南京官話大聲宣旨。

眾人再下跪。

「唐通、左夢庚、鄭芝龍、董學禮、許定國之子許爾安。」內監高唱：「俱封爲一等精奇尼哈番。」

「劉良佐爲二等精奇尼哈番。」

「劉澤清、李本深爲三等精奇尼哈番。」內監喊：「授封一等至三等精奇尼哈番者，叩頭、謝恩。」

我跪著磕頭謝恩：「謝皇上萬歲！萬萬歲！」

「張天福、劉進忠、劉忠爲一等阿思哈尼哈番……」內監繼續唱名宣旨。然後又有一群人跪著磕頭大喊謝恩。

「二等阿達哈哈番：徐育賢、劉澤洪。」內監唱名的聲音飄來飄去，我逐漸聽不清楚。看著面前地上暈開的汗水，我只聽到內心的聲音。

我聽著曾在明朝邸報上看過的熟悉又陌生的名字，心想我僅獲封子爵，一等精奇尼哈番，精奇尼哈番……不是公爵，更非王爵，閩海王頓易精奇尼哈……哈！哈！什麼哈哈番，我在心中怒道：「從王爵變成子爵，大清朝、攝政王欺人太甚！」

再細思，我還排名在唐通、左夢庚之後，與董學禮、許爾安同列。

唐通是崇禎朝的襄陽總兵官，先投誠大順李自成，奉李自成之命去山海關勸降吳三桂未果，待大清兵入關圍攻北京，再棄李自成投入大清陣營。眞是個降將又是個叛將。

左夢庚乃崇禎朝數度率軍擊敗李自成和張獻忠的平賊將軍、南寧侯左良玉之子，也算是虎父之後。沒想到弘光朝甫滅，左夢庚馬上率左良玉的八十萬兵馬，在九江投降於由攝政王親自領兵的大清軍。「不戰而降，眞是識時務的降將啊！」

董學禮，崇禎朝僅僅擔任陝西都指揮使，非總兵官，先降於大順李自成，授總兵官，隨征河南、河北等地；順治元年李自成兵潰北京，董學禮叛李自成投向大清朝，隨征平定陝西，獲擢升署理鳳陽總兵官，「哼！也是降將的降將。」後來他還獲編入正黃旗漢軍，以投誠有功，授右都督、福建提督總兵官。這次不但晉子爵，還升官。

許爾安乃崇禎朝河南總兵官許定國之子。許定國在弘光元年十二月，未戰投降大清親王多鐸，並奉多鐸之命誘殺明將高傑，後來在圍攻江陰城時戰死，乃由長子許爾安繼承襲爵。

「哼，獲封子爵靠的是降將父親的父蔭。」

他們都是由都督、參將、總兵官晉升子爵，眞的是加官進爵。

反觀我鄭芝龍乃崇禎朝福建總兵官、弘光朝的南安伯和平虜侯、隆武朝晉封平國公加太師銜，是所有投誠大清的前朝官員中位階最高者，大清亦曾允諾封我爲閩海王，平國公再晉級封王爵，合情合理。如今僅獲封一等精奇尼哈番，從王爵降貶爲子爵，相差十萬八千里！

唐通、董學禮、劉良佐皆是李自成或大清的手下敗將；左夢庚、許定國不戰而降，劉澤清和劉澤洪望風披靡率軍投誠，唯我鄭芝龍並非敗將，更非降將，我是被多羅郡王博洛以王爺之禮請到福州的平國公，爲什麼我跟這批降軍敗將一同受封爲精奇尼哈番？

我是自己發餉，手握二十萬馬步甲兵、火槍隊、神砲營，千艘戰船、商船縱橫四海貿易的閩海王，只要看看沒有實戰經驗的福松，今年以南澳陳霸的兩萬兵馬，斬同安守備王廷，圍攻泉州歷二月餘，清兵無解困之方，由此可知若我當年舉兵反清，今日必勢不可擋，怎能讓你攝政王囚禁於北京城，玩弄股掌之中，還一度剔除封爵名單之外？是可忍，孰不可忍！

我愈想愈氣，一股惱火從心升起，我掙扎著起身，正欲張口大聲質問攝政王，忽然眼前一黑，不省人事。

❖ ❖ ❖

待我醒來，已經躺在紫禁城外的一間小酒店，由兩條長板凳併成躺椅。林德正用溼巾幫我擦身體，周繼武見我醒來，隨即遞來一杯水。

喝了水，一陣噁心，想吐，又急忙躺下，全身無力，休息良久。

「我怎麼了？」

「一官爺，抬你出來的禁軍衛士說，內監還在宣旨，您突然站起來大喊一聲就昏倒。」周繼武說：「內監招呼衛士抬您出來，喊著鄭芝龍的家人，我和林德趕緊接了您。」

「正當我們手忙腳亂時，又有一名衛士前來通報，說是攝政王下的諭令，鄭芝龍不耐晒，著令回府休養。」

「眞是欺人太甚！」我喘著說：「讓他來跪三個時辰，曝晒烈日，滴水未進，看他有什麼本事。」

「可是我等乃降將，也只能任人擺布了。」鄰桌有兩名穿錦鏽藍袍的中年男子在吃飯喝酒，其中一人拱手道：「鄭將軍可安好？我就排您後面，您站起來又昏倒，我趕緊向前扶著，不過稍晚了一步，您的頭還是有撞到地上。」

「感謝搭救，感激不盡，一時暈眩，現在不礙事了。」我讓林德扶我起身：「請問兩位是？」

「我是劉澤清，此乃舍弟劉澤洪。」劉澤清說：「久聞鄭將軍大名，弘光年間我兄弟曾與令弟鴻逵兄在南京、鎮江共事。」

「是，是，兩位兄臺可安好？我有聽到兩位大名。」我問道：「只因現在仍頭昏腦脹，一時忘了兩位受封何等爵位？」

「我受封三等精奇尼哈番。」劉澤清捧起聖旨，搖搖頭：「從東平伯變三等精奇尼哈番，唉！」

「我受封二等阿達哈哈番。」劉澤洪小聲怨道：「之前說的封侯拜將全沒了，全變成番。」

「皇上賜封，恩深情重，精奇尼哈番、阿達哈哈番至少也是子爵、輕車都尉。」劉澤清拉拉劉澤洪的袖子：「我兄弟感激在心，在此先告辭，改日再到府上拜見鄭將軍。」

「歡迎！歡迎！」我拱手道：「今日大家都累了，先回府休息，改日再敘。」

我在小酒館胡亂吃些，塡飽肚子才有力氣回頭條胡同，洗澡更衣才發現，跪著聽候接旨，跪到膝蓋瘀青，昏倒時額頭撞地，瘀血腫了一包。

❖　❖　❖

幾天後，看了邸報公告，連我共有三百零三名前朝投誠官員受封爲子爵、男爵、輕車都尉等銜。

一等精奇尼哈番：唐通、左夢庚、鄭芝龍、董學禮、許定國之子許爾安。

二等精奇尼哈番：劉良佐。

三等精奇尼哈番：劉澤清、李本深。

二等阿達哈哈番：徐育賢、劉澤洪。

這些人之中，劉良佐在弘光朝獲封廣昌伯，駐守鳳州、泗水；劉澤淸獲弘光帝封爲東平伯，駐守淮州、徐州。兩人是從伯爵降爲子爵，讓我稍感寬慰。

看著這份名單和受封爵位，不平的心情再度升起。

不能忍？又如何，我現在可是命在旦夕的釜中魚、籠中鳥，不是大海長鯨，不是白雲飛鳥。「爲什麼？爲什麼？」我跑到院子大喊，跪求上天給我答案，痛哭倒地，「我恨，恨哪！」洪福、林德聞聲跑出廚房，站著，手足無措。

「老爺，一時風，駛一時船。」尹大器走到我面前說：「現在是反風，忍耐一下就過去了，順風快來了。」

❖　❖　❖

佛曰無常是常。

風，有反風（逆風）也會有順風，不會永遠都是逆風。

十月，秋風捎來好消息，鰲拜奏請皇上，鄭芝龍既封精奇尼哈番，即爲本朝命官，應解除看管，賜予宅第，永爲居住之地，以示本朝寬厚，善待閩南鄭家軍之情。

皇上恩准鰲拜所奏，諭令：

鄭芝龍解除看管，著工部、內務府賜予宅第，朕審酌鄭家軍仍作亂閩南，令鄭芝龍編入漢軍鑲黃旗，仍歸漢軍鑲黃旗固山額真劉之源監管，可在京城活動，不得出城，並著鄭芝龍速搬家眷至京，共享朕榮寵恩養之情。

有皇上的「可在京城活動，不得出城」的諭令，我終於踏出頭條胡同，乘馬車在京城各處走走，看看行人，看看街道、餐館酒樓、菜市小販，再去悅賓樓酒店飽餐一頓，坐在天臺喝酒吹風。

「皇上諭令，令我速搬家眷至京，根本是令我家眷親人至京爲人質。」我敞開衣襟迎著秋風，看著白雲，向尹大器、周繼武說：「攝政王處處防範我，我只不過從小籠換到大籠，仍是籠中鳥。」

「一官爺毋憂，待內務府賜宅第，至少有自己的房宅，不再看人眼色。」周繼武說：「且京城之大，一官爺各處走走、看看，劉大人也不可能派人跟著走，或許一官爺可以走得更遠些看看遠處風景。」

「嗯！」我聽得出周繼武話中有話：「你認爲有哪些漂亮的風景可賞？」

「這兩年我奉命去了幾次天津，路途上有多處美麗風景。」周繼武說：「我可帶一官爺去賞景。」

「好，此事日後再說。」我吩咐尹大器：「眼前我得先奏明皇上，我的宅第尚未營建，福建至京師路途遙遠，女眷長途跋涉不便，若一次來太多人，無處安身，將先令十七歲次子世忠、十四歲四子世蔭來京，尹先生今日先擬奏章，盡快上呈御覽。」

「是，老爺，回府馬上草擬奏章。」

❖　❖　❖

甫回頭條胡同，林德等在門口：「老爺，內務府副總管胡忠來報，欲請您一道去看皇上賜給您的宅地，胡副總管正在大廳等您。」

「快請胡副總管上車。」我在車上接了胡忠。

「啟稟爵爺，小的胡忠，隸漢軍正白旗人，現職內務府副總管。」胡忠四十餘歲，瘦小精悍，戴頂瓜皮帽，瞇著眼睛，手放在袖套裡拱手請安：「奉皇上和攝政王諭令盡速給您找塊好地，好讓您營建住宅，接家眷來京。」

「感激胡大總管安排。」我拱手回禮。

「這塊地在齊化門小街。」胡忠搖頭晃腦地說：「這地點離大街市集有點遠，但安靜優美，適合爵爺營建府邸安頓家眷。」

「不瞞胡大總管，我雖然在京城住了兩年餘，實不知京城地理樣貌。」我拱手道：「一切聽您安排便是。」

「好說，好說。」胡忠停了一下說：「這是攝政王對爵爺的恩寵。」

胡忠強調這是攝政王對我的恩寵，令我原本歡愉的心情頓時打了個寒顫。

馬車啟程走了許久，經過齊化門繼續直行，這一路杳無人煙，不見其他大宅院或胡同聚落。

「唉！到了，停！」胡忠朝馬伕喊聲停車：「爵爺先請！」

我下車往胡忠指的方向看去，一片往上升的斜坡雜草叢生，斜坡處有一個大坑，坑旁臨路有十餘間房，更遠處山坡散落著三、四十餘戶一條龍式的民宅，民宅就地勢而建，歪斜散亂。

「啟稟爵爺，就是這塊地。」胡忠低頭說：「這地上用草繩圍起來的範圍就是皇上賜您的地。」

「這……這……大坑是什麼？」我沿著草繩走，只見草繩沿著大坑圍起來，除了臨路的前方，左右後方草繩與大坑之間距離約三十步，僅夠蓋一間一條龍房屋，無法蓋三合院。

「這兒原是陶瓷廠，這山腳下的土質黏滑不透水，是上好的黏土，適合製陶、燒瓷。」

胡忠拱手說：「工人日夜開挖取土製陶，形成大坑，四周的散落戶，都是當年燒製陶器的工人住家。」

「這大坑有兩畝地那麼大，如何建屋住人？」

「前面這十二間房，應是綽綽有餘，這臨小街的前方還有一口井。」胡忠低眉閉眼說：「只是這房現在有人住，爵爺可賞些銀子令他們搬走。」

「這……這……」我急得跳腳，走到一間屋，推開一扇門，門竟應聲而倒，「胡大總管，您看哪，窗框歪斜，連門都倒了。」我指著屋頂：「屋頂都塌了，看得到白雲，淋得到雨水，還有人住？」

「還有，這水井……」我探頭看水井：「沒水啦，只有爛泥，怎麼喝？」

「我說爵爺啊！」胡忠不耐煩地說：「屋破可以修，井乾了可重掏，不早告訴您，這是攝政王的恩──寵──」他特別拉長最後兩個字的尾音。

我背著手，無奈地看著十餘間房屋和大坑斜坡地。心中明白，與胡忠多說無益，我鬥不過攝政王。

「就當是逆風吧！」我心中自忖：「留著一條命日後等順風再說。」

「啟稟爵爺，這十二戶人家……」胡忠眨著小眼睛說：「每戶請賞一百兩銀搬家雜費，可遣走他們。」

「什麼？一千兩百兩，買這些個破屋？」我大吼：「這……這……豈不是坑人！」

「這裡是有大坑，坑不坑人，您自個兒小心！」胡忠暗自揶揄：「小的替爵爺憂心，若不花點賞銀打發他們搬走，這批陶工可會賴著不走，跟您耗上了，耽誤您興建宅邸的時間。」

「啐！」我吐口痰：「坑人！」

❖　❖　❖

既然是攝政王指定給我齊化門小街這處大坑斜坡地，亦無可換地，與其鬥氣延宕，不如馬上動工。

縱然明知是工部或內務府搞鬼坑我，我還是花了八百兩，又包紅包請胡忠協調遣走這批占住破屋的陶工，再請胡忠介紹，找到經常承包內務府營造修繕的工匠頭，找來五個工班，從天寒地凍的十一月動工，重新起建臨街的十二間破屋和掏井，之後再沿著大坑周圍，新建十餘間廂房。

首先，壘石築牆圍起四方，區隔內外，我決定命名爲「望閩園」。

同時通知在安平的五弟鄭芝豹，將十七歲次子世忠（鄭焱）、十四歲四子世蔭（鄭鑫）、舅舅黃藩和十二名奴僕、婢女，在明年三月送抵京師，屆時望閩園前排十餘間房應該已修葺，可以先入住。

「這圍牆建成後，宅院成了一個『回』字。」我苦中作樂：「且讓我早日回閩吧！」

「這是好兆頭！」陪同我到工地的周繼武說：「一官爺，去看風景的路線我安排好了，隨時可動身。」

「嗯，明天準備，後天動身，就你和我。」我說：「我還要去看木工手藝，你可先去忙，天黑前我自行回去。」

「是，一官爺。」周繼武回答後，逕自跨上馬回頭條胡同。

沒多久，周繼武又策馬奔回，喊著：「一官爺，鰲拜大人來了！」

我匆忙奔出迎接，鰲拜一行十三人馬隊嘶鳴，直到我面前方才停止。

鰲拜跳下馬，韁繩拋給隨從。

我迎上去與鰲拜合抱雙手，將近一年不見，鰲拜瘦了些。

他拉著我往前走，錫麟站在遠處向我拱手打招呼，離開我和鰲拜約十步遠，亦步亦趨。

鰲拜一一查看修建中的十餘間破房，最後走到大坑前，環視整個建宅基地，嘆口氣用生硬的北京話說：「一官，辛苦，忍耐、忍耐、忍耐。」

「我懂，我會忍耐。」我點點頭，並指著大坑比手畫腳：「這大坑土質黏滑，不易滲水，正好可以存雨水、雪水，不用再挖井。」

「哈！哈！哈！」鰲拜會意大笑，又盯著我看，拍拍我的肩膀：「低調、低調、低調。」

「我懂，我會低調過生活。」我說：「不給自己和大力龜找麻煩。」

「哈！哈！」鰲拜雙手往我雙肩一按，點頭表示滿意。

鰲拜向錫麟揮揮手，錫麟牽馬過來，他跨上馬背，一聲呼嘯，馬隊急馳而去。

「這群工匠裡一定有劉之源或內務府的眼線，鰲拜來過之事，一定會稟報攝政王。」我吩咐周繼武：「看風景的事，先緩一緩。」

❖　❖　❖

我每日上午到望閩園督工修建房屋；每隔一天下午到一間茶館，與李長光會面，處理北京金城商號、天津金寶商號的營運事宜，兼處理與長崎楊耿、安平鄭芝豹、金門鄭鴻逵的書信往返，以及閱覽各處商報。

雖然兵馬倥傯，造成各地商號短暫關閉停止營運，幸好在時局穩定後都陸續開張，山五商仍能採購商品運交海五商出洋貿易，運送時程雖受戰亂影響拉長，但仍能出貨，這是非常重要的事，如此才有收入盈餘支撐鄭彩、鄭鴻逵和福松對閩南沿海用兵的糧餉，讓大清守軍疲於奔命，我才能苟活於北京。

我厭倦這被人監視、看管，賞塊大坑爛地當恩惠的日子。

我要回去做我的閩海王。

❖　❖　❖

順治六年（一六四九）端月，修繕望闓園的工匠停工半個月過年，直到元宵節過後才復工，此時正是出門賞雪、看風景的好時機。

初十日，天寒地凍，清晨，我與周繼武穿皮裘、繫緊皮帽，乘馬車悄悄滑過剛開啟城門的彰義門，路上積雪盈尺，雪地易滑，馬車只能往東緩緩而行。

我心跳加快，看著車輪在新雪上壓出一條黑色車轍，回望一路迤邐的車行痕跡，巴不得馬車加速奔馳，愈快愈好。

馬車搖晃，我在車內擁裘而眠，正酣睡之際，馬身一陣劇烈震動，周繼武用河洛話大叫：「害了！」

馬車驟停，一陣吵雜人聲呼喊著，馬車門被打開，周繼武剛探頭，隨即被拉出車外跌落積雪中，七、八名士兵叫喝著，抽刀架著脖子。

一名頭戴官帽的男子執刀拱手：「我乃京城九門提督衙門捕快頭子羅九雄。敢問爵爺，未告假就離城，這是去哪兒？」

「大過年的，我想……我想回鄉祭祖。」我一時語塞，結巴著說：「慎終追遠，是後代子孫表達對祖先敬意該做的事。」

「好個孝子。」羅九雄手一揮，衆人將周繼武架起來。

「爵爺想回鄉祭祖，都是你在安排帶路，是吧？」羅九雄用馬鞭戳周繼武的臉：「一個月跑了兩趟天津，可眞會跑！」接著一鞭打在他腿上。

「讓我看看他多會跑！」羅九雄大喝，一名士兵拿起一支粗木棍，猛往周繼武左腿砸下，打斷他的左小腿。

「啊！啊！」周繼武慘叫時，又一人架著他把左手使勁往後扳，「咔嚓！」拗斷左手臂，「啊——啊——」周繼武痛得哭喊，撕心裂肺的慘叫聲，撕裂了我的心。

羅九雄手一揮，衆人將周繼武抬上車。

「能不能返鄉祭祖，請爵爺回去稟報固山額眞劉大人再定奪。」羅九雄關門時說：「小的我可做不了主，請回吧！」羅九雄率隊將車馬押回北京城。

「這是殺雞儆猴。」我在車內抱著周繼武安撫、痛哭，哀憐周繼武爲了我受這苦。

❖　❖　❖

回到頭條胡同，趕緊延醫接回周繼武的斷骨，讓他臥床休息，我外表強做鎭定，實則內心忐忑不安，不曉得攝政王獲報後會有什麼舉動。

心驚膽顫地度過元宵節。

二月初五日，邸報刊登鑲黃旗護軍統領、勇士「巴圖魯」鰲拜封二等公，升任內大臣。我命尹大器帶林德送重禮到鰲拜府上祝賀。

初九日清晨，劉之源派人來報，內大臣鰲拜、大學士范文程等人奉旨前來宣諭，命我：「速設香案迎接。」

我命林德、洪福速備香案，尹大器在門口等候和傳報，我則速速整裝等候。

一個時辰後，內大臣駕到，來了內大臣遏必隆、巴圖魯鰲拜、哈世屯和大學士范文程。我跪在香案前接旨，大學士范文程宣諭：

朕聞爾子弟在福建為亂，爾投誠有功，毋輕出城行走，恐人借端誣陷；即往墳塋祭掃，亦必奏明乃去。朕嘉爾功，故以此告諭。爾子在京有成立者，可送一人入侍。

「芝龍接旨，謝恩，吾皇萬歲！萬萬歲！」我磕頭謝恩。

「爵爺，皇上說得很清楚了，望您自重。」范文程說：「此事有內大臣力主重懲，應以死罪論處，幸獲遏必隆大人、哈世屯大人和鰲拜大人爲您辯白，皇上特下此諭令。」

「感謝各位大人救命之恩。」我下跪磕頭：「芝龍銘記在心，定當遵守王法及皇上諭令速搬家眷來京。」

鰲拜朝我點點頭，卽與范文程等人離去。*

雖然門外下大雪，我卻汗溼衣衫，這才了解攝政王早派了九門提督衙門的探子跟監，我的一舉一動全被他監視，連帶金城商號、天津金寶商號也可能被摸底，隨時有被抄查的可能，另外，與山海五商的聯繫方法亦須改弦易轍。

這次多虧有鰲拜出手相救，否則吾命休矣！

爲了防範攝政王的偵查，我命金城商號、金寶商號各自悄然結束營業，轉移地點再開店，自此半年內，不要往來通信，商報一律寄到廈門，由鄭興會同鄭鴻逵處理及調度山海五商的資金。

❖　❖　❖

三月底，望閩園前院完工，但是世忠和世蔭未到京師，人質未到，攝政王不准我遷入新居。

---

* 鰲拜封二等公、任內大臣，及順治命內大臣遏必隆、鰲拜等人傳諭告誡鄭芝龍毋輕出城行走，乃順治九年之事，此為劇情安排。

四月中旬，舅舅黃藩、世忠、世蔭攜十二名奴僕、婢女乘船到天津，轉陸路終於抵達北京，我忍不住和世忠、世蔭相擁而泣，父子再見，恍如隔世。

小小的頭條胡同院落容納不了那麼多人，我令世忠等人暫且分頭住汀州會館和客棧。

我速命尹大器寫奏章上疏皇上奏曰：

鑲黃旗下精奇尼哈番鄭芝龍謹奏

臣奉旨搬眷，十八歲次子鄭世忠、十五歲四子世蔭已於四月初奉命自閩抵京，援依諭令送世忠入宮為侍衛。

等了半個月，終於等到攝政王點頭，准予遷入新居。我選了黃道吉日，偕世忠、世蔭和黃藩搬入望閩園。少了頭條胡同劉之源的兵丁看管，我得以自由出入，終於有了當家作主的感覺。

搬入望閩園，我才敢詳問世忠、世蔭家鄉事。

兩人說，大哥福松堅不降清，初舉兵時僅陸師馬步兵五鎮（各鎮兩千人），合一萬人；水師一旅（戰船三十艘，每艘五百人），合一萬五千水兵，共計兩萬五千員，征戰泉州、同安和海澄，圍困泉州城七十日，驚動大清朝，加派大軍南征。去年福松還奉廣東永曆帝詔令，率戰船南征，但在潮州和潮陽遇大風吹散船團，無功而返。

鄭鴻逵領兵據有金門、廈門，維持山海五商營運和海道暢通，繼續與臺灣荷蘭人、馬尼拉西班牙人、澳門葡萄牙人做生意，時而出兵幫助福松打擊清兵。

鄭彩、鄭聯兄弟，仍盤據福州、興化和長樂沿海小島，不時進擊沿海諸縣，繼續維持對日本長崎的海道暢通和貿易。

「海上仍有三支奉明朝正朔不臣服大清的鄭家軍。」我聽完自忖，這是我對順治帝、攝政王仍有利用價值之所在，我分析局勢後告誡世忠、世蔭：「我等父子來此是做人質，在京城行事、爲人不比在安平、泉州，務要謹慎、低調，世忠將入宮侍衛皇上，服侍皇上更要謹小愼微。」

❖　❖　❖

五月中旬某日晚間，世忠自宮中放工回來，進晚膳時提到他在武英殿外值日，偶聞福建軍報，刻意留心聽到靖南將軍陳泰奏報：「福建二府一州、二十九縣先爲賊踞，臣等領兵剿殺，俱已恢復，安設官兵，全省底定。」攝政王大悅，轉呈皇上奏請查明有功人員議敘。

「這是眞的嗎？」

「奏報當然是眞的。」世忠說：「但是全閩底定，是假，否則福松和鴻逵叔、羽良堂兄（鄭彩）哪裡有立足之地？」

「非也。」我說：「奏報所言全閩底定，是指陸地而言，沿海島嶼不計，大清將我鄭家軍視爲盤據海島的海賊，與明朝歷代皇帝、地方督撫大員所見相同。」

「如此說來，福松、鴻逵叔恐要覆滅了嗎？」

「不會，大清水師遠非我鄭家敵手，鄭家軍頂多只是打不贏，退回海島。」我說：「只要陸地上有能征慣戰的馬步將領，還能與淸兵拚搏。目前福松營中可有好手？」

「我聽說，有個當初隨您去福州見博洛的侍衛施郎，後來也被迫降清派去廣西打南明諸王、遺臣，前年又跑回來投入福松陣營，多次立了大功。」

「施郎！」我驚叫：「不好了，當年卽因有人洩露我方馬步、水師部署，令我當年被博洛質疑一人降非全軍降，懷疑我詐降，連夜挾持來京，我這幾年思前想後，回想當年在五虎堂的將領會議，施郎雖未參與，但他可能事後得知詳情，洩漏給博洛。而且我被挾持當晚，侍衛隊發現有異，李業師拔刀喝問被殺、黃梧抽劍質問遭斫傷逮捕下落不明、周繼武被綁，僅施郎一人沒事，之後幾天續率侍衛隊護送假的我去將軍府。」

「這麼說來，難道施郎是大清派回我鄭家的臥底？」世忠驚呼：「如此該如何是好？」

「要快通知福松防範。」我說：「此事要快，更要保密。」

「目前我們與閩南、山海五商的音訊完全斷絕。」世忠說：「該如何是好？」

「只能等待時機。」我說。

49 伏乞換地蓋屋

這時機，一等又是一年餘。

順治七年（一六五〇）八月，甫過中秋，秋風颯颯，葉子開始由綠轉黃、翻紅。

「老爺，害了！害了！」林德匆忙來報：「前年和老爺一同封爵的劉大人，被判了死罪，明天將在菜市口處斬，我剛才和洪福去菜市場，告示貼得到處都是，傳得沸沸揚揚。」

「哪個劉大人？」

「我聽名字，好像就是前年封爵那天，他說您昏倒，趕去扶您的那位劉大人。」林德不識字，搔著頭說：「名字我看不懂，聽起來很像，趕緊向您回報。」

「劉澤清出事了？」我遣尹大器去菜市口看看公告，再去打聽打聽出了什麼事。我和劉澤清都是前朝降將，朝廷對我等有何不滿，可是牽一髮動全身，不得不慎。

尹大器去了兩個時辰方回。

「啟稟老爺，確有此事。」尹大器回報：「告示明天午時將處斬劉澤清、劉澤洪和劉澤洪的兒子，以及逆賊李洪基、李化鯨共五人。」

「出了什麼事？」

「我去向錫麟少爺打聽，」尹大器說：「事因劉澤清勾連安徽曹縣叛賊，謀為不軌，澤清並弟澤洪、姪和逆賊李洪基、李化鯨皆被捕，內大臣廷議，論處以死罪，皇上詔令賜死。」

「何為謀為不軌？」我追問：「用這四字定死罪，太寬了吧！」

尹大器搖頭說：「僅說是謀為不軌。」

「唉，劉澤清受封為三等精奇尼哈番，位列子爵，說殺就殺。」我嘆道：「我等降將在攝政王眼裡輕如鴻毛，命同螻蟻。」

「在下以為，這是攝政王藉此警告在京師的前明遺臣，好自為之。」

「沒錯，殺一儆百。」我喟然嘆道：「令人不寒而慄！」

次日午時，劉澤清、劉澤洪昆仲，一個三等精奇尼哈番，一個二等阿達哈哈番，就在菜市口被斬首。*

前去觀看的林德說，劉澤清和劉澤洪的家眷跪在菜市口，哭聲震天，多名女眷呼天搶地

* 劉澤清勾連安徽曹縣叛賊被誅，事在順治五年（一六四八），此為劇情安排。

哭到昏厥，幾個年少男丁哭喊：「以爲投降了滿洲人就沒事，沒想到還是死路一條！」、「被栽贓，這是枉死、冤枉啊！」立馬被一旁的老僕捂住嘴。

我聽了心有戚戚焉，更加低調，盡量不出門，謝絕所有前明遺臣的邀宴往來，避免被懷疑懷有貳心，小心謹愼度日。

❖　❖　❖

劉澤淸昆仲方處決，攝政王卽下令，要我速將仍留在福建安平的家眷，除拒投誠的四弟鄭鴻逵和長子福松，其他人皆須遷居京師。

「難道是鴻逵、福松或羽良進兵得勝，逼得大淸需要更多人質？」我心中納悶，尋思，二媽黃荷年事已高，禁不起長途舟車勞頓，在京師過這種提心吊膽的日子不啻是種折磨，且在南安縣石井村的祖墳仍需要祭祀，五子世襲（鄭淼）體弱，需要長期療養，讓他和二媽留在安平，讓五弟鄭芝豹帶家眷來京師卽可。思量妥當，命尹大器上疏，依規定先上呈鑲黃旗漢軍固山額眞劉之源，再轉呈皇上御覽。

鑲黃旗下固山額真劉之源、同旗精奇尼哈番鄭芝龍謹奏為奏請奉旨搬取家眷，理合據實陳明事：

緣臣同胞兄弟見存三人，第四逆弟名鴻逵，在海上未順，只第五弟名芝豹，向受臣母教訓，同在家中料理家務事。又反叛逆長男名森，亦在海上未順。次男名世忠（焱）、第四男名世蔭（鑫），見在京中。只第三男名世恩（垚），年十六歲；及第五男名世襲（淼），年十三歲；第六男名世默，年八歲，俱在家讀書。

今奉聖諭，職除逆弟鴻逵、逆男鄭森滅亡外，合留第五男世襲同母黃氏看守祖先墳墓，並料理家務。其職之正妻顏氏、妾黃氏並三、六子世恩、世默、五弟芝豹即令入京。合再奏明。

又職京中差回伯舅黃藩、家人倪忠等八人，一併開報，以憑填給馬匹，使於馳往，緊來報命。計開黃藩、倪忠、周繼武、李振、楊一魁、張顯、洪福、林德。

數日後得旨：

精奇尼哈番鄭芝龍具奏，伊祖先墳墓俱在原籍，請留伊母及五男看守，伊一妻、一妾、兩男、五弟及家眷，搬取來京。爾兵部即行福建督撫，即填給勘合（旅途中可以投宿驛站的證明文書），遣人同芝龍所差家人護送來京，特諭

欽此！

得旨後，黃藩等人卽準備回閩，預訂第七天淸早出發。

第六天晚上，我找周繼武談話。

「德謙，這次遣你回去，是要找一個福松信得過的人，當面告訴他一件重要的事。」我愼重地說：「那個人就是你，此事只能言說，不能手寫，避免被淸兵搜檢尋獲，明白嗎？」

「明白。」周繼武點頭：「請一官爺吩咐。」

「我要你告訴福松，我被挾持到北京失蹤當晚，你發覺淸兵假冒我，李業師被殺等等所有經過，並告訴福松『施郎可能是洩密之人，要小心提防』，懂嗎？」

「明白。」

「你從十四歲起侍候我、習武護衛我迄今十二、十三年，去年還爲我被打斷手腳受苦受難，這一切我都記在心裡。」我說。

「一官爺！您待我就像兒子……」周繼武哽咽地說：「養我教我，這是應該的。」

「且慢，聽我講完。」我亦眼紅欲淚：「你不僅爲我受苦，還耽誤你成家立業，我待你如子，不能讓你再這樣下去。此次回安平，傳達我的話給福松之後，你就是自由之身，要留在福松營助他一臂之力或回家鄉成親，或想再來京師，你自由選擇，你帶著我的信，拿給鄭興，他會給你三百兩銀，是我報答你的照顧、救命之恩。」

「一官爺，我想再回來！」

「你要三思而後行。」我勸他：「大清抓的是我不是你，無辜之人不需要受此牽累。」我看著他秀氣眞誠的臉龐說：「記住，一定要當面告訴福松那句話，是此行最重要的任務。」

「是，一官爺，我一定當面轉達福松少爺。」周繼武下跪發誓。

次日，整裝就緒，黃藩和周繼武帶著八名家人南下安平搬眷。

❖ ❖ ❖

同年（順治七年、一六五〇）十一月，五弟鄭芝豹帶著我的妻子顏氏、妾黃氏和三子世恩、六子世默、男僕婢女近百人，長長車隊，浩浩蕩蕩，從安平出發，轉大運河一路北上，再轉乘馬車進京，趕在過年前、寒風刺骨之際抵達望閩園。

我看著長長的車隊，擠滿狹窄的小街，夾雜著馬伕的低吼聲、馬啼和馬嗚聲、黃藩指揮男僕卸貨扛行李的嘶吼聲，婢女收拾細軟忙進忙出，說著輕柔的河洛話，雖然人多吵雜，卻也顯得生氣蓬勃，一下子塡滿望閩園所有二十六間房，在凍骨北風中帶來一股溫熱的南風。

這股暖流同時帶來一個令我震驚的消息。

鄭芝豹風塵僕僕地走到我面前，下跪痛哭：「對不起，大哥，對不起，我沒有保護好田川大嫂，讓她受盡清兵侮辱、自盡，我……大哥，當晚眞的措手不及……原以爲大哥到福州與貝勒博洛見面，詳談歸順大清事，雙方應不再爲敵，故疏於防備，豈知滿人竟翻臉無情……」

「我都知道了，舅舅、世忠和世蔭都告訴我了，你已經盡力了，不是你的錯，錯的是我。」我扶著他進屋：「先進屋，喝杯茶休息，我有事要問你。」

待鄭芝豹重新整裝、喝茶喘口氣，我兄弟倆才坐下敘舊。

「我們都小覷福松的本事。」鄭芝豹第一句話就提福松：「原來當他是書生，只會紙上談兵，不會上馬打仗，錯了，大哥，我們都錯了。」

我看著鄭芝豹，沒有答話。

「福松不但會帶兵，還是個悍將，將大清兵打得落花流水。」鄭芝豹說：「同安血流溝、圍攻泉州七十日，打得轟轟烈烈，我要來京前，他還奉永曆帝之命，第二次帶船南下廣州勤王。」

「他哪裡來的兵將？」

「這就是我們當初小看他的地方。」鄭芝豹說：「安平城被清兵襲破，田川大嫂遇難後，福松就變了個人。」

鄭芝豹說，福松到同安縣學堂祭孔子，燒掉儒服，穿上戰袍，告別儒生變成戰士，宣誓將率兵驅除韃虜，中興漢室，恢復大明，爲隆武帝、爲母親報仇。隨即率三艘戰船、不到一千名士兵入海，先在烈嶼（小金門）設祭壇正式宣告舉兵反清，號召有識之士共襄盛舉。

一時間，大學士、前福建巡撫路振飛和大學士曾櫻，金門人、前浙江巡撫盧若騰、原浙江臺州通判萬年英、廈門人進士葉翼雲、廈門人舉人陳鼎等文臣都投入旗下。

陳霸首先投入福松陣營，還有不願剃髮降清，原本在大哥麾下的武將海澄人甘輝、漳浦人藍登、南安人施顯，還有原來的神槍營洪政、郭泰、余寬，和火砲營的楊才、張進皆投效他，水師統領林習山後來也率船加入福松營。

福松即帶著兩萬五千兵馬，組成陸師五鎮、水師一旅，加上鄭興、鄭明和楊耿從長崎資助的糧餉，與大清滿漢騎兵交戰。

鄭芝豹說：「自從大哥被滿人挾持到北京之後，我鄭家軍分裂，在海上形成三股兵力，一是四哥鴻逵的五萬人駐守金門；二是陳霸和朱壽的兩萬人駐南澳和銅山島；三是鄭彩和鄭聯兄弟的五萬兵原來駐守福州外島，現在駐守廈門。其他，大明遺臣的反清兵力還有海壇島的萬安侯周瑞、南日島的周鶴芝、舟山島的阮美等。大家的共同目標是反清，但各握兵力，各據地盤不相奧援。

「只有四哥鴻逵不時派兵支援或配合福松在泉州、潮陽或福州襲擊大清兵；鄭彩和鄭聯兄弟則奉魯王爲主，沒有和福松聯手，自成一支兵力。今年夏天，福松第一次奉永曆帝之命率戰船南下廣州勤王，不幸遇颱風，船隊覆滅，福松漂流海上幾遇死難，獲救後返南澳暫憩。」

鄭芝豹臉上帶著誇張的表情說：「爲了擴大兵力，今年中秋節趁鄭彩帶兵出征之際，福松帶隨侍訪屯兵廈門的鄭聯。奇怪的是，鄭聯竟在萬石巖酒後騎馬墜崖慘死。福松乘時兼併鄭聯的五萬兵力。據傳，是福松設計令鄭聯酒後墜崖。」

「啊！」我驚呼，感到難以置信。鄭彩、鄭聯兄弟年長福松近二十歲，是看著福松長大的堂兄，「我不相信！我不相信！」

鄭芝豹說：「後來鄭彩回師，見大勢已去，自願將五萬兵交給福松，解甲退隱，這是鄭彩親口告訴我，他也懷疑是福松下的手。」

「福松這麼做的理由是什麼？」

「爲了復興大明，驅除韃虜！」鄭芝豹說：「福松向鄭彩要求兼併軍力時，說他需要更多的軍力，集中物力、人力，與大清兵周旋到底。」

「福松這個憨兒！」我在震驚和疑惑的情緒中摻揉著欽佩，欽佩福松說到做到的決斷力和不屈的意志力，可憐他將國仇家恨都背在身上，而我竟然束手無策，只能在北京喊他一聲：「憨兒！」

我與鄭芝豹正談著家鄉唏噓嗟哦之際，林德來報：「鰲拜大人差錫麟少爺求見。」

「快請。」我急忙向鄭芝豹說：「我去大廳接客。」

「向爵爺請安！」錫麟坐定後拱手問安。

「姪少爺安好！」我拱手回禮。這原不合禮制，錫麟應對我下跪請安，但一來他是皇室宗親，二是鰲拜姪子，也就免禮了，「少爺冒風雪來訪，必有大事。」

「是有大事，叔父特令小姪前來告知爵爺。」錫麟口說有大事，卻又一派輕鬆的模樣，令我惶恐。

「什麼大事，要少爺親自跑一趟，令我好生惶恐。」

「攝政王本月初去喀喇河屯行宮（河北灤平縣）打獵，突然宿疾發作，太醫搶救無效，初九日病逝行宮。」

「眞的嗎？」我不可置信。

「千眞萬確。」錫麟說：「死訊前幾天就報回大內，內大臣已經密會好些天了，定後天對外宣告。」

「啊！」我震驚：「這……這……的確是大事。」我幾乎笑出來：「可是對咱們來說……」

我躊躇著說不出來。

「哈！哈！哈！」錫麟先笑了，「沒錯，這是大事，天大的事，可對咱們來說是好事，天大的好事。」

「是，是。」我眞心感到歡欣，想到攝政王一死，我猶如解除緊箍咒：「哈！哈！哈！」

「可這……宿疾，是什麼病呢？」

「管他什麼病，反正人就死了，大夥兒都不關心。」錫麟高興地說：「只有他正白旗的鐵桿盟友蘇克薩哈，懷疑事出有因，嚷著要皇上調查死因，肅親王豪格根本不予理會，讓皇上下詔曰『再議』。」

順治八年（一六五一）春，正月十二日，順治皇帝親政，頒詔大赦天下，朝政一新，鰲拜更獲重用，除了是內大臣，因襄贊軍機晉升議政王。

❖　❖　❖

對我而言，這攝政王的緊箍咒一除，加上家人團聚，生活更加安定，且有議政王鰲拜庇護，我令北京金城商號、天津金寶商號再行復業，每隔一天去金城商號料理商務，處理各地寄到北京的商報，從商報得知福松仍在閩南頑抗，力圖恢復廣東的潮州和揭陽，令大清馬步兵疲於奔命，既感欣慰又覺不捨。

欣慰，他從只會紙上談兵的儒生，蛻變成能征慣戰的將領，沒想到居然是個天生的戰將；不捨，他大可挾戰功籌碼與大清談判歸順，必能獲得封爵封侯富貴一世的榮寵，他卻不圖此想，硬是要過命在旦夕、食不知味的戎馬生活。

安定的日子是一種幸福。只是暫時沒有外憂，卻有內患。

望閩園原是圍著大坑建造，重建原有的臨路前院十二間房，再陸續增建大坑左右和後方十四間房，共二十六間房，各屋之間繞著大坑走。

這大坑周圍土質黏滑，一遇下雨溶雪，坑內積水，無法往下滲，經數月不乾，春夏孳生蚊蠅；坑外泥地溼滑，雖然鋪上石板，撒碎石止滑，這兩年來仍發生多次奴僕、婢女不慎滑落水坑的意外，十餘人被淹死或救起後遭水嗆死，滑倒受傷更是無日無之，令僕婢、家眷視夜晚外出爲畏途，生怕一不小心滑入大坑內，人不知、鬼不覺，求救無門。

總管黃藩爲了安全，只好僱工圍著大坑豎起木柵，防止跌落。但整個住宅格局分散凌亂，並非長居久住之地。之前有攝政王「箍」著我，只能忍著，如今皇上親政，正是奏請換地居住的時機。

我先邀宴議政王鰲拜，向他訴說上情，並盼皇上能准予換地蓋屋，以爲長久之計。鰲拜慨然允諾，將力請皇上另賜他地讓我蓋屋。

計議了數個月，我上疏奏聞皇上。

> 鑲黃旗下劉固山額真精奇尼哈番鄭芝龍謹揭為人多宅窄、難以合住、懇賜曠地、以便蓋屋分居事。
>
> 職初入京時，蒙朝廷宏恩，賜屋齊化門小街居住。因原屋破壞，職重新起蓋，得以苟安。後因次男世忠、四男世蔭並職小家眷，先後奉旨三次各帶婢僕入京，今計宅內男女一百二十多人。
>
> 此宅後面有一大坑，衝陷背脊，大傷風水，數年來職宅中男女損失去共二十六人，堪輿家咸謂必填此坑，乃可無傷。蓋職果因人口年年屢傷，風水有礙，十分極苦無

奈，不得不實情上告，伏祈鑒諒。

接著再奏明，我二月間逕自行文工部，請准予塡坑或換地蓋屋，工部不准料理。我只好請聖上著工部看驗，我的住宅後果有大坑，並後面有大小碎房四十八間，如果准予塡坑，就讓我將另外四十八間小大房屋買下來，擴大建地，拆屋拆牆拆瓦用來塡平此坑；或是令工部撥出鑲黃旗下空地，讓我就地蓋屋。

職次男世忠現隨班侍從，年紀長大，應娶妻分居。請乞聖上著工部於鑲黃旗地方國監前面撥大曠地二所，與職蓋屋，以為福建妻兒、五弟家眷及世忠家眷居住。職承皇恩寵眷，既榮其身，又榮及弟男，天高地厚，刻骨難忘。

末了，我想了又想，這請求換地蓋屋之事，對日理萬機的皇上來說，實是微不足道之事，但對現在的我來說，是件大事。衡酌再三，我要尹大器再加上：

今不揣瑣事，冒瀆天聽，實有罪過，望祈原宥，伏乞聖裁。

尹大器謄寫奏摺完畢，我再三校閱。

此時，我忽而想起當年我在福州棄隆武帝而去，登船斷纜啟航之際，內監策馬疾馳送來隆武帝手諭曰：「先生稍遲，朕與先生同行。」

我當時心中還訕笑：「皇帝稱屬下爲先生，世所罕見。」

如今，此一時，彼一時，我竟然爲了換地蓋屋這種小事，如此卑微地「伏乞聖裁」，請求皇上批准。

回想當年隆武朝廷，我與文臣鬧意氣，文臣鬥不過我的二三事，當時我可是趾高氣昂，手握重兵，一人掌朝廷命脈，不可一世的平國公加太師鄭芝龍！如今竟然落得「人在屋簷下」，像狗一樣伏地叩首，搖尾乞憐的精奇尼哈番鄭芝龍。

這是風水輪流轉，還是現世報？我後悔，後悔當年不識大體，與文臣意氣用事；我懺悔，懺不聽鴻逵、福松逆耳之言。

只是這一切都太遲了！

呈上奏摺，接下來就是等，等到轉眼又中秋。

聖上諭准，著工部撥鑲黃旗國監前面兩塊空曠地，供精奇尼哈番鄭芝龍與二等侍衛鄭世忠蓋屋居住。

接下來自順治八年秋冬開始，我和芝豹忙著營建新居；我暗地裡繼續調度貿易資金，透過長崎楊耿和次郎，提供福松繼續舉兵抗清的糧餉。福松占據的州、府、縣地面積愈來愈大，也更令順治皇帝頭疼。我深知，福松抗清不敗，我才能苟活，鄭氏全家才得倖存。*

❖　❖　❖

順治九年（一六五二）八月，周繼武帶著新婚妻子林秀娘回到望闔園，小倆口跪在我面前請安，我扶起兩人：「德謙，沒有你，我出門好像少了一隻臂膀，你回來眞好，有將口信帶給福松？」

「一官爺，我正爲此事回來，容後再回稟。」周繼武看了秀娘一眼，又道：「我聽一官爺吩咐，回廈門成親，秀娘是同安人，家經戰亂，家人失散，僅餘老父和兩名幼弟，我用一官爺的賞錢，替老家購置田產，也帶岳父與兩名妻舅到廈門與我父母親比鄰而居，大家同住一起彼此好照應。」他興奮地說：「秀娘會刺繡，可以替太太們修補衣服。」

「很好，很好。太太們正缺女紅繡娘。」我吩咐黃藩撥一間屋給周繼武和新婚妻住，升周繼武爲府內的侍衛隊長。

「稟告一官爺，」周繼武安頓好秀娘之後，馬上回來稟報：「這次回來，是因福松少爺要我傳重要的口信。」

周繼武說，前年底回閩，福松已經率洪旭、施郎等諸將，帶船南下廣東潮陽、揭陽，廈門交由鄭芝莞防守，他只好在廈門等待，並將我的信交給鄭興，先回廈門老家買房舍田產。

等到今年三月，大清的福建巡撫張學聖，泉州總兵官馬得功和興泉道黃澍，得知福松率兵南下，廈門空虛之際，三人率兵馬登陸廈門，搶掠金閩發商號金庫，搶走所有的庫存白銀和黃金，張學聖和黃澍即回同安；馬得功續留廈門島，縱兵大搶廈門居民財產。

後來馬得功被先回廈門的施郎、鄭文星和陳壎帶兵圍困，馬得功派人向巡撫張學聖求援，張學聖挾持二媽，逼鴻逵放走馬得功；馬得功也向鴻逵求情，請求看在他以前是其麾下協將的情分上放他一馬。鴻逵因此派船載馬得功渡海回同安。

四月初，福松率戰船回到廈門，得知詳情，大怒引刀斷髮，發誓：「必殺虜報仇。」大罵：「棄城與虜者芝莞叔，渡虜去者定國叔（鴻逵），家門爲難，與虜何干！」

鴻逵派人要請福松相見說明此事，福松拒絕，並要來人傳話鴻逵：「定國公與虜通好，請我似無好意，回報定國，不殺虜相見無期。」意思是說，四叔定國公鄭鴻逵與清朝通好，請他相見似乎沒有好意，要來使回報，不殺滿清官吏，不用再見。

＊鄭芝龍於順治十年五月上疏奏請換地蓋屋事，此為劇情安排提前。

鴻逵後來又寫信給福松說明，渡馬得功回同安，是因我在北京當人質，也是奉二媽之命。鴻逵據說因此與福松絕裂，將四萬兵馬交給福松，然後搬到白沙居住。

福松事後召集將領檢討廈門失守功罪，以清兵渡海至廈門，水師統領阮引未戰先潰，鄭芝莞防守汛地，未接戰先搬財物上船，未戰先逃，下令：「阮引、鄭芝莞推出斬首！」衆將跪地爲鄭芝莞求情，福松請出隆武帝所賜尚方寶劍，令斬鄭芝莞和阮引。諸將悚然，鴉雀無聲。再令將鄭芝莞和阮引的頭懸街示衆三天才收葬。

接著，論功行賞，賞施郎二百兩銀、升二級，陳壎、鄭文星各一百兩銀。福松說：「本藩鐵面無私，爾諸勛臣鎮將，各宜努力，苟不前進怯敵，本藩自有國法在，縱是親戚，亦難宥之。」

我聽了悚然，驚懼福松鐵面無私，可能計殺堂兄鄭聯，又斬堂叔鄭芝莞，還跟叔叔鄭鴻逵鬧翻。

「等到福松少爺處理完這些事方得與我見面，傳一官爺的口信。」周繼武說：「福松少爺聽了大爲震驚，要我在他營中不得外出。」

「數日後，施郎叛逃了，福松少爺逮捕施郎的父親施大宣、弟施顯爲人質，限令施郎出首。」我愈聽愈驚，周繼武繼續說：「五天後施郎仍未出面，福松少爺下令斬首施大宣、施顯，後來得知施郎已經乘船逃到安平，再潛避同安。」

我聽完，心中甚感不詳，一是預料福松絕不降清，則皇上可能誅我全家；二是施郎是我從小看到大的將領，亦是一名頑強鐵漢，與之結下殺父殺弟之仇，如果施郎受此打擊從此歸隱江湖就好，若是想要報仇，甚至投靠清朝，日後難料。

但是這些都不是我能操控的事，如今身在京師為人質，我還能做什麼？

❖　❖　❖

九月某日，我正在查看即將完工的新居，林德匆忙來報，一名將軍奉議政王之命到望闈園傳令。我急忙回望闈園。

「議政王有令，著精奇尼哈番鄭芝龍至武英殿晉見。」議政王府、鑲黃旗護軍參領持諭令前來望闈園傳令。

「大哥，議政王如此慎重召見必有大事。」鄭芝豹也嗅到一絲異於以往的氣息。

「對，平常議政王要找我，不是輕車簡從自個來，就是派家人傳令找我去。」我說：「這還是第一次派個將軍來傳令，令我即刻到武英殿晉見。」

我即刻乘馬車進宮，一路上忐忑不安，心想，應與閩南軍事有關。進了紫禁城直趨武英殿，進議政堂，鰲拜端坐上位。

「下官精奇尼哈番鄭芝龍，叩見議政王。」我單膝下跪行禮。

「起！」鰲拜要我起身，再對侍衛揮手：「你們都退下。」

「喳！」堂內的侍衛和師爺俱離去。

「固山額眞一官。」鰲拜走到我面前，他的北京話愈來愈流利，「你覺得，我們的交情如何？」

此問令我泫然欲泣，「大力龜！」我說：「這幾年如果不是大力龜保護我，我早已被攝政王蹂躪致死……」

「哈！哈！哈！言重了，言重了！」鰲拜大笑，拍我的肩說：「固山額眞一官，不惜在自身落難之時，籌措千兩黃金救大力龜，大力龜豈會忘記？」

「我們閩南有句話『錢銀無寶貴，仁義值千金』，我籌錢救你，因爲我們是兄弟！」

「沒錯！我多次在皇上面前頂撞攝政王護著你，」鰲拜抓著我的雙臂：「就因爲我視你如兄弟，如手足。」

「大力龜，請受我一拜。」我下跪磕頭。

「但是，大力龜今天受難了。」鰲拜扶我起來，看著我說。

「怎麼會呢？議政王乃當今皇上一人之下，萬人之上。」我駭然說：「誰敢令議政王難看？」

「皇上！」鰲拜向上一拱手：「皇上早朝時令我這議政王，盡速招撫閩粵海寇鄭成功、鄭鴻逵。固山額眞一官，你看，該怎麼辦？」

我愣了半晌，心想：「果然不出所料。」但一時難以回答。

「你我私交，自不待言。你三番兩次不惜擲千金救我，我不惜傾身家性命護你。」鰲拜說：「但我現在是議政王，必須遵王法，以朝廷的利益爲依歸，當這兩件事衝突，我必須……像你們漢人說的『大義滅親』。你懂我的難處嗎？」

「下官懂得，下官知了。」鰲拜說得很直接、很透徹，私交歸私交，他是議政王，遇到國家大事就必須秉公辦事。我單膝下跪：「請示，下官該怎麼做，方可爲朝廷盡一分心力？」

「你速寫一封信，派人，最好派你一個兒子回閩南招撫令弟和長子。」

「是，下官遵命。」

「你可知，皇上爲何急於招撫令弟鄭鴻逵和長子鄭成功？」

「下官與閩南音信斷絕，不知何事。」我搖頭回答。

「實因鄭成功盤據廈門多年，屢次率兵騷擾閩粵沿海郡縣，圍攻漳州府五個月餘，軍民死傷數十萬人，更打著勤王旗幟，帶船南下廣東，欲助僞王永曆叛亂。」鰲拜指著我說：「日前廷議，有內大臣指出，皇上已派固山額眞金礪統兵赴漳州，旦夕可解圍，但考慮大兵至鄭成功即逃，大兵離開，鄭成功又復犯，留大兵戍守，兵餉糧食是一大負擔，想到你之前也是受明朝招撫爲官，並由你掃蕩海上諸賊，東南沿海才得平靜。多位內大臣因此奏請皇上，招撫鄭成功和鄭鴻逵，條件是宥其罪過，授官職，不赴京師，仍住廈門等地，責成剿滅閩粵海寇，管理洋船，輸納稅銀，以平息戰亂，救閩南千萬蒼生。」

「皇上則說，鄭成功本應剪除，但想到你以救閩南千萬蒼生爲念，首先歸順有功，以及令弟及諸將領見你在京師被看守，以致心生疑慮，未敢投誠，不忍心派大軍剿滅，因此再給鄭成功一次機會，令你寫信勸降。同時，皇上會下一道詔令給浙閩總督劉清泰，派員協助招撫鄭成功。爲了讓你明白皇上的苦心，皇上特准讓你先看詔令草稿，令你看仔細，好生揣摩，做爲寫信的依據，不要辜負皇上的苦心。」

「謝皇上。」我下跪謝恩，雙手接過鰲拜遞過來的詔令草稿：「謝議政王。」

詔令如下：

賜浙閩總督劉清泰敕曰：近日海寇鄭成功等屢次騷擾沿海郡縣，本應剪除。但朕思昔年大兵下閩，伊父鄭芝龍首先歸順，其子弟何忍背棄父兄，甘蹈叛逆！此必地方官不體朕意，行事乖張；鄭成功等雖有心向化，無路上達。又見伊父歸順之後，睿親王（多爾袞）看守防範；又不計其在籍親人，作何恩養安插，以致成功等疑懼反側。

朕又思鄭芝龍久經歸順，其子弟即朕赤子，何忍復加征剿？若成功等歸來，即可用之海上，何必赴京？今已令鄭芝龍作書宣布朕之誠意，遣人往諭成功及伊弟鄭鴻逵等知悉。如執迷不悟，爾即進剿。

如芝龍家人回信到閩，成功、鴻逵等果發良心，悔罪過，爾即一面奏報，一面遣才幹官一、二員到彼審察歸順的實，許以赦罪、授官，聽駐劄原住地方，不必赴京。凡浙、閩、廣東海寇，俱責成防剿；其往來洋船俱著管理，稽察姦宄、輸納稅課。若能擒斬海中偽藩逆渠，不吝爵賞。

此朕厚待歸誠大臣至意，爾當開誠推心，令彼悅服。仍詳籌熟察，勿墮狡謀。

❖　❖　❖

回到望閩園，我召集鄭芝豹和尹大器共商起草勸降書。

「有四個重點。」我向鄭芝豹、尹大器說完詔令大概內容後，歸納重點：

「一是，睿親王（多爾袞）對我看守防範，又未對閩南諸將作何恩養安插，以致成功等疑懼反側。順治皇帝將大清苛待我的責任全推給多爾袞。

「二是，許以赦罪、授官，駐紮原地，不必赴京。負責防剿浙、閩、粵海寇；仍管理洋船貿易，輸納稅課。這點至關緊要，這是解除閩南諸將投誠後赴京被囚、商船貿易被奪、金援糧餉斷絕的疑慮，也是許我鄭家可以繼續與洋人做生意，如大明朝之先例。尹先生必詳細書之。」

「是，在下明白。」尹大器下筆草記。

「三是，若能擒斬大明僞王，不吝爵賞。」鄭芝豹接著說：「這是鼓勵諸將助大清朝追剿大明遺王和遺臣。」

「第四，如閩南諸將不降，則命劉清泰進剿。」我說：「這詔令恩威並用，歸順給賞，不降則剿。尹先生聽明白了嗎？就以這四個重點作書。」

「是，爵爺，在下聽明白了。」尹大器拱手，退下自去寫信。

勸降家書寫好後，上疏呈皇上御覽，數日後得旨：

即填給勘合，遣人同芝龍所差家人送信至閩，特諭，欽此！

順治九年九月二十九日

十月，我選派林德和另一名衛士黃徵明，回閩送信。兩人都有武功底子，身強體壯，跟著我歷練多年，也是福松和鄭鴻逵認得的家人。

❖　❖　❖

十一月中旬，兩所新居落成，一大一小，我、世恩、世蔭和芝豹搬入大宅院。大宅院的格局內含一所七進院落的三合院，一所五進院落三合院，命名「安平園」。不再奢望能回閩南，只能懷念安平城，亦冀望鄭家大小平平安安，度過這場改朝換代亂世。鄭世忠則搬進有五進院落的小宅邸，做爲他日成婚後的住所，以及閩南親人來京的歇宿地點。

50 晉封同安侯

順治十年（一六五三）二月，林德和黃徵明自閩返京師，帶回鴻逵和福松的家書，並傳福松口信曰：「不聽吾言，致有今日，吾父既誤之於前，本藩豈有明知故蹈於後的道理？」、「然清朝既有意談和，爲憐閩粵千萬蒼生，吾且按兵以待。」

鄭鴻逵回信云：

自丙戌冬（順治三年，一六四六）鰲江別兄顏，弟與諸將靜安島上，盼望歸期，眼幾欲穿。不意宿遷訛傳，建寧途梗，杳無音信。致各將士懷疑顧慮。弟乃督舟入揭（廣東揭陽），通商濟糴。屈指八載，不敢隻字修候者，總為時勢使然耳。

接著說起廈門遭張學聖、馬得功劫掠，以及他派船助馬得功脫困：

本省撫、鎮、道覷大姪屯田於粵，侵掠中左，男女遭慘，不可勝數，寶物黃金，計近百萬。泉鎮馬得功貪戀無厭，尚留島上，被各舟師重圍，三戰三北，援絕勢孤，乃乞命於弟。弟憐沿海百萬生靈，紛紛逃竄，不得安生樂業，故許其請，遂縱舟全渡人馬，使得功生還泉郡，弟之力也。

昔日鄭鴻逵在弘光朝時，任鎮海將軍守南京采石磯，馬得功是他麾下的守備，兩人有舊情。鄭鴻逵因此事不見容於福松，自知理虧，將船艦兵馬交給福松。

自放馬得功後，擇地白沙，粗建茅屋，與地方相安者已三載矣。年內新正，連接兄諭，並抄旨諭，及劉部院（清泰）所賚敕書，有云「原駐地方，不必來京，原係侯伯，今再加級」。蓋弟以十餘載足疾，日深日甚，非今日始言，凡移寸步，皆用兩人扶插，故功名之念久灰。

「凡移寸步，皆用兩人扶插。」我看到鄭鴻逵的足疾嚴重至此，再想到他從前指揮馬步兵衝鋒陷陣，以及登舟海戰的英姿，著實令我心痛。

「四哥的腳氣病，眞的很嚴重，來京前我去看他，他已經得坐軟轎讓人抬著方能移動，不能走路了。」鄭芝豹說：「看來三年過去了，仍然沒有改善，想必更嚴重。」

況弟受本朝寵遇，官居上爵，義無悖舊恩而貪新榮。總之，靜處白沙，樂天養病，與地方相安而已。開洋事務，容寬圖之。爵祿一節，弟斷不敢受，亦不能受。

「弟受本朝寵遇，官居上爵，義無悖舊恩而貪新榮」、「爵祿一節，弟斷不敢受，亦不能受」，我讀到這幾句話，頓時汗流浹背，與鄭芝豹四眼相對，感觸良多。

至於大姪一事，弟在金門白沙，姪在中左（廈門），相去既遠，兼弟病足，艱於寸步，姪行軍所居無定，相見尤罕。此番吾兄書到，弟即扶病艤舟，極力言勸。大姪云：「大義滅親，籌之早而計之決矣。」彼素不聽吾兄之言，豈肯聽弟之言乎？差員回，急持此稟復……途遙筆短，未遂所言，幸惟鑒照，不勝佇仰。

「彼素不聽吾兄之言，豈肯聽弟之言乎？」我放下信，向鄭芝豹說：「鴻逵說得沒錯，福松的硬脾氣豈能如此輕易撼動。」

「這就是福松。」鄭芝豹也說：「從小就倔強，他想做的事，沒有人攔得住他。」

福松回信云：

違侍膝下，八年於茲矣。但吾父既不以兒為子，兒亦不敢以子自居，坐是問候闊絕，即一字亦不相通；總由時勢殊異，以致骨肉懸隔。蓋自古大義滅親，從治命不從亂命，兒初識字，輒佩服春秋之義。自丙戌冬父駕入京時，兒既籌之熟而行之決矣。

忽承嚴諭，欲兒移忠作孝。仍傳清朝面諭，有「原係侯伯，即與加銜」等語。可笑者，夫既失信於吾父，兒又安敢以父言為信耶？當貝勒入關之時，父早已退避在家，彼乃卑辭巧語，迎請之使，車馬不啻十往還，甚至啗（音旦，誘）父以三省王爵。始謂一到省，便可還家，既又謂一入京，便可出鎮。今已數年矣，王爵且勿論，出鎮且勿論，即欲一過故里，亦不可得。彼言豈可信乎？父在本朝，豈非堂堂一平國公哉？即歸清朝，豈在人後哉？夫歸之最早者且然，而況於最後者？

「福松說的俱是實話。」鄭芝豹讀信至此，轉身看著我說：「博洛誘騙大哥往福州見面在先，復挾往北京在後，怎令我兄弟服氣？」

「福松信中所言，句句說到我心坎裡。」我向鄭芝豹和尹大器說：「當日在太和殿外聽宣旨封爵，聽到僅封我一等精奇尼哈番，想我乃堂堂平國公，而且不是敗將、降將，竟受此對待，心中頓起不平之氣，當時想的就是福松信中所言，才會氣到昏厥。」

福松的信接著談起張學聖、馬得功劫掠廈門：

不意乘兒遠出，妄啟干戈，襲破我中左，蹂躪我疆土，虔劉我士民，擄辱我婦女，掠我黃金九十餘萬，珠寶數百鎰，米粟數十萬斛，其餘將士之財帛、百姓之錢穀，何可勝計。

彼聞兒將回，乞憐於四叔，幸四叔姑存餘地，得以骸歸。

「黃金九十餘萬，珠寶數百鎰，米粟數十萬斛。」我頹坐嘆曰：「這是我家金庫，是我經營東洋、西洋貿易的積蓄，也是福松現在舉兵糧餉的來源，全被張學聖、馬得功和黃澍中飽私囊，難怪他會怒氣攻心，斬了芝莞和阮引。」

「福松這下手也太重了，芝莞是他的堂叔，阮引在我家多年，重罰卽可，何必梟首？」鄭芝豹說。

「不獨我家遭搶，軍士家眷亦遭劫掠家產、擄走婦女。」我推測：「水師將士必然群情激憤，逼得福松若不施行嚴刑峻法，賞罰分明，無法安定民心，鼓舞士氣。」我想起多年前，南京相士三柳先生所言：「福松非甲科中人。」原來非甲科中人指的是福松是大將之才，文韜武略，非文臣之可比。

> 其或者將以三省之虛名，前啗父者，今轉而啗兒，非不信父言，而實有難信父言者。兒在本朝，亦既賜姓，稱藩矣，人臣之位已極，豈復有加者乎？……不然懸烏有之空名，蒙已然之實禍，而人心思奮，江南亦難久安也！專稟。遣林德攜稟入京。

「這『人臣之位已極，豈復有加者乎』，加上福松令林德傳口信『清朝既有意談和，吾且按兵以待』，代表福松亦有意和談，但是拉高對清朝的談判籌碼，要求清廷若要封賞必須拿出實際的爵位，『不然，懸烏有之空名，蒙已然之實禍』，否則徒有口惠，無實惠，是指已被馬得功襲破廈門劫掠黃金之事，再語帶威脅『而人心思奮，江南亦難久安也』，是說會繼續反清復明，令大清的江南輾轉難安。」鄭芝豹說：「福松進戰退守，有節有目，我真的看走眼了。」

「福松此時不降是意料中的事，他的回信至少讓我對議政王有所交代，同時也讓皇上明瞭我所受的委屈。」

「大哥說得沒錯。」鄭芝豹擔憂地說：「但是福松不能一直不降，否則我全家命危矣！請大哥勸他，見好就收。」

「見好就收。」我點頭同意：「五弟說得有理，福松應該審時度勢，條件對我鄭家有利，就應見好就收，不要再頑強抵抗，否則累及全家性命。沒錯，我要派信差傳話。」

「先生速謄抄一份留底。」我找來尹大器吩咐：「將正本回奏皇上。」

❖　❖　❖

四月下旬，錫麟奉議政王之命來訪。

「皇上和內大臣細讀鄭鴻逵和鄭成功回信，並傳林德和黃徵明問話，明瞭爵爺和鄭家受的委屈及盼望，皇上已下諭令，拿張學聖、馬得功、黃澍嚴審治罪，還鄭家一個公道。」錫麟說：「也會給爵爺和鄭鴻逵、鄭成功應得的封賞。」

「請姪少爺代我傳話議政王，下官感激不盡。」我起身向錫麟拱手拜謝，再派周繼武護送錫麟回府，並呈送議政王一份厚禮，內有珍珠、瑪瑙、黃金打造的珠寶，以及五百兩瓜子金。

❖　❖　❖

五月初十日，皇上命內大臣遏必隆率四名內監到安平園宣旨。我率鄭芝豹、鄭世忠等家眷百餘，設香案跪地接旨。

司儀內監喊道：「鄭芝龍、鄭芝豹等，接旨！」

遏必隆宣讀聖旨：

封精奇尼哈番鄭芝龍為同安侯、子鄭成功為海澄公、弟鄭鴻逵為奉化伯、鄭芝豹為左都督，欽此。

「謝皇上，吾皇萬歲！萬歲！萬萬歲！」我率眾人磕頭、謝恩。

再由內監宣讀一等精奇尼哈番鄭芝龍晉封同安侯聖旨：

奉

天承運皇帝制曰：

朕惟開國之始，論功錫爵，其爵有不酬功者，理當破格以尊顯之。爾鄭芝龍忠貞智勇，曾於明季經理海上，聲名已著。及朕定鼎中原，大兵未入福建，爾深識時務，先差人赴京投誠。及多羅貝勒統兵進福建，爾盡撤關隘守兵，無敢抗違王師，親率所屬官兵軍前投順，其心忠，其功偉。

彼時曾約以赴京朝見，加以封爵，乃睿王（多爾衮）攝政，僅授以精奇尼哈番之職，後又疑爾，撥兵看守九閱月，爾二子來京，方得釋豁。家中子弟灰心解體者，理勢必然，朕親政以來，每念芝龍功大賞薄，未愜於懷。

茲特封爾為同安侯，錫以誥命，子孫世襲，爾其益抒忠誠，竭力報效，服茲寵命，永永罔替，欽哉！故敕。

順治十年五月初十日

「謝皇上隆恩！」我再率百口家眷磕頭謝恩：「吾皇萬歲！萬歲！萬萬歲！」從遏必隆手中接下聖旨敕諭及同安侯印。

「宣！」一名司儀內監喊道：「皇上口諭！」

「朕今日晉封鄭芝龍爲同安侯，賜封鄭成功爲海澄公、鄭鴻逵爲奉化伯，另有敕諭一道，令爾等明瞭朕封賞爾等之德意及期許，另特遣滿洲章京碩色齎賜鄭成功『海澄公印』一顆、聖旨敕諭一道；鄭鴻逵『奉化伯印』一顆、聖旨敕諭一道，同差官周繼武領黃徵明、林德、陳福和李春四人同去，並賞鄭成功、鄭鴻逵、周繼武等七人衣服、鞾帽、銀兩。」

「謝皇上恩典！」我磕頭謝恩，並接過敕諭，我、鄭成功、鄭鴻逵各一道。禮成。

「恭喜侯爺！賀喜侯爺！」遏必隆拱手說：「侯爺一門四傑俱受皇上榮寵，晉封海澄公、同安侯、奉化伯和左都督，這公、侯、伯三爵一時俱落鄭家，一門貴顯，皇恩浩蕩，可見皇上厚愛侯爺一家人，無以復加！」

「臣謝皇上，皇恩浩蕩無涯，臣謹代表鄭家百口再謝皇上恩典。」我率鄭家眷屬、奴僕婢女百人再次下跪，朝天叩首謝恩。

遏必隆扶我起來。

「感謝大人不辭辛勞，率諸位內監大人前來安平園宣諭。」我說：「下官特備筵席恭候大人、內監諸位大人入席，以表謝意。」

「哈！哈！哈！」遏必隆說：「侯爺，我朝子爵位同正一品大臣，伯爵以上俱是超品，侯爺自稱下官，眞是折煞我也！」

「大人不必客氣，您當年戰功彪炳，晉封一等公的豪邁英姿，無人不知，何人不曉，我位居侯爵，當然是下官。」我拱手道：「再說自我來京師，受您老照顧良多，一直沒有機會答謝。」我拉著他的手：「乘此今日良緣，請您老受我鄭家好好招待，報答照顧之恩！」

「好！好！好！」遏必隆豪爽答應：「今日乃侯爺一家大喜之日，自當列席祝賀。」

席開十五桌，我和遏必隆、鄭芝豹坐上席；鄭世忠和鄭世恩陪四位內監坐次席，筵席上觥籌交錯，鄭芝豹、世忠、世恩、世蔭都來向遏必隆敬酒答謝，遏必隆喝酒喝得滿臉通紅，妙語如珠，賓主盡歡。

席間，我拱手上舉，「皇上這聖旨，說盡我心中的委屈，道盡我所受攝政王的苦處。」我舉杯道：「斗膽請大人再向皇上轉達感恩之意！」

「這道敕諭是由議政王奏請梗概，歷數侯爺在明季末年先派人進京找他轉達歸順之意，後受貝勒博洛、攝政王誘挾進京拘禁，撥個有大坑的地給侯爺建宅邸等刁難之事。」遏必隆說：「再由我口述皇上裁示，大學士范文程擬旨。」

「感謝議政王、大人及范大學士。」我舉杯再敬。

「由我向皇上代奏您的感激之情是不夠的。」

「請教大人，我該怎麼做？」

「爵爺既受封賞晉爵，應當上疏致謝意，方爲正辦。」

「是，是。我當盡速上疏謝皇上大恩大德。」我舉杯再敬遏必隆：「請教大人，皇上除了口諭之外，是否另有旨意未宣？」

「沒有。」遏必隆紅著臉，搖頭晃腦說：「但我提醒侯爺，務須細細研讀三道敕諭，這是我等內大臣承皇上的旨意，研討數日，精心擬稿，經皇上批准的敕諭，皇上的旨意盡在其中，盼侯爺好生揣摩，務必將皇上的隆恩厚愛精準傳達給令弟及長公子知悉，早日受撫，平定閩南沿海，替皇上分憂解勞。」

「是，是，大人指教得是！」我拱手答謝：「大人指教得是。」

席間，我吩咐鄭芝豹準備一份厚禮，有西班牙佛頭銀圓、黃金飾品、南海紅珊瑚，以及一把荷蘭刀致贈遏必隆。遏必隆反覆把玩荷蘭刀，愛不釋手，我彷彿看到了鰲拜當年把玩倭刀的樣子。

當日黃昏，我和芝豹展讀順治帝賜給我鄭家父子、兄弟的敕諭。

諭曰：朝廷報功，必隆其典；臣子效順，各因其時。茲爾鄭芝龍當大兵南下未抵閩中，即遣人來順，移檄撤兵；父子兄弟歸心本朝，厥功懋矣！

睿王（多爾袞）不體朕心，僅從薄敘；猜疑不釋，防範過嚴；在閩眷屬，又不行安插恩養，以致闔門惶懼，不能自安。雖鄭芝豹音信尚通，而鄭成功、鄭鴻逵恩義遂阻。加以地方撫鎮道官，不能宣揚德意，曲示懷柔；反貪利冒功，妄行啟釁。

廈門之事，咎在馬得功；而鴻逵遵依母教，任其旋師。足見諸臣身在海隅，不忘忠孝，朕甚嘉之！已將有罪官將提解究擬，即遣人齎敕傳諭，開導歸誠。

成功、鴻逵果令林德持家書來，並傳口語，芝龍隨即具奏。書詞雖涉矜誕，口語具見本懷。朕念爾等前有功而不能自明，後有心而不能上達；君臣誼隔、父子情疎（疏），爾等不安於衷亦已久矣。朕親政以來，知百姓瘡痍未起，不欲窮兵；爾等保眾自全，亦非悖逆。

今以芝龍首倡歸順，賞未酬功；特封為同安侯，錫之誥命。芝龍子成功為海澄公，芝龍弟鴻逵為奉化伯、芝豹為左軍都督府左都督總兵官，各食祿俸如例。成功、鴻逵另有專敕，芝豹遇缺推補。

朕推心置腹，不吝爵賞，嘉與更始。猶慮爾等疑畏徘徊，茲特遣差官周繼武、黃徵明往諭。敕諭到日，滿洲大軍即行撤回。閩海地方保障事宜，悉以委託。爾等當會同督撫商酌行事，應奏聞者不時奏聞。

爾等受茲寵命，果能殫心竭力，輯寧地方，實爾等之功。如或仍懷疑慮，不肯實心任事，以致地方不安，非徒誤朕封疆，亦且擾爾桑梓。揆情度理，爾等諒必不然。況爾等父兄在朕左右，子弟盡列公侯，懷君德則為忠臣，體親心則為孝子，順兄志則為悌弟，此爾等千載一時之遇也，可不勉哉！今奉差之周繼武、黃徵明及往來林德等，事竣之日各加官賞。朕命重申，服之無斁。欽哉！

「芝龍首倡歸順，賞未酬功；每念芝龍功大賞薄，未愜於懷。」我看著聖旨和敕諭，向鄭芝豹說：「皇上這幾句話，句句說中我心中的委屈，說得公允，說得漂亮，『特封爾爲同安侯』，將我從子爵升兩級變侯爵，雖然不是公爵，但是看得出皇上的誠意，我可以接受。」

「皇上說『廈門之事，咎在馬得功；而鴻逵遵依母教，任其旋師。足見諸臣身在海隅，不忘忠孝，朕甚嘉之！已將有罪官將提解究擬』，將四哥因爲大哥在京爲人質、二媽被挾持，致其被迫縱放馬得功一事，轉成孝子順母意放人。」鄭芝豹笑說：「成了皇上封四哥爲奉化伯的理由，這理由雖牽強，倒也說得過去。」

「重點在最後一段，要我等兄弟受封之後『殫心竭力，輯寧地方』，如果還有貳心……」我說。

「『況爾等父兄在朕左右』，這句才是要命的關鍵。」鄭芝豹接口道：「明白說了在京師的我和大哥、世忠三兄弟都是人質，雖然『子弟盡列公侯』，卻也是人質。」

「懷君德則爲忠臣，體親心則爲孝子，順兄志則爲悌弟。」我說：「皇上要我們對他盡忠，要福松服從我當孝子，要鴻逵順從我當個友順的悌弟，全家一網打盡。」

接著再讀「皇帝敕諭鎮守泉州等處地方充總兵官海澄公鄭成功」：

朕惟閩海粵區，兵戎重寄，置資勛胄，以靖封疆。

爾鄭成功乃我朝世襲同安侯鄭芝龍之子。曩大兵下閩，芝龍首倡來歸，雖經敘錄，未稱報功。緣睿王疑心輕聽，不計周全恩養，以致爾疑懼淹留，跡寄海中，情甘化外。

朕念父子大倫，慈孝天性，父既為功臣，子豈願為讎敵？但道阻且修，爾心無由上達。乃者，林德等持爾家書至，朕令內院大臣細詢口語，悉爾至情，朕惻然念之。推心置腹，何分新舊。即使海隅底定，防鎮亦必需才。與其另擇他人，豈如任用爾等？且爾父芝龍，舉不避親，力為保任。朕因加之封爵，畀以事權，聿同開國之功，特賜承家之慶。

茲封爾為海澄公，賜之敕印，鎮守泉州等處地方，祿俸如例。閩境海寇，悉聽便宜防剿。海洋船隻，俱令管理稽察，收納稅課。所部官員，照舊統轄，以俟敘錄。歸順人眾，具數奏聞，以便安插，地方官評民事詞訟錢糧，凡係有司職掌，自有督撫管理。

爾服此寵嘉，受茲信任，務殫心竭力，以圖報稱。海濱寧謐，惟爾之功。如果建有殊勛，仍加懋賞。山河帶礪，垂於永久，忠孝克全，身名俱泰，豈不休哉！爾其欽承之，毋替朕命！故諭。

皇帝敕諭充總兵官奉化伯鄭鴻逵：

國家統一區宇，先至者延賞，後順者廣恩，示無外也。

茲爾鄭鴻逵，乃本朝同安侯鄭芝龍之親弟。初為明臣，督兵京口。朕師南下，爾即率舟逸去。洎定八閩，爾兄來歸，爾隨退居白沙，遣散士卒。比年用兵，未聞抗敵。廈門之事咎在撫、鎮各官貪利冒功，爾又能翼馬得功全師使出。雖羈跡海上，實歸心朝廷，於家不失為孝，於國不失為忠，朕深嘉之！今已降勅諭，令爾兄子來歸，仍膺封爵。自今以後，將皆朕將，兵皆朕兵，各令安插得所。

茲特敕爾為奉化伯，充總兵官，食祿俸如例。至分鎮地方及近海應行事宜，會同督撫詳細報聞。

爾服茲寵榮，一門貴顯，其益篤忠貞，克盡職業，輯寧盜賊，鎮撫海隅，朕釋南顧之憂，復錫懋賞之典，尚其欽哉，毋替朕命！故諭。

「清朝眞正的招降目標是福松。只因爲福松手握重兵，清兵久勦無功，打不過只能招降，所以從忠孝伯連跳兩級晉封海澄公，位在侯上，兒子爵位在父親之上的還眞罕見。」鄭芝豹捧著兩道敕諭，自我解嘲說：「可憐大哥，您是籠中鳥，只能從平國公降級封同安侯；四哥鴻逵寄居白沙，手中無將無兵，僅封奉化伯，是一個空名；我呢？服從大哥歸順大清，又在京城當人質，一樣是鼎上游魚，有幸得封左都督，『遇缺推補』無實際職務，也是空名一個。」

「目前雖是空名，但是『卽使海隅底定，防鎭亦必需才。與其另擇他人，豈如任用爾等』，則非空名。」我指著敕諭說：「這句話可說是順水推舟，也可說是實話。」

「何以見得？」芝豹問。

「你看這『鎭守泉州等處地方；閩境海寇，悉聽便宜防勦。海洋船隻，俱令管理稽察，收納稅課。所部官員，照舊統轄，以俟敘錄。歸順人衆，具數奏聞，以便安插，地方官評民事詞訟錢糧，凡係有司職掌，自有督撫管理。』就是皇上授權福松，只管泉州府的軍務、洋務，可以繼續海上貿易、經商賺錢，但不能碰吏治訴訟。」我說：「這與明朝當年招降我的條件相同，清朝給的甚至更好，封公爵，職務充總兵官，當年我歸順明朝時只是五虎遊擊。」

「大哥說得對，福松如同當年的大哥率衆兄弟侵襲閩粵沿海郡縣，大淸如同當年的大明，剿之不能剿，防之不能防，唯有招撫一途。」鄭芝豹搓著手興奮地說：「這可是一筆好買賣，大哥可要告訴福松此一至關緊要的關鍵，勸他見好就收，抓好時機歸順大清。」

「沒錯，只要皇上守信，我鄭家又可以像明季崇禎年間一樣，掌握海上貿易之鑰，經商致富。」我眼睛亮起來：「我要周繼武、黃徵明帶口信，力勸福松歸順。」

❖　❖　❖

盼望是哪一種心情？

自從周繼武與滿洲章京碩色五月底出發往安平，我的一顆心就懸著，時而懸在半空，時而浸沉在冰冷深洋大海，時而泡在滾燙銅汁，時而埋在千尺萬仞山。

數著日子，計算周繼武等人的腳程到哪裡。

設想，福松聽了周繼武傳達我的口信，會有什麼想法？他會如何接待特使碩色，他會接受順治皇帝的詔令受撫嗎？如果，他拒絕投誠，繼續反清復明，我該怎麼辦？鄭家一家老小會落入什麼境地？

千頭萬緒，整日徘徊腦中，揮之不去，驅之不離，像懷裡抱著千斤鐵球，卸不下，甩不脫，無時無刻不折磨。

終於盼到十月中旬，碩色一行人回京。

「啟稟一官爺。」周繼武見面第一句話：「福松少爺未接皇上詔令，退海澄公印，拒不受撫。」

「爲什麼？」我震驚，頹然而坐。

「福松少爺說，僅泉州一府不足以安插衆多兵將，錢糧難以支給。」黃徵明說：「少爺又說，海澄公雖是五等上爵，但職僅充總兵官，職位尙在提督之下，將來遇到提督，該用何等禮儀見面？理由俱寫在回信裡，請爵爺觀覽。」說罷，呈上一封信。

父親大人膝下：

自古改朝換代之際，英雄逐鹿中原，問鼎天下，天命有歸，此時君擇臣，臣亦擇君。大清新君許予海澄公議和，先遣特使帶印來閩，後令固山額真金礪派兵襲擾，一攻一議，二、三其令，失信若此，令吾人與吾民如何相信大清新君之誠？之前貝勒博洛許吾父『畀（音必，給予）以三省，海寇責命管理防剿』，並非僅沿海地方。退萬步言，吾兵卒衆多，一府難以安插，錢糧委難支給。

夫沿海地方，泉、漳、潮、惠我所固有者也。東西洋餉，我所自生自殖者也，進戰退守，綽綽餘裕；豈肯以坐享者反而受制於人乎？

且以閩粵論之，利害明甚，何清朝莫有識者。蓋閩粵，海邊也，離京師數千餘里，道途阻遠，人馬疲敝，兼之水土不諳，死亡殆盡。兵寡則難守，兵多則勢必召集。加集則糧食必至於難支，兵食不支，則地方不可守。虛耗錢糧而爭不可守之土，此有害而無利者也。

如父在本朝坐鎮閩粵，山海寧謐，朝廷不費一矢之勞，餉兵之外，尚有解京。朝廷享其利，而百姓受其福。此有利而無害也，清朝不能效本朝之妙算，而勞師遠圖，年年空費無益之貲，將何以善其後乎？

勸清朝新君，用人莫疑，疑人莫用，觀此局勢，莫若父親致力於內，兒盡力於外，付託得人，地方安靜。

我看罷回信，既驚又喜又擔心。

驚的是，福松如此斷然拒絕皇上的厚愛美意，如果激怒皇上，我鄭家在京二十餘口，命運未卜。

喜的是，福松談判折衝，討價還價的能力令我刮目相看。他敢以實力向皇上開高價，一個泉州府地界太小，不足安插兵馬，要求最少要給泉、漳、潮、惠四府，甚至三省，以安插人馬。這是實話。我鄭家在我來京前，所能掌握的貿易碼頭，北從福州，南抵惠州，泉、漳、潮、惠四府沿海港口俱在我掌握中，能保有四府沿海港口、碼頭，才能持續對東洋和南洋經商貿易。

「蓋閩粵，海邊也，離京師數千餘里，道途阻遠，人馬疲敝，兼之水土不諳，死亡殆盡。兵寡則必難守，兵多則勢必召集。加集則糧食必至於難支，兵食不支，則地方不可守。虛耗錢糧而爭不可守之土，此有害而無利者也。」這段話說中了清朝的痛點，也是內大臣力主招撫福松的原因。

我拿著信在庭院中繞圈子，躊躇良久，思之再三，這最後一句「莫若父親致力於內，兒盡力於外，付託得人，地方安靜」，代表福松有談和之念，沒有完全斷絕議和之意，急令尹大器速抄錄一份副本，將此信上奏皇上，並強調最後這句話的弦外之音。

十一月，北國秋天，黃葉飄零，楓紅滿地，順治皇帝顯然是聽進了弦外之音，再次下諭，除了仍封福松爲海澄公，並答應福松的要求，增加「給泉、漳、潮、惠四府；加掛靖海將軍印，位在提督之上」，遣兩名特使攜海澄印、靖海將軍印，再往閩南。

❖ ❖ ❖

次年，順治十一年（一六五四）五月初，春天開始遠離，樹葉從嫩綠逐漸轉爲青綠色，烏雀在樹梢飛上飛下追逐嬉戲，南風陣陣帶來溫暖的氣息。

南風也帶回兩特使，他們千里迢迢從閩南回京上奏：「鄭成功接詔書但不接聖旨，收授海澄公印、靖海將軍印，但不薙髮。另要求畀以全閩，且因地近舟山，請就近支給溫、臺、寧、紹等處錢糧。」

同月十三日，福建提督楊名高上疏到京：「成功雖經就撫，而奉詔不恭、衣冠如舊……且縱兵焚掠，侵擾延、建等處，情甚叵測。」

「皇上非常生氣，怒摔茶杯，大罵鄭成功貪得無厭。」議政王鰲拜遣錫麟通知我此事，錫麟說：「內大臣皆主張派遣大軍征剿，議政王不好當庭反對，且待皇上氣消再進言。」

「惶恐！惶恐！」我下跪求情：「請少爺回稟議政王，盼在皇上面前多美言幾句，吾子叛逆非一日，盼皇上再給議和機會，我將遣二子世忠、四子世蔭同往閩南，勸說逆子歸順我大清。」

隨後派鄭芝豹護送錫麟回府，贈五罈好酒，其中三罈內置瓜子金共兩百兩、人蔘、珠寶等貴重飾品。

數日後，皇上怒氣稍歇，議政王鰲拜趁機進言，以閩粵離京師數千餘里，道途阻遠，人乏馬疲，瘴氣山林，易守難攻，莫如仿明季，招撫鄭家父子，委以鎮守，對清朝最有利。

皇上幾經斟酌，七月初二日再下諭福松：

爾若懷疑猶豫，原無歸誠實心，當明白陳說；順逆兩端，一言可決。薙髮歸順則已，如不歸順，爾其熟思審圖，毋貽後悔。

此詔令省卻繁言，開門見山，直接說這是最後機會，要不要薙髮歸順，一言可決。順治皇帝再遣內院大臣爲特使赴閩，我也派鄭世忠、鄭世蔭隨特使赴閩勸說福松。

「告訴福松，這是皇上給的最後機會。」臨行前，我吩咐世忠、世蔭：「我曾久侍前明崇禎、弘光、隆武三帝，依我觀察，大清的皇帝強過大明的皇帝。再說，又不是要打天下，除非福松想要打天下自立爲王，才值得拚命。否則，無論在大明、在大清，同樣都是當皇上的臣子，當臣子的人，最要緊的是榮華富貴，光宗耀祖。單憑光宗耀祖這點，清朝給福松的條件，遠優於當年大明給我的條件，可是五等上爵之一的海澄公，我當年只是一個小小的水師五虎遊擊。」

「你們要勸福松認清這點，歸順大清，站在勢力大的這邊，我們鄭家同樣領有泉、漳、潮、惠四府沿海諸港口，可以繼續經商貿易，榮華富貴，而且能安定閩粵沿海，存活千千萬萬人民，這才是最重要的。」我最後交代世忠兩兄弟。

「跪別父親大人。」世忠和世蔭下跪拜別說：「一定遵照父親吩咐，如實傳話長兄。」

季節轉眼又深秋，十一月十四日，前往閩南的特使、世忠和世蔭回京。看著世忠兩兄弟哭喪的表情，我心知大事不妙。

鄭世忠出示一封福松寫給他們兄弟的信，黃徵明呈上福松給我的信。

看完信，我佇立良久，無法言語。

鄭芝豹一把搶過信，方看完一封，即大叫：「完了！完了！」看完第二封信，竟昏眩欲倒，用河洛話喃喃自語：「去了了，去了了。」

兄弟隔別數載，聚首幾日，忽然被挾而去，天也！命也！

福松寫給世忠、世蔭的信，其實是寫給皇上看的，再曰：

弟之多方勸諫，繼以痛哭，可謂無所不至矣。而兄之堅貞自持，不特利害不能以動其心，即斧刃加吾頸，亦不能移吾志。何則？決之已早，而籌之已熟矣。

（清人）總其立心，只用挾之一字而已，況兄豈可挾之人也哉？

夫虎豹生之深山，百物懼焉，一入檻阱之中，搖尾而乞憐者，自知其不足以制之也。夫鳳凰翱翔於千仞之上，悠悠乎宇宙之間，任其縱橫而所之者，超超然脫乎世俗之外者也。兄名聞華夷久矣，用兵老矣，豈有捨鳳凰而就虎豹者哉？惟吾弟善事父母，厥盡孝道，從此之後，勿以兄為念。

「虎豹說的正是我。」我對鄭芝豹說：「檻阱中的我現在只能向皇上、向大清搖尾乞憐。乞憐給我自由，給我一塊不要有大坑的地蓋屋，給我一個安穩的日子。」

大抵清朝外以禮貌待吾父，內實以奇貨視吾父。今此番之敕書，與詔使之動舉，明明欲借父以挾子，一挾則無所不挾。而兒豈可挾之人哉？且吾父往見貝勒之時，已入彀中，其得全至今者，亦大幸也，萬一吾父不幸，天也！命也！兒只有縞素復仇，以結忠孝之局耳。

「縞素復仇，以結忠孝之局。」鄭芝豹指著福松寫給我的信：「皇上看到這段，一定會震怒，乾脆成全福松的忠孝結局。我們完了，全家命在旦夕。」說罷大哭，世忠、世蔭也頻頻拭淚。

「在悠悠乎宇宙之間翱翔的福松，不在乎我的生死，不在乎全家的命運，決計是不降了。」

我頹然嘆道：「他眞的要縞素復仇，我眞要命喪在這個執迷不悟的痴兒手中！」

依規定，我將這兩封家書上呈皇上御覽，並上疏：

臣逆子成功請地益餉，抗不薙髮；寄臣書信，語多違悖，妄誕無忌。臣不敢隱匿，謹將原信二封繳呈聖覽。臣當席藁待罪（跪席請罪）。

❖ ❖ ❖

「皇上看了您的奏疏後大怒，將兩封信發交王公貝勒、大臣會議，商討對策。」議政王遣錫麟連夜來訪：「家叔要我告訴爵爺，他現在只能當議政王，不能當大力龜。」

「是，下官明瞭。」我了解，鰲拜此時也無力替我排解，只能盡職當他的議政王，以朝廷的利益爲利益。我作揖回稱：「請姪少爺回稟議政王，多謝議政王厚愛，下官跪席待罪。」

四天後，錫麟再訪轉述，議政王、貝勒、大臣會議的結論：

鄭成功屢經寬宥，遣官招撫，並無薙髮投誠之意。且寄伊父芝龍家書，語詞悖妄，肆無忌憚，不降之心已決。請敕該督、撫、鎮整頓軍營，固守汛界；勿令逆眾登岸，騷擾生民。遇有乘間上岸者，發兵撲剿。

「皇上已准奏，決心剿滅鄭成功。可能還會有下一波更大的行動。」錫麟說完，猶如畏懼傳染惡疾似的，迅速離去。

果然，下一波行動迅即來襲。

十二月十六日，皇上下旨命世子濟度爲定遠大將軍，與多羅貝勒巴爾處渾、固山貝子吳達海、固山額眞噶達渾統率二十萬將士南征福建。

再調升江西九江總兵官楊捷、福建泉州總兵官馬得功、浙江金華總兵官馬進寶爲征福建右路、中路和左路總兵官，率三地士卒二十萬，合四十萬馬步兵士，由定遠大將軍濟度統一指揮調度。

皇上並對我下令：

令同安侯不得與海逆鄭成功通信、貨物往來，違者以通敵、謀叛革職論罪。

我看著邸報，皇上下令濟度大軍在凜冬十二月、即將過年前夕，立即開拔南下福建泉州、廈門，可見皇上心中有多著急，恨不能直撲泉州、廈門與福松決戰。

其中，福建泉州總兵官馬得功充任中路隨征總兵官。之前皇上拿他問罪襲劫廈門，搶掠我鄭家財產之罪，看來只是兒戲，不僅未懲處，今日反而復職還升官，若他再到廈門，肯定會報當日之仇。

我的一顆心直沉入海，深冷的海水中，幽暗無光，冰心透涼，寒毛直豎，聽不到聲音，心臟停止跳動，我的命運、鄭氏家族的安危，全都寄託在千里之外的清鄭決戰。

51 賣主求榮

大清世子濟度率大軍征閩南，一年半載，戰事不順，猶如當年明朝發兵剿我海上兄弟那般，對飄忽不定的戰船束手無策。

去年，濟度率四十萬大軍攻閩南，福松則北征浙江攻下舟山群島，收伏大清守將巴臣興、臺州守備馬信，再回師閩南毀安平城、同安諸縣城，收兵固守廈門，與大清大兵隔海對峙。

皇上獲報得知追剿鄭軍無效，無奈之餘，下達《禁海令》：

海逆鄭成功等竄海隅，至令尚未剿滅，必有奸人暗通線索，貪圖厚利，貿易往來，資以糧物。

自今以後，嚴禁商民船隻私自出海；將糧食、貨物等項與逆賊貿易者俱行正法、家產盡給告發人；地方保甲通同容隱、不告發者皆論死；沿海地方大小賊船可容泊登岸之處，或築土壩、樹木柵設法攔阻，不許片帆入口，一賊登岸。

順治十三年六月十六日

這項《禁海令》，與前朝大明朝自光啟皇帝至崇禎皇帝下達多次的禁海令如出一轍，言者諄諄，聽者藐藐，徒生民怨，知易行難，無法徹底實施。

不數日，又下詔，令山東到廣東的沿海各省督撫、州道府縣丞、總兵官等廣貼《懸賞令》榜文：

如賊中偽官人等（即鄭家軍）……更能設計擒斬鄭成功等賊渠來獻者，首功封以高爵，次等亦加世職。同來有功人等，顯官厚賞，皆所不惜。

若鄭家軍有帶兵、帶船和帶眷家投誠者，一律破格升官；凡能抓到或擒斬福松的人，封以高爵，有次等功勞的人也封官，而且官職可以世代相傳。

從《禁海令》和《懸賞令》，可見朝廷和皇上亟欲攻占閩南，急切想消滅福松和鄭家軍，更顯出世子率領的大清馬步兵，對征戰無功，剿之無方，只能圍堵和提高賞格，冀望製造鄭家軍內部窩裡反，瓦解鄭家軍。

對此，我並不擔心。但是，七月卻傳來令我震驚的消息。

福松麾下防守漳州海澄縣城與港口的守將黃梧，率兩名副將蘇明、鄭純投降大清世子濟度，獻出海澄城。

「海澄是我鄭家儲存火砲、兵械和彈藥、糧粟的重鎮，海澄一失，軍火盡喪。」鄭芝豹也急得跳腳：「將重挫福松和四哥所部官兵的戰力。」

「這……這……黃梧，不是在我被挾持北上赴京師那晚受傷失蹤了嗎？」我一時頭昏腦脹，「黃梧什麼時候投入福松麾下？」

鄭芝豹搖頭，周繼武也搖頭。

「啊！」我呆坐半晌，恍然大悟：「原來是他，不是施郎，原來他才是臥底的，不是施郎！」

「對，一官爺，是黃梧！」周繼武也想通了：「那晚，我看到黃梧被清兵擊倒捆綁拖走，可能是演戲，掩人耳目。」

「沒錯。」我一點通迅即萬點通，猶如堵塞的小溪，水氾濫溢流衝破石塊奔騰而下：「黃梧早在我派他當信差與洪承疇往來時，已被洪承疇收買，進而洩漏我鄭家軍的部署，致我被博洛懷疑詐降，綁我到京城。」

「可惡！」鄭芝豹暴跳如雷：「原來他是臥底叛將，趁機又重回福松陣營獲重用，再降清獻海澄。」

「啊！啊！啊！」我氣急敗壞，自責識人不明，又怨遭黃梧背叛，害了福松。

那背叛的傷如扯筋斷脈痛入心肺，無法言語，只能大吼大叫、急走、捶胸頓足，氣急攻心之下我竟又昏厥。

林德說，我昏迷兩個時辰才轉醒。

喝了一帖補氣湯，我又昏沉多日。

❖　❖　❖

黃梧獻海澄，是世子濟度率軍南征福建一年半載以來最大的勝利，皇上龍心大悅，九月二十日下詔，故意將福松不接受的海澄公封賞黃梧。

朕撫御寰區、綏安黎庶，期與天下共底蕩平。未歸則廣示維新，既順則丕彰優異；蓋不煩師旅以格遠人，首錄元功而鼓忠義也。

近因海氛未靖，特頒敕諭招徠。

爾黃梧獨能於敕諭未到之先，即識時知命，棄逆來歸。且殺賊獻城，救闔邑之性命；率民薙髮，遵當代之章程。帶領官兵，兼多火砲。嘉此英勇，慕我恩威！同德同心，先海濱而向化；馭富馭貴，當爵賞之特頒。

茲封爾為海澄公，給與敕印，爾其益奮忠勤，滅賊固圍；式建膚功，用膺懋賞。欽哉！

「帶領官兵，兼多火砲。」我看著邸報上封海澄公黃梧的詔令，「兼多火砲才是黃梧獲封海澄公的原因。」我想起那些火砲，尤其是紅毛大砲，是我多年來陸續透過談判、軟硬兼施才從荷蘭手上買到的，還有少許英國大砲，威力更強，打得更遠，我將之儲存在海澄港軍械庫，做爲銅山、金門、南澳和漳州船隊的軍火補給和修理中心。

黃梧一定是帶著火砲營隊和軍火庫投誠，讓皇上獲得一座海上碉堡，才獲得公爵的封賞。

我回想起從日本回航安平時，在福州外海初見在船上當直庫的黃梧，見他識字、懂算學、誠懇勤奮，特別提拔他歷練學習掌船，調到火砲營、騎兵營學火砲操作和馬步兵戰法，再調到水師見習船艦戰法，最終擔任我與大清朝談判的信使，讓他一路晉升到水師副統領。

我如此一路提拔、栽培和信任的人，終究還是背叛我。

「忘恩負義」、「賣主求榮」這兩句話在我腦海中徘徊不去，是什麼原因讓他忘恩？是什麼令他求榮？

❖ ❖ ❖

「爵爺，不好了！不好了！」尹大器一早就被議政王府的師爺約去喝茶，現在錫麟也不來了，議政王鰲拜有事，換成透過師爺傳達。

「怎麼了？」連年無好事，稍有風吹草動我卽驚懼異常。

「海澄公黃梧，上疏向皇上獻『平海五策』。」尹大器指著手抄的兩張紙說：「要滅鄭家的根，刨鄭家祖墳，斷鄭家的銀根。」

「哪五策？」我急著搶過尹大器手中的兩張紙：「我看看。」

黃梧獻計指出，金門、廈門兩島彈丸之地，得以抗拒大清至今，皆因沿海人民爲利走險，糧餉、油、鐵、桅船之物，靡不接濟，令鄭成功得以盤據兩島抗我大清兵，若採以下五策，鄭氏不攻自滅。

一曰，遷界。遷沿海居民於內地，距海三十里。若自山東、江蘇、浙、閩、粵沿海居民盡遷徙入內地，不令人居，則賊衆乏糧、油、鐵物資，糧草不繼，不攻自滅。

二曰，寸板不許下海。將所有沿海船隻盡行燒毀，寸板不許下海。凡溪河豎椿柵，貨物不許越界，時刻瞭望，違者死無赦。如此半載，海賊船隻無可修葺，自然朽爛；賊糧草不繼，自然瓦解。

三曰，沒入五大商，斷銀根。鄭氏有五大商，在京師、蘇、杭、山東等處，經營財貨，以濟其用，當查出沒收，斷其銀根。

四曰，剗祖墳，洩眾恨。鄭氏祖墳風水甚佳，庇蔭子孫。然叛臣賊子誅及九族，況其祖乎？悉一概遷毀，暴露殄滅，斷其命脈。

五曰，散其眾，絕後患。鄭氏投誠官兵仍散住沿海各府州縣，虛靡錢糧，倘有作祟，貽害地方不淺。可將投誠官兵移往內陸各省，分墾荒地，以散其黨，絕其後患。

看完黃梧的《平海五策》，我的心如被撕裂。

遷界和寸板不許下海，知易行難，從明朝幾次禁海令皆失敗可證；遷界，勞民傷財，沿海居民內遷，失去田園家宅，馬上多出成百上千萬流民，要住哪裡？

刨祖墳影響風水，沒有立卽的危險；散其衆，鄭家官兵既然已經投誠大清，自不會再對鄭家盡力，沒有立卽的威脅。

眞正有殺傷力的是「沒入五大商」，斷了山五商及各地分店買賣、運輸內地省分貨物給海五商的路線，將重創海五商對洋人和日本的貿易。減少或沒有經商貿易盈餘，就無法發餉，沒有糧餉就沒有軍隊。

「大哥不斷提拔黃梧，如此信任他，從一個小直庫到水師副統領，他竟然如此對待我們。」

鄭芝豹看完《平海五策》大罵：「黃梧爲什麼那麼狠？要斷我家的銀根，刨我家的祖墳？」

「這也是我一直在想的事。」我有氣無力地回答：「我到底哪裡得罪他？」

❖ ❖ ❖

一波未平，一波又起。

順治十四年（一六五七）二月，寒食節剛過，正當冰雪消融，滿地泥濘，屋外寒風凜冽，我與鄭芝豹和世忠、世恩在書房圍著火爐取暖，顏氏抱著世忠的二子，世蔭的妻子也抱著長子在座，兩名男嬰都剛剛滿月，大家一邊逗著嬰兒，一邊聊起在安平、廈門過年的種種，懷念過往的美好歲月，正談得興高采烈之際，「叩！叩！叩！」一陣急促敲門聲。

周繼武推門而入，一陣寒風颳進室內，驅走暖意。

「一官爺、一官爺！」周繼武手指門外急著說：「京師九門提督嚴肅明大人率領大批捕快和衙役直闖進來了！」

「什麼事？」我問。

「沒說。」周繼武說：「提督只說要找一官爺。」

室內人人驚悚，氣氛降至冰點，兩名嬰兒放聲大哭，顏氏急著安撫。

我起身走到門口，捕快羅九雄身後跟著七、八個穿黑衣皂靴的衙役，快步走到簷下，捕快羅九雄抽刀指著我：「侯爺，咱又見面了，還不束手就擒！」

「大膽！」鄭世忠站在身旁喝道：「此乃同安侯府，我乃御前二等待衛鄭世忠，哪裡來的捕快來此造次！」

「哈！哈！哈！」羅九雄回頭和衙役互望，一群人大笑，「同安侯府？我們正是奉旨要拿同安侯鄭芝龍、御前侍衛鄭世忠、鄭芝豹、鄭世恩、鄭世蔭還有鄭世默，共六人。」羅九雄刀一揮：「給我拿下！」

一群衙役拿著繩子欲套上我和鄭芝豹、世忠和世蔭的雙手。世忠見狀推開衙役，世恩也與另兩個衙役推打，彼此叫囂叫嚷。

叫嚷、打鬥聲令顏氏和世蔭的妻子尖叫走避，兩個嬰兒哭得更大聲，室內、室外亂成一團。

此時，九門提督嚴肅明率更多衙役趕到，世恩和世默雙手反綁被推著走過來。

嚴肅明對我大喝：「同安侯住手。」向衙役揮手道：「給我全拿下，男人不許走脫一個，待驗明正身再解套。」

「世忠、世蔭住手。」我喝道：「配合嚴大人辦事。」

「感謝同安侯識大體配合，省得我大費周章。」嚴肅明說：「我也是奉大內欽命辦事，至於原因爲何，下官亦不甚明白。」

「我們要去哪裡？」

「刑部大牢。」嚴肅明說：「下人要送飯，就去刑部大牢打聽吧！」

一群衙役同時將我父子、鄭芝豹和周繼武五花大綁，驗明身分後再將周繼武鬆綁，將我父子五人與鄭芝豹共六人送上囚車。

車轍陷在深深的泥濘顛簸前進，冷涼的風吹在臉上，天空飄下雪花，落在我的臉上、衣襟、袍子和綁著繩子的手腕上，晶瑩透明，不多時消融成水，滑下臉頰。我一直擔心的事終於發生了。

❖ ❖ ❖

刑部大堂。

內大臣蘇克薩哈、遏必隆坐在審案主座，刑部侍郎坐在右側一張小桌，桌上有一疊文件。

「同安侯乃三等上爵，未論罪前，可站著回答。」遏必隆向九門提督嚴肅明說：「將同安侯及左都督鬆綁。」

「喳！」嚴肅明躬身回答，指揮衙役將我和芝豹鬆綁。

我甩甩手，撫平袖子和長袍，昂然站在大堂上，面對設想過千百遍又希望能有一絲絲僥倖的未來命運。

「啪！」蘇克薩哈用力擲打驚堂木，大喝：「鄭芝龍，你可知罪？」

「恕下官愚昧，不知罪從何來。」

「皇上之前是否下詔，令你不可與汝逆子鄭成功通信往來？」蘇克薩哈問。

「是，皇上確有賜我此詔令。」

「這兩年，你是否有跟鄭成功書信往來？」

「這……」我一時心慌：「有……一、兩封皆是過年過節問候之語。」

「侍郎大人，皇上的詔令內容為何？」蘇克薩哈：「念給同安侯聽聽。」

「喳！」刑部侍郎站起來捧著詔令大聲朗誦：「順治十一年十二月十六日，皇上下諭：令同安侯不得與海逆鄭成功通信、貨物往來，違者以通敵、謀叛革職論罪。」

「啪！」蘇克薩哈再敲擲驚堂木，大喝：「你可知罪？」

「下官……下官知罪。」我想著如何辯解和脫身：「這一兩封信皆是問候之語，未論及國家大事，難道……難道……連父子之間、人倫之常也不能通信？」

「僅止父子之間通情問候之語？」蘇克薩哈拿起桌上的一張紙念道：「曩昔父不聽汝言，如今虎豹入檻欄只能搖尾乞憐，苟求餘命；汝似鳳凰翱翔悠悠乎宇宙之間，得展所願，莫如父所為……」他問：「你是虎豹，鄭成功是鳳凰，得展所願，所願是什麼？不就是指擁兵自重，不薙髮、不降我大清？」

「下官……」

「還有，」蘇克薩哈揮手阻止我回答：「余已命鄭興續掌西洋貿易，楊耿執導東洋生意，每月九三（初九日、二十三日）派發盈餘以供糧餉。」他問：「你在京師，遙控閩南、東瀛提派銀兩供鄭成功糧餉，抗我大清，還說僅只逢年過節父子問候之語？這不是國家大事，什麼是國家大事？」

「我不知道這些內容，信從何來？想必有人栽贓。」

「栽贓？」蘇克薩哈令刑部侍郎：「拿給他看。」

「總共十七封信，俱是與鄭成功互通音訊。」刑部侍郎和一名衙役捧著信到我面前，讓我一一瀏覽。

「這不是下官所寫的字，亦不是逆子鄭成功的字。」我回稱：「不知何人捏造、栽贓。」

「事到如今，還不認罪。」蘇克薩哈沉聲低喝：「帶證人。」

我和芝豹轉身向後看，世忠、世恩、世蔭和世默四兄弟被綁手跪在地下，後方走出一名身形瘦小男子，直走進大堂。

「尹大器！」鄭芝豹失口喊了他的名字。

我閉上眼睛，血充腦門，心跳得像在打鼓，雙手顫抖。

「來者何人？」蘇克薩哈問。

「啟稟大人，草民尹大器，福建晉江人。」尹大器下跪回答：「我在同安侯鄭芝龍府邸充任僚友、師爺，供侯爺差遣專辦書類文書。」

「你獻出的這十七封信，從何而來？」

「是這兩年我替侯爺回信給鄭成功的十封信副本，以及鄭成功派人送到京師給侯爺的七封信副本。」尹大器說：「俱是我趁謄寫時一字一句照原信抄下來的，未增一字，未減一語。」

「尹大器，你在鄭家供職幾年？」蘇克薩哈問：「爲何要出首鄭芝龍？」

「草民在鄭家供職十年有餘。」尹大器跪著說：「因皇上前年有旨，但侯爺違旨暗中與鄭逆往來頻仍，通信僅是其中之一，還有金銀、貨物等，小的只有耳聞，未曾經辦。我認爲這是違抗皇上旨意，大逆不道之事，故勇於出首檢舉。」

「好，只要同安侯認罪，皇上一定大大有賞。」蘇克薩哈一臉得意轉頭問我：「鄭芝龍，你可知罪？」

「我……我……」我氣得無法回答，再也壓抑不住，掄拳往尹大器打去，重擊他的臉，一拳將他打趴在地，怒吼：「我待你不薄！待你不薄，爲何出賣我？爲何出賣我？」

我馬上被數名一擁而上的衙役架開。

趴在地上的尹大器，慢條斯理地起身、跪好，整理頭髮和衣服，抬頭看著蘇克薩哈，沒有回答。

「尹大器，」蘇克薩哈用得意的聲調說：「准你回答你的老東家，讓他死得瞑目。」

「是，謝大人。」尹大器站起身面對我說：「侯爺待我不薄，小的銘感五內，只是……只是，小的也想衣錦還鄉。」

「你……你……」我氣急敗壞大喊：「你賣主求榮！賣主求榮……」說完，眼前一黑，天旋地轉。我聽到遏必隆大喊：「快找大夫！」接著我就陷入一片黑暗。

不知過了多久，我清醒之後，大夫確定我身體無恙。

「九門提督嚴大人，同安侯鄭芝龍乃皇上欽命重犯，命你監管送進刑部大牢。」蘇克薩哈下令：「只准鄭家人送飯，不准交談、通信，不准送書畫詩冊，若有差錯，唯你是問，重懲論罪。」

「喳！」嚴肅明單膝下跪受命。

四個衙役抬起床架移動，我在搖搖晃晃中又昏過去。

❖ ❖ ❖

時間在黑暗中流逝，待清醒時，我已經躺在刑部大牢獨囚室的乾麥稈堆上面，身上蓋著棉被，還有一床墊被，想是家人送過來的。囚室內有張小桌、兩把椅子，桌上點一盞油燈，燈芯跳耀閃亮。

等我完全清醒，手腳可以活動才起身，拿起桌上用厚棉布包裹著的湯罐，喝了幾口尚有餘溫的雞湯，又吃一塊雞肉就擱下筷子。雞湯和雞肉鮮美依舊，但是我完全沒有胃口。

黑暗中，我看著熒熒燭光發呆，一片混沌的思緒逐漸清明。我先釐清今天發生的事情，想起尹大器的話，遭背叛的怏怏不平、悲憤怨恨一股腦湧上心頭，我氣得大吼大叫：「啊！啊！爲什麼？爲什麼？」

我用盡全身力氣不斷地怒吼，不停地問：「爲什麼？爲什麼？」

沒有人回答我，只有兩名獄卒站在欄杆外冷冷地看著我。

我用盡力氣吼叫後，筋疲力竭，抓著厚實木欄杆跪下來。

突然想到，我在北京這十一年來，所作所爲幾乎都被尹大器掌握，他會再說出什麼？他可能會和盤托出我籌錢救鰲拜的事，以及我和鰲拜往來的經過以邀功。

這些事想必正中內大臣蘇克薩哈的下懷，可以拿來爲攝政王多爾袞報仇。我擔心鰲拜的處境，我感到不知所措，但我已無能爲力。

我就這樣在微弱的燭光中坐到天亮。陽光從囚室上方的小窗照進來，讓我得以分辨日夜。

我想起當年在平戶碼頭的小囚房，房頂也有一個透著亮光的小天窗。我心中響起了聖歌，忍不住輕輕地哼唱，輕輕地哼唱，愈來愈大聲，我索性在囚房裡大聲唱著聖歌，大聲背誦《玫瑰經》、《聖母經》，所有我還記得的經文，從片片段段開始，慢慢地想起完整的經文。我感到懊悔，祈求聖母解救我，祈禱聖母再派一位藩主降臨救我出去。

唱完聖歌，我背誦唐詩、宋詞，念著念著，念到痛哭流涕。

我最喜歡前朝楊慎寫的〈臨江仙〉：

滾滾長江東逝水，浪花淘盡英雄。是非成敗轉頭空。
青山依舊在，幾度夕陽紅。
白髮漁樵江渚上，慣看秋月春風。一壺濁酒喜相逢。
古今多少事，都付笑談中。

每次念到「是非成敗轉頭空」，我都哭得不能自已。

就這樣看著天光，念經文、背詩詞，打發這無盡的長夜和未知的白日。日復一日，夜復一夜。

有一天，家僕送來的飯食中有粽子，我才知道時至端午。轉眼間，我被囚禁了三個多月。

「侯爺，有客探監來了！」

「我不是禁止見客嗎？」我心納悶，除了奉命審問我的人，何人能來探監？

52 是非成敗轉頭空

一個微有駝背、光頭，右肩掛著一條小辮子的人走進來，他走到向光明亮處，我才看清楚是洪承疇。他變瘦了，兩頰凹陷，面容清臞，但兩眼依然炯炯有神。

「久違了，侯爺！」洪承疇拱手作揖：「近日可好？」

「我被你騙到北京當了十一年籠中鳥，如今被囚在刑部大牢，睡麥稈堆，你看我可好嗎？」我氣憤地拂袖轉身：「你倒是靠我們這批大明降將升官又發財，獲得皇上重用，江南招撫大學士，您好啊！」

「侯爺還在記恨我？」洪承疇兩手一攤說：「當年貝勒博洛允諾皇上會賞賜封爵，如今皇上已經賜封你爲同安侯，乃三等上爵，遠高於我這一品大臣，我並未失信於你。」

「當年若非你誘騙我到福州，我怎麼會淪落至此？」

「這要怪侯爺自個兒。其一，『陳平之閒項也，黃金勝百戰』是侯爺的名言，您自己卻也上了封王封爵的黃金鉤。」洪承疇說：「其二，是你將部衆和馬步軍、水師戰船兵分四處，自保實力，欲降不降，觀望局勢，事後又軍機外洩，引起貝勒爺博洛不滿，認爲你沒有歸清誠意，才下令挾你到北京，是侯爺自誤大好前程。如果當年侯爺果斷率大軍歸我大清，何須這十一年來這般周折不斷，風波不平？」

「哼！局勢混沌未明，條件尚未談好之際，我分兵觀望以求自保也是人之常情，又怎麼能馬上論斷我沒有誠意？」我氣憤質問：「好個軍機外洩，若非有內奸應和，你們是如何得知我兵分四處？」

「說到這件事，也是要怪侯爺您了。」洪承疇向前踏一步：「您可知是誰說出這機密？我可以告訴你，就是當今的海澄公。」

「黃梧！黃梧獻海澄降清，賣主求榮，我早料到是他了。」我質疑：「我待他不薄，一路提拔他，為何他要出賣我和鄭家？」

「侯爺，你只知其一不知其二。」洪承疇命人搬了張椅子坐下：「當年黃梧剃光頭充當你我之間的信差，有一次我跟他閒聊，試著勸他率先投誠大清以為臥間，他馬上下跪指著頭說：『我不是已經剃髮了？』我們相視大笑，隨後黃梧說出一段故事，我才了解箇中的曲折，並且相信他是真心地投誠大清。」

「什麼故事？」

「侯爺可記得當年令弟鄭芝虎追擊劉香，雙方大戰田尾洋，劉香被鄭芝虎逼進船艙，用勾繩抓住鄭芝虎陪葬，點火引爆火藥，自爆沉船。你當時抓住三條載運劉香幫眾家眷的船，

「侯爺請起，下官何其榮幸，得聞您的一生見聞，感人肺腑！」

被我拖累受罪。

「不敢當，從無間鐵鍊折磨和不斷示現的夢境、幻境或幻覺，我體會到曾被我傷害的人的痛苦和無助，感受他們的憤怒和怨恨。血債血還，這是我該還給他們的，這或許是聖母爲我洗滌罪惡的方法。」鄭芝龍喝一口茶，停頓一會兒，幽幽地說：「只是可憐芝豹和四個兒子，被我拖累受罪。

「至於背叛我的黃梧和尹大器，我曾經怨恨他們至深至切。」鄭芝龍轉動杯子說：「後來我想通了，他們跟我是同一類人，沒有原則，爲了求生存，只爲自己打算，往勢力大的一邊靠攏，他們就是我，我就是他們，明白了這道理，我亦釋然。」

「這是侯爺日有所思，夜有所夢，想太多了，請您寬心以待。」覺羅阿克善拱手說：「有一件事，下官不知可否告訴侯爺？」

「請將軍知無不言，我無所忌諱。」

「侯爺的長公子，呃……海逆鄭成功，曾一度率軍攻打侵掠南京，幾乎打下南京，震動大江南北，令皇上震怒，一度抽刀劈在龍椅上，急派大軍增援……才解圍。」覺羅阿克善欲語還休，謹慎使用措詞。

「呃！眞的嗎？後來呢？」鄭芝龍大感驚訝追問：「這是什麼時候的事？」

「前年，順治十六年四月到六月春夏之間的事。」覺羅阿克善說：「後來鄭成功兵敗，率所部戰艦順長江而下回廈門、金門，聽說又被我大兵追擊，去年逃向臺灣。」

「福松去了臺灣？福松去了臺灣……」鄭芝龍想了好久，才說：「想必福松在南京一役損失慘重，兵員、糧餉、器械不足，無法再立足金廈兩島，才會去離唐山更遠、更安全的臺灣，躲避我大清兵的追剿。」他接連嘆氣，再三頓足：「感謝將軍告知，我知道皇上爲何調我回京，因爲我已經沒有利用價值。」

「爲什麼？」覺羅阿克善不解地問。

「福松遠遁臺灣，則我大清兵追剿不到福松，福松一時間也威脅不了我大清朝，東南安矣，皇上可以高枕無憂，不需要我再當人質。」鄭芝龍嘆曰：「吾命休矣！吾命失矣！」

「這……這……眞會如此嗎？」覺羅阿克善：「我覺得是侯爺過慮了！」

「唉！不瞞將軍，這幾天，我每天都夢到福州芙蓉巷許宅的情景。」鄭芝龍眉頭深鎖說：「躺在地上的十四具許心素父母、妻妾和子女的屍體，竟睜開眼，坐起來看著我；脖子繫著繩子臉色蒼白的許心素，竟也張開眼，嘴角漾著笑意看著我，一步步靠近我，甚至貼到我臉上……這許家十五口竟都活了過來，好像要向我……索命，我已自知來日無多。」

「侯爺寬心，不要淨往壞處想，您可是經常絕處逢生的福將呢！」覺羅阿克善說：「明天八月十九，晌午就會到達刑部大牢，卽行交接，下官卽將與您道別，不知侯爺還有什麼吩咐，在下官做得到的範圍內自當盡力而爲。」

「如果這番回京，逃過死劫，你我自會再見；若是死罪難逃，只盼將軍在我行刑後，將我的遺體送回家中，並轉告我的家人。」鄭芝龍昂首朗聲說：「告訴他們，這四年來雖然戴手銬腳鐐、三條鐵鍊加身，但我不爲所動，沒有再寫過一封勸降家書，我不愧是福松的父親，沒有愧對福松。」

「好的，侯爺，我答應您。」

「將軍的大恩大德，我將銜環以報。」鄭芝龍說著又屈身叩首。

❖　❖　❖

順治十八年（一六六一）九月二十四日，鄭芝龍押返北京一個月後。

議政王、貝勒、大臣九卿科道會議上奏：

海逆鄭成功父鄭芝龍投誠之後，世祖皇帝（順治）赦其前罪，優封侯爵，置之左右，恩養優隆。芝龍自應洗心圖報，永戴洪恩。詎意怙惡不悛，包藏異志，與其子成功潛通教唆，圖謀不軌，奸細往來，漏洩軍機等項事情，經伊家人尹大器出首，究審各款俱實。如此負恩叛國重犯，不宜尚加監候。

意卽大臣會議上奏康熙皇帝，鄭芝龍應處以正法，不宜再繼續監禁不決。年方八歲、剛卽位九個月的康熙皇帝由四名顧命大臣輔佐，祖母孝莊文太后代行皇帝事，准奏，諭令兵部、刑部研擬處決日期。

同年十月三日，清早，刑部、兵部分二路，刑部將鄭芝龍、鄭芝豹、鄭世忠、鄭世恩、鄭世蔭和鄭世默押往京師菜市口刑場；兵部士卒衝進安平園，押走鄭世忠、世恩和世蔭的六個兒子，這六個男童大的八歲、小的才四歲；還有鄭芝豹的三個兒子、三個孫子。

合計鄭芝龍家十一口男丁、鄭芝豹家七口男丁，全部五花大綁跪在菜市口。

鄭芝龍、鄭芝豹與兒孫哭泣互相道別；周遭的鄭家女眷呼天搶地，哭聲不絕，覺羅阿克善也在成百上千的人群中觀望。

兵部出動三百兵丁，在刑場邊隔出兩層封鎖線，由刑部侍郎監斬。

「午時到！」監斬官大喝。

刑部侍郎正要擲出下令行刑的令牌。

「聖旨到！」五名兵部士兵騎馬護送一名內監趕抵菜市口，內監下馬捧著聖旨大喊：「宣旨！」

在場所有人下跪接旨。

海賊鄭芝龍並其子鄭世忠、鄭世恩、鄭世蔭、鄭世默等，照謀叛律族誅。鄭芝豹，當鄭成功變叛時即投誠來歸，並其子俱免死。欽此！

鄭芝龍含淚笑著向鄭芝豹說：「太好了！太好了！吾家有後，吾家有後，你務必要轉告福松，大清四年來手銬腳鐐、三條鐵鍊加身威逼我寫信勸降，但我不為所動，為了和福松站在一起，我沒有再寫過一封勸降家書，我沒有愧對福松！這是你親眼所見。」

「一定，大哥，我一定轉告福松，大哥！」鄭芝豹放聲大哭。

刑部衙役陸續鬆開鄭芝豹家七口男丁的繩索，釋放逐出刑場。

刑部侍郎擲出令牌。

「斬！」監斬官大喝，大刀砍向鄭芝龍的頸項。

鄭芝豹閉上眼，下跪哭吼：「大哥，永別了！」

菜市口哭聲震天。

梅勒章京覺羅阿克善在人群中，喃喃自語：「許心素家十五口，鄭芝龍家十一口。」他搖搖頭，向鄭芝豹走過去。

當代名家

閩海王鄭芝龍（全三冊）

2024年10月初版 定價：新臺幣1300元

著者	劉峻谷
叢書主編	王盈婷
校對	潘貞仁
內文排版	劉秋筑
封面設計	兒日

出版者	聯經出版事業股份有限公司	編務總監	陳逸華
地址	新北市汐止區大同路一段369號1樓	總編輯	涂豐恩
叢書主編電話	(02)86925588轉5316	總經理	陳芝宇
台北聯經書房	台北市新生南路三段94號	社長	羅國俊
電話	(02)23620308	發行人	林載爵
郵政劃撥帳戶第0100559-3號			
郵撥電話	(02)23620308		
印刷者	文聯彩色製版印刷有限公司		
總經銷	聯合發行股份有限公司		
發行所	新北市新店區寶橋路235巷6弄6號2樓		
電話	(02)29178022		

行政院新聞局出版事業登記證局版臺業字第0130號

本書如有缺頁，破損，倒裝請寄回台北聯經書房更換。 ISBN 978-957-08-7507-2 (全套:平裝)
聯經網址：www.linkingbooks.com.tw
電子信箱：linking@udngroup.com

國家圖書館出版品預行編目資料

閩海王鄭芝龍（全三冊）/劉峻谷著．初版．新北市．
聯經．2024年10月．共1028面．14.8×21公分
ISBN 978-957-08-7507-2（全套：平裝）

863.57 113015034